ザ・原発所長(下)

黒木 亮

幻冬舎文庫

ザ・原発所長

（下）

目次

第九章　内部告発　9
第十章　東京地検　71
第十一章　中越沖地震　111
第十二章　運命の日　166
第十三章　ノブレス・オブリージュ　291
エピローグ　397
主要参考文献
原発関連用語集
解説　二ツ川章二

上巻目次

プロローグ
第一章　金甌《きんおう》の子
第二章　ブルーバックス世代
第三章　ローアウト精神
第四章　阿武隈の熊
第五章　コストカット推進
第六章　二つのジンクス
第七章　定期検査
第八章　裏街道の男
原子炉概念図

奥羽第一原発主要施設配置図

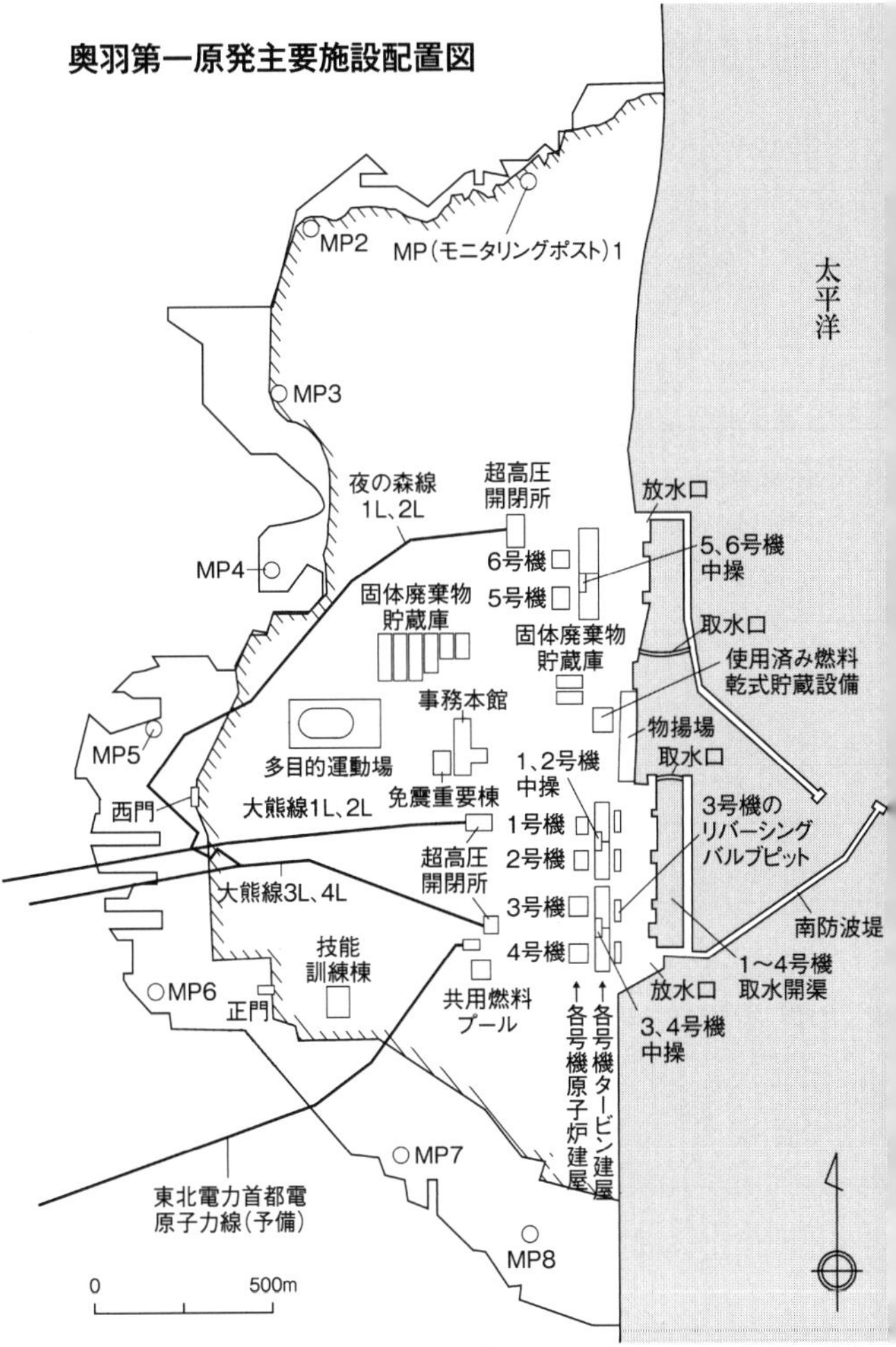

出所:東京電力資料、福島原発事故記録チーム編『東電テレビ会議 49時間の記録』等から作成

主要登場人物

富士祥夫……首都電力社員、のち執行役員・奥羽第一原発所長
長田俊明……大学教授（津波工学）、富士の小中高の同級生
一ノ瀬京助…東工大教授（破壊力学）

〈首都電力関係者〉
宮田匠………取締役（のち常務）、富士のゼミの先輩
八木英司……運転管理部門、富士と同い年、高専卒
二神照夫……総務部門、富士の同期
古閑年春……原子力管理部長（のち副社長）、富士より4歳上
長野真………奥羽第二原発第一発電部副部長、富士より3歳下
小野優子……奥羽第二原発看護師
菅原正紀……常務、原子力・立地本部副本部長（富士より5歳上、のち副社長）、東大工学部卒
野尻隆………常務（富士より1年次上）、東大大学院卒
大井晋介……フェロー（役員待遇、富士より1年次上）、東工大大学院卒

第九章　内部告発

1

翌年（平成十二年）四月下旬――

福島県の浜通りは、桜の季節を迎えていた。

「よお、こんちはー」

奥羽第一原発（略称・奥一《おくいち》）の三号機と四号機の中央操作室にスーツ姿の富士《ふじ》祥夫《さちお》が、一八四センチの姿をぬっと現した。

「あっ、こんちはー」

「ご苦労さまでーす」

中操内にいた運転員や下請け企業の社員から声がかかる。

四十五歳になった富士は、昨年末に電気事業連合会への出向が解け、奥羽第一原発の一～四号機を預かる第一発電部長として福島に戻って来た。いつも大きな声で話し、怒ったときは怒鳴るが、嫌味はなく、本店や上司にも物怖じせずに正論をぶつけるので、上からも下からも信頼されている。

「どうすかー、機械の調子は？」

富士は、三・四号機の当直長の大きなデスクの前の椅子に腰を下ろす。

「うん、ここんところ、機嫌よう動いてくれてるわ」

青い作業服姿の年輩の当直長がいった。建設当時から奥羽第一原発に勤務し、運転員歴が三十年になるベテランだ。

「相変わらず、これ、やってるんすか？」

富士が、両手でカヤックのパドルを操る仕草をする。

当直長はカヤックが趣味で、休日に地元の子どもたちに教えている。

「うん。先週は、曽原湖《そはらこ》でやったけど、まだ水は冷たいねえ。桜もこれからだし」

磐梯朝日国立公園内の小さな湖だ。

「富士君は、もうボートは漕いでないの？」

そういって当直長はタバコのパッケージを差し出す。

富士は手刀を切り、一本抜き取る。

「大学時代にちょっと腰悪くして、今はもっぱらこっちですわ」

富士は、ゴルフのクラブを振る真似をした。社宅の近くにゴルフの打ちっ放しの練習場があり、よくそこで練習をしている。

「新人も、よう動いてますね」

ライターでタバコに火を点《つ》けながら、室内で仕事をしている若手社員たちを眺める。

高卒や首都電学園卒の新人は、一年間研修員として全員が中操の当直に入る。

「『いわれる前に自分から動け』って、躾けてるからね」

当直長が微笑した。首都電力は地元の優秀な人材を集めやすく、現場のモラルは高い。

「定期検査の段取りのほうは、どんな塩梅《あんばい》ですか？」

四号機の定期検査が、七月十七日から予定されており、関係部署が話し合いながら作業スケジュールを作っているところだった。

「うーん……三十八日っていうのは、相当きついぜ」

タバコを咥えた当直長が、作業スケジュール表を出して広げる。

電力各社は競うように、平成の初め頃まで九十日間かけていた定期検査の日数を短縮し、今や四十日前後が当たり前になった。昨年秋には、奥二の三号機が三十六日間という記録を達成している。

「本当は、もうちょっと時間かけたいんですけどねえ」

　富士はタバコをふかしながら、スケジュール表を手に取って見入る。

「『とにかく、この時間と金でやってくれ』って協力企業（下請け）を叩きまくって、俺も、なんか鬼になったみたいな気分だよ」

　当直長は悩ましげにタバコをふかす。

　検査が始まると、過密な日程の中、下請け、孫請け、ひ孫請けなど数百社の作業員が現場で入り乱れ、間違った部品が届いたり、検査データの誤魔化しが起きたりする。被曝限度量を守っていると作業が終わらないので、放射線管理者の指示は当然のごとく無視される。

「ところで富士君、こないだ話した、タービンの運転延長の申請書、出してくれたよね？」

「えっ⁉」

　原発の蒸気タービンは、前回の定期検査から二十五ヶ月以内に次の定期検査を実施しなくてはならないと電気事業法で定められている。しかし、通産省の承認を受ければ、さらに十二ヶ月間、検査時期を延ばすことができる。

　奥一の四号機のタービンは、二年前の三月十四日に定期検査を終えたので、本来なら二十五ヶ月目の今年四月十四日までに定期検査をしなくてはならない。しかし、原子炉の定期検査に合わせ、七月十七日から検査を行う予定になっていた。

「いけねえ！　忘れてたーっ！」

「えっ、出してないの⁉」

富士は慌てて立ち上がり、中操の出入り口に向かう。

（やばーっ！）

原子炉の中に絆創膏を落としただけでも地元に事情を説明しなくてはならないぐらいなので、検査延長申請書の出し忘れともなると新聞沙汰になって、本店役員が県に陳謝に出向かなくてはならない。

富士は夕暮れの敷地内を一目散に走り抜け、事務本館の入り口を入ると、所長室のある二階まで駆け上がった。

「宮田《みやた》さんは⁉」

息せき切って、所長室の近くにすわっている社員に訊いた。

「所長は、一時間ぐらい前に帰られましたよ」

夕陽が差し込むオフィスで帰り支度をしていた男性社員が答えた。

「どこ行ったか、知ってる？」

「晩飯食べに行くっておっしゃってたんで、たぶん『桃源』と『宿り木』のコースじゃないですか」

それぞれ富岡町にある中華料理店とスナックである。単身赴任の宮田匠《たくみ》は、「桃源」の炒飯が好きで、そこで夕食をとったあと、「宿り木」のカウンターで飲むことが多い。

約一時間後――

「宮田さん、宮田さん」

富士は「宿り木」で飲んでいた宮田を摑まえた。

初老の女性が若いアルバイトの女性を使ってやっている何の変哲もない、むしろ汚いくらいのスナックだが、奥一建設時代から馴染みの宮田は、ここがお気に入りである。

「おお、富士君。どうしたの？」

ワイシャツ姿でカウンターにちょこんとすわり、女主人と話しながら水割りを飲んでいた宮田は、のんびりした調子で訊いた。

「すいません……やってしまいました」

富士は、タービンの検査時期延長申請書を差し出した。

先ほど慌てて作成し、本店の担当者に連絡して、自分の印鑑だけを押してファックスしたものだった。

「えっ、これ、出してなかったの⁉」

「はい。……申し訳ありません」

「本当⁉　それはまずいぞ！　とにかくすぐ電話しよう」

宮田は慌てて書類鞄の中から携帯電話を取り出し、スナックの外に出て行く。

約十五分後、電話を終えた宮田が、店内に戻って来た。

「とりあえず本部長と本店に電話しといたよ」

現在の原子力本部長（常務）は東大の原子力工学科卒で、いつもよれよれの背広を着て、英語が堪能な人物だ。原子力発電の中核である燃焼管理が専門で、他の機器への関心はあまり高くない。九年前まで原子力本部長を務めていた「ファイター」に比べると、表面的には物静かだが、理論家で、技術者としてのプライドが高い。

「明日、朝一番で顚末書を書いて、本店とエネ庁に報告しよう」

「はい。本当にすいませんでした」

富士はうな垂れる。

「今日はもう、これ以上やれることはないから、一杯付き合いなよ」

富士はうなずき、宮田の隣りのスツールにすわる。

「どう、久しぶりのサイト（発電所）勤務は、もう慣れたかい？」

「はい。現場はやっぱりいいすねえ。トラブルも多いですけど、身体使って仕事してる実感がありますね」

「まあ、電事連はお役所仕事だからなあ」

宮田が微笑する。「向こうで、やり残したことはないの？」

「うーん、やっぱり維持規格に何とか決着を付けたかったんですけど……」

水割りのグラスを手に、富士が残念そうにいった。

富士は、維持規格を定期的に改定するために、東工大の一ノ瀬京助教授と話し合って、日本機械学会に担当職員三人を置き、給与や研究費を電事連が出すようお膳立てしたが、相変わらず通産省の対応が鈍く、法令化の目処は立っていない。

「アメリカは、もう二十九年も前に、ＡＳＭＥ（米国機械学会）が決めた時点で、国のルールになるって法制化されてるんですけどねえ」

「維持規格か……僕も、不正に手を染めちゃってるから、早いとこなんとかしてほしいなあ」

首都電力では、日本機械学会が策定した維持規格案に沿って点検や補修を行なっており、結果的に故障に関して虚偽の報告が続いている。

富士や石垣茂利は頑として正規のルールに従っていたが、宮田は原子力発電部長時代に、上と現場の板挟みになり、本部長や担当役員に相談の上、虚偽報告を何度か受け入れていた。

「ところで、ＤＧ増強の件は、承認になったよ」

「えっ、承認になったんですか⁉」

　二人は、コスト削減圧力が強い中、安全系だけはゆるがせにできないと、本店と交渉し、設備の増強や改善を図っていた。非常用ディーゼル発電機（ＤＧ）に関しては、複数の原子炉で共用していたものをなくし、従来の水冷式に代え、最新型の空冷式発電機を入れるよう申請していた。

「古閑《こが》君が、前例がないとか、予算がないとか、ごちゃごちゃいって粘るから、本部長に直談判して認めてもらったよ」

　かつて奥羽第一原発の第二保全部副部長だった古閑年春《としはる》は、現在、本店の原子力管理部長である。東大工学部出のばりばりのエリートで頭も切れるが、なぜか行くところ行くところ火災などの事故が付いて回り、「あいつがいるとゲンが悪い」と一時干され、傍流のロンドン事務所や研究所に出されていたが、最近ようやく部長になった。

「ただ、タービン建屋の地下から別の場所に移すっていうのは、金もずいぶんかかるし、そこまでしなくていいだろうってていわれたよ」

「そうですか……」

　富士はタバコに火を点ける。

「まあ、忸怩《じくじ》たる思いはあるけど社内の状況からいって、全部いっぺんに認めてもらうのは無理だろう」

「しかし、GE（ゼネラル・エレクトリック社）の設計には参りますよね。大事なものは竜巻にやられないように、みんな地下に持ってきてるんですから」

「そうねえ、確かに竜巻もあるけど、昔はポンプなんかも性能が悪くて、軸受けの油溝に毎日油をさしたりしなきゃなんなかったから、地下に機械類をまとめて置いとくと、保守点検がやりやすいという面もあったんだよね」

富士は一服ふかして、うなずく。

「せめてタービン建屋じゃなく、原子炉建屋のほうだったら、陸側で、密閉構造だし、耐震性も高いから、少しはましだったんですけどねえ」

約三週間後——

奥羽第一原発の事務本館にある第一発電部長の席で、富士は、渋い表情で新聞の記事に視線を落としていた。

「定期検査延長の申請出し忘れ　首都電、県に陳謝、役員ら八人処分」という見出しで、「プルサーマル控え失点」という小見出しが付けられていた。

〈首都電力が奥羽第一原発四号機（大熊町）の蒸気タービンの定期検査延長の申請書を国に出し忘れ、同タービンを約二週間、無認可で運転していた問題で、同社の常務取締役原子力本部長は福島県庁を訪ね、県側へ陳謝した。同社から報告書を受け取った鈴木孝雄県生活環境部次長は「トラブルに限らず、県民は原発に重大な関心を持っている」と、再発防止を求めた。

その後に記者会見した首都電力の常務は「今はプルサーマル計画について話せる気持ちではないが、その実施について県が検討している時期に、大変申し訳ない」と述べた。同社は報告書で「出し忘れ」の原因について、①定期検査延長の手続きがマニュアル化されていなかった、②定期検査の申請スケジュールをチェックする体制もなかった、と説明している。

関係者の主な処分は以下の通り。常務取締役原子力本部長（厳重注意）、取締役（同）、原子力管理部長（同）、宮田匠取締役奥羽第一原発所長（けん責）、同副所長（訓告）、富士祥夫同第一発電部長（けん責）〉

処分は、けん責、訓告、厳重注意の順に重く、宮田と富士が一番厳しく責任を問われた。

「部長……ゴホッ。すいません、休暇の申請……ゴホッ、お、お願いします」

新聞を読んでいた富士のところに、風邪をひいた部下の男性社員が、休暇の申請書を持って来た。

「お前、俺の前で、咳をするんじゃねえ」

富士はワルぶって、ドスの利いた声でいった。

「え、どうしてですか？」

「俺は、けんセキを食ったんだ」

セキに力を入れていい、ぶすっとした顔で申請書に印鑑を押した。

六月——

奥羽第一原発事務本館の会議室に三十人ほどの職員が集まり、白い映写用スクリーンが掛けられた正面の右手で、富士祥夫が英語で挨拶をしていた。

発電部長は、所長、副所長に次ぐ発電所の幹部であり、一八四センチの大柄な身体には、迫力と威厳が備わってきていた。

「Thank you for coming to our power station.We greatly appreciate your time and are eager to learn the latest method to overcome sleep disorder.（本日は当発電所においで下さいまして、誠に有難うございます。わたしどもは、先生のご足労に感謝し、睡眠障害を克服するための最新の方法を学ぶのを大変楽しみにしております）」

富士の挨拶に、正面中央の席にすわった中年の米国人教授と、奥羽第一原発の非常勤産業医を務める三十代後半の国立大学医学部の助教授の男性が頭を下げる。

「えー、今日はわざわざアメリカから先生が来られ、産業医の先生も通訳として来て下さいました」

富士は日本語に切り替え、教室形に並べられたテーブルにすわった数十人の職員に話しかける。

「原発の事故原因には、機器の故障のほかに、ヒューマンエラーがあります。特に、当直の運転員が、時差で睡眠障害をきたすと、思考力や判断力が低下し、重大なトラブルにつながりかねません」

奥一と奥二の発電部や運転管理部の幹部、医務室のスタッフたちが富士の言葉に耳を傾ける。奥二の第一発電部副部長を務める長野真《ながのまこと》や奥二の健康管理室の看護師・小野優子《おのゆうこ》の姿もあった。

「今日は、光を照射することで、時差ボケを解消する最新の手法について、専門家の先生からお話しして頂きます。せっかくの機会ですので、奥二の皆さんにも来て頂きました」

当初は、奥一の職員だけが出席する予定だったが、富士が「大事な話はあとで資料を読んでも駄目。自分の耳で聞くことが大切」と主張し、奥二の職員も呼んだ。

「それでは、お話を始めて頂きます」

拍手が湧き起こる中、鼈甲《べっこう》縁の眼鏡をかけた穏やかそうな米国人教授が背後のスクリーンにスライドを映写し、マイクを手に話し始める。

「Human beings are active during daytime and sleep at night.（ヒトは昼間活動し、夜眠ります。）これは、脳の松果体《しょうかたい》という器官が、夜になるとメラトニンというホルモンを分泌し、眠りを促すからです」

産業医の助教授がその言葉を日本語に訳す。

「メラトニンは、身体が光を浴びると分泌が抑制されるので、我々の研究は、光のシャワーを浴びる装置を作って、時差ボケをコントロールしようとするものです」

教授はノートパソコンのキーボードを叩き、壁いっぱいに青白い光が点り、その中に人がいる部屋の写真を映し出す。

(長野も、結構威厳が出て来たなあ……)

富士は、細面に銀縁眼鏡をかけ、教授の言葉に耳を傾ける長野真の様子を眺める。奥二や豊洲の社宅で一緒だった頃は、緻密だが、少し線の細い好青年という印象だったが、徐々に頭角を現し、有能で決断力もある副部長になったという話が聞こえて来ていた。

そばの席では、小野優子が、受験生のように鉛筆を握りしめ、熱心に話を聴いていた。十二年前に浪江町のボウリング場で見たときと同じ、きりっとした風貌で、見るからに人見知りが強く、頑固で、情が深く、男勝りの会津の女性という感じである。

その晩——

米国人教授は東京の宿泊先に戻り、富士や長野ら有志七人ほどが、産業医の助教授を富岡町の割烹でもてなした。

「先生、今日はお忙しいところ、どうも有難うございました」

割烹の二階の座敷で、富士が、眼鏡をかけた助教授の猪口に日本酒を注ぐ。

座卓の上には、マグロ、北寄貝、甘海老、カツオなどの刺身や天ぷらなどが並べられていた。

「ほら、長野。せっかく先生がいらしてるんだから、お前も今日ぐらいは飲めよ」

富士に促され、苦笑いする長野のグラスに、そばにいた小野優子がビールを注ぐ。長野は酒はほとんど飲まず、甘い物が好物だ。

「小野さん、今日は、来てくれてどうも有難う。お子さん、大丈夫なの？」

宴席が始まってしばらくしてから、こまめに酒を注《つ》ぎ回っていた富士が、小野優子のそばにすわった。

「ご心配なく。子どもたちは、旦那の母親が見てくれていますから」

小野は落ち着いた口調でいって、ビールのグラスを傾ける。

夫の家族と同居していて、五歳と三歳の男の子がいるという。

「小野さんが来てくれたおかげで、宴席に花が添えられて、先生も喜んでるよ」

そういって産業医のほうを見ると、酒に弱い助教授は早くも居眠りを始めていて、二人は苦笑した。

「今日の話はためになった？」

「ええ。非常に興味深かったです。あの光のシャワーの装置、一度試験的にでも使えたらいいんですけど」

小野は、副作用はないのかとか、原発の運転員が利用する場合、特に留意すべき問題は何かとか、熱心に質問していた。

「うーん、実用化にはまだちょっと時間がかかるみたいだけどねえ」

富士は、カツオのタタキを生姜醤油につけて頬張る。

「ところで、俺、最近血圧がちょっと高くなっちゃってさあ」

「そろそろそういう年齢ですよね」

「タバコも酒も止めないとして、何をしたらいいのかなあ」

「タバコと酒が最大の原因ですけれどね」

小野にいわれ、富士は首をすくめる。

「今度、健康診断のデータをメールで送って頂けますか？　それを見て、アドバイスさせて頂きます」

2

七月初旬――

前月の株主総会で常務取締役に昇進した宮田匠は、奥羽第一原発の所長職の引き継ぎを終え、原子力本部の副本部長として本店に着任した。

「本日、着任致しました。宜しくお願い致します」

上層階の役員用フロアーに個室を構えている原子力本部長の前で、宮田は頭を下げた。本部長は宮田と同時期に常務から副社長に昇進していた。

「宮田君、ご苦労さん。……実は、着任早々で悪いんだが、ちょっとややこしい話が来てるんだ」

白髪頭を無造作に横分けにした理論家の副社長は、浮かない顔でいった。

「まあ、すわってくれ」

肥満気味の身体を灰色のよれよれのスーツで包んだ副社長は、室内の応接セットを示した。

「こういう話があるんだ」

東大の原子力工学科卒で燃焼管理が専門の副社長は、いつものぼそぼそした話し方でいい、一枚の報告書を差し出した。

「奥一・一号機のドライヤについて、ですか……？」

資源エネルギー庁から電話で問い合わせがあったという社内メモだった。

問い合わせは、平成元年に実施された奥羽第一原発一号機の自主点検で発見されたドライヤ（蒸気乾燥器）のひび割れの数や発見日について、首都電力からのトラブル報告書に事実と異なる内容が記載されているという情報があるが、真偽のほどはどうなのかというものだった。

ドライヤの位置が百八十度付け間違えられており、エネ庁用のビデオ映像も存在しているとの情報もあるという。

「どうも内部告発のようなものがあったらしい」

「内部告発？」

宮田の表情が曇る。

「原子力管理部に調べさせたら、当時の社内検査報告書はマイクロフィルムで保管されていて、クラック（ひび割れ）の数は三本と記載されているそうだ」

「えっ、そうなんですか⁉」

副社長は難しい表情でうなずく。

「当時の検査担当者は、今奥二の保全部にいるんだが、確認したところ、実際は、エネ庁のいうとおり、六本だったそうだ」

「うーん……」

宮田は呻く。社内の風潮として、十分あり得ることだ。

「ドライヤが百八十度付け違えられていたことや、エネ庁用のビデオが存在していたのも事実らしい。……ただ、ビデオの該当部分は、その場で映像を消去したそうだ」

「えっ、消去⁉」

宮田は絶句する。

「ドライヤは、翌年に新しい物に交換したとき、所定の位置に取り付けている。だからクラックの問題や位置の付け違えの問題も、その時点で解決している」

「エネ庁は、内部告発者が誰かは、いってきてないんですか？」

副社長は無言で首を横に振った。

「しかし、日本人で、そんな度胸やセンスのある人間がいるとも思えないんだよな」

「そうですね……。となると、GEの社員ですか？」

「たぶん、そうだろう。ドライヤの検査はGEの担当だったそうだから」

副社長は一つため息をつく。

「いずれにせよ問題は解決している。ただ、ことがことだけに、下手に扱って傷口を広げたくない」

虚偽報告が本件だけでないことは、二人とも認識している。タービンの運転延長の申請を出し忘れただけでも本部長が県に謝罪に出向かなくてはならないくらいなので、複数の虚偽報告が明るみに出たりすると目も当てられない事態になる。

「宮田君、きみには申し訳ないが、この問題の処理に当ってほしい」

「分かりました」

宮田は重苦しい気分でうなずいた。

翌日、首都電力は資源エネルギー庁に対し、マイクロフィルムからコピーした社内検査報告書を提出し、次のとおり文書で回答した。
①社内報告書には、ひび割れは三ヶ所と記載されていたが、傷の程度から見て、報告の必要

があると判断したドレンチャンネル（取り除いた湿分を水中に導く樋《とい》）の二つのひび割れだけをトラブル報告書に記載した。
②資源エネルギー庁用のビデオ映像は、文書の保存期限を過ぎており、存在は確認できなかった。
③ドライヤが百八十度違って取り付けられていたという事実は確認できなかった。
④当社の社内記録によれば、当該ひび割れは、トラブル報告書に記載した日に発見したとなっている。

以後、宮田の仕事は、奥一・一号機の「内部告発」対応とプルサーマル実現が主なものとなった。

昨年、関西電力高浜原発のＭＯＸ燃料データ改ざん事件とＪＣＯ臨界事故のために延期された奥一・三号機のプルサーマルは、首都電・通産省側と、地元との綱引きが続いた。

七月二十一日には、茨城県沖でマグニチュード六・四（福島県内では震度四）の地震が発生し、その影響もあって、奥一・六号機で気体廃棄物処理系配管が破損、同二号機で油漏れと水漏れが発生、奥二・四号機で燃料棒が破損と、事故が相次いだ。

同月、福島市内で原水爆禁止県民会議が集会とデモ行進を行って、プルサーマル中止などを訴え、八月には、市民グループ八百六十二人がＭＯＸ燃料の使用差止の仮処分を福島地裁に申し立てた。佐藤栄佐久福島県知事も、「原子力に対する国民理解の進展が先決」と、慎重姿勢を強めた。

一方、首都電力は八月に、ＭＯＸ燃料の使用許可を資源エネルギー庁から取得し、社長が奥一・三号機でプルサーマルを行う予定であると記者会見で発表した。エネ庁も十一月から十二月にかけて、県内で住民説明会を実施した。

また奥一の七、八号機増設のための漁業補償に関し、首都電力は県内の七漁協と合意に達し、一組合員あたり四千万～五千万円、総額百二十億円を支払った。これは、夏以降、値の張るヒラメ、カレイ類をはじめとする不漁に喘いでいた漁民たちにとって干天の慈雨となり、補償金で自宅を新築した組合員もいた。

十二月二十五日――

東京は好天に恵まれたクリスマスだったが、午後になって南西からの強風が吹き、冬枯れの霞が関の通りでは、人々がコートの裾や鞄を押さえ、顔をしかめて歩いていた。

宮田匠は原子力管理部の幹部たちとともに、通産省裏手の別館にある資源エネルギー庁を訪れた。

奥一・一号機の自主点検に関する告発問題は、七月以来エネ庁側と何度かやり取りがあったが、大きな進展はなかった。必要最小限度の資料だけを提出して、事態を何とか乗り切ろうとする首都電力の態度に、エネ庁側は苛立ちを募らせていた。

「……これが送られて来た内部告発文です」

エネ庁の原子力発電安全管理課長が一通の手紙を差し出した。

宮田らが覗き込むと、タイプ打ちされた英文の手紙だった。

〈I was performing a visual inspection on the steam dryer at the Ohu site Unit One for MEPCO.（わたしは、首都電力奥羽第一原発の蒸気乾燥器の目視検査を担当していました。）蒸気乾燥器には複数のひび割れが発見され、首都電力が巨額の費用を払って交換することが必要でした。わたしは過去、数多くのＢＷＲの蒸気乾燥器を検査しましたが、これほどひどい状態のものは見たことがありません……〉

「このマイク・タグチというのは、ＧＥの社員ですか？」

緊張した面持ちで宮田が訊いた。

「子会社のＧＥＩＩ（General Electric International, Inc.）の元社員です。今はもう退職

しているそうです」

手紙には、エネ庁用のビデオも首都電力に提出したが、首都電力の要請で、ひび割れの映像を消去したことが書かれていた。また、資料として目視検査のデータ・シートが同封されていた。

「宮田さん、プルサーマルをやろうってときに、厄介なことになりましたねえ」

原子力発電安全管理課長は不快感を隠そうともせず、なじるようにいった。

通産省と政府は、原子力発電をやればやるほど溜まるプルトニウムを、プルサーマルで消費し、プルトニウム保有ゼロの国際公約を達成しようと必死である。

「こういうものが来てしまった以上、我々としても、炉規法にもとづいて、おたくに調査を指示しないといけなくなるんですよね」

炉規法（原子炉等規制法）第六十六条に、内部告発制度と告発者の保護が定められている。

「しかし、現状では、同条にもとづいて事案をどう処理するかのスキームが明確ではないですよね？」

首都電力原子力管理部の幹部が反論した。「うちとしても、提供する情報がどう取り扱われるか分からない状態では……」

「そんなことといってる場合じゃないでしょう！」

　エネ庁の課長が声を荒らげた。

「この問題に、アメリカ・サイドで火が点いたら、あんたがた、どうするんだ⁉　おたく一社の問題じゃなくなるんだぞ！」


　夕方――

「……そうか、やはり、GEの社員だったか」

　執務室のソファーで、首都電力の原子力本部長（副社長）は、マイク・タグチの告発文のコピーを手に、苦虫を嚙み潰したような表情になった。

「力及ばず、申し訳ありません」

　宮田はうな垂れた。

「いや、いい……。あとは、GEがどう出るかだな」

「そうですね」

「GEが、知らぬ存ぜぬで、握り潰してくれれば一番いいんだが……」

「……」

「彼らも、必ずしもクリーン・ハンド（潔白）じゃないからな」

「ただ……アメリカの企業文化からいって、ことが原子力事業本部の手を離れて、社内の法務部マターになったりすると、制御が利かなくなると思いますが」

「うむ……」

原子力本部長は重苦しい表情でうなずいた。

3

四ヶ月後（平成十三年四月上旬）――

富士祥夫は早朝の涼しい空気の中でのジョギングを終え、奥羽第一原発から数キロメートル離れた双葉郡大熊町の家族寮に戻って来た。

小野優子から、血圧を下げるにはジョギングがいいとアドバイスされ、所内の駅伝大会や野球大会にもよく出場するので、体力作りを兼ねて毎朝走っていた。

役付者用の寮は真新しい二階建てのタウンハウスで、家の前に垣根があり、朝顔が植えられている。広さは各戸３ＬＤＫである。

「ただいまー」

玄関のドアを開けて中に入ると、三和土《たたき》に、高校生の長男と中学生の次男、三男の運動靴や富士の大きな革靴やスニーカーが所狭しと並んでいた。息子は三人とも富士によく似た大男揃いである。

「おかえりなさい」

台所で朝食の支度をしていた由梨がいった。魚を焼く香ばしい匂いが漂ってきていた。ジャージー姿の富士が風呂場へ向かうと、脱衣所で洗濯機ががたがた振動しながら、猛スピードで回転していた。息子たちは三人とも部活動で野球やサッカーをやっていて、由梨は毎日、ユニフォームやジャージーの泥を風呂場で落としてから洗濯機にかける。

「あっ、パパ、ちゃんと服着てよ」

シャワーを浴びた富士が腰にタオルを巻いて、リビングでタバコを吸おうとしていたのを、由梨が見とがめた。

「おっ、すまん、すまん」

富士は頭を掻き、タバコを置いて立ち上がる。

「まったく、もう、うちは男ばっかりで、目のやり場に困るわ」

富士のみならず、息子たちも、しょっちゅうパンツ一つで寝転がったり、うろうろしたりする。

息子たちにはすね毛も生え、腹を空かして冷蔵庫の物を食べ漁るので、由梨は、時々家の中に白アリが棲みついているようだわと苦笑していた。

「『赤毛のアン』みたいな家庭を夢見てたのに、これじゃ合宿所のおばちゃんだわ」

ズボンとワイシャツ姿で、地元の『福島民友』の朝刊を広げていた富士は首をすくめた。

由梨が少女時代に愛読した『赤毛のアン』の主人公アン・シャーリーは孤児だったが、結婚して六人の子どもをもうけ、屋根が緑色で暖炉があり、庭に花が咲き乱れる白い木の家に住んで、幸せに暮らした。

「おはようー」

「おっ、おはよう」

顔を洗った三人の息子たちが、まだ少し眠そうな顔で食卓につき、トーストを齧り、牛乳を飲む。

(あれ？　宮田さんが出てる！)

『福島民友』の七面を開いた富士は、背広姿の宮田の大きな写真を見て驚く。

七面の全部を使って、首都電力が広告を出していた。

「インタビュー対談　平成十三年度電源開発計画とその背景」というタイトルが付けられ、宮田匠が、科学ジャーナリストとの対談形式で、福島県における首都電力の設備投資計画について説明していた。

〈――電力需要が低迷している原因は何なのですか？

（宮田）「景気が低迷する一方で、平成八年くらいから自家発電やガス冷房が伸びてきています。冷蔵庫やエアコンなど家電製品の省エネ化で、一台当りの消費電力も減っています」

――そうした状況の中で、設備投資を繰り延べることになったわけですが、「凍結」という強い言葉を使ったこともあり、御社の意図が地元によく伝わらなかったように思います。

「わたしどもの厳しい状況をお伝えする表現として、あえて『凍結』という言葉を使いましたが、結果的に多くの方を混乱させることになり、大変反省しています」

――具体的にお訊きしますが、広野火力発電所の五、六号機の増設は、凍結するわけではないのですね？

「はい。五号機については、平成十四年八月の運転開始予定が、同十六年の七月に、六号機については、平成十九年の予定から、同二十二年にそれぞれ繰り延べとなります」

――奥羽第一原発の七号機と八号機の増設のほうは、いかがでしょうか？

「現時点で申し入れが出来ていないのですが、わたしどもの計画では、それぞれ再来年に着工して、七号機は平成十九年、八号機は同二〇年に運転開始したいと思っております」

――今回のことで、地元や県とのコミュニケーションの大切さを再認識されたでしょうか？

「平素からの意思疎通が重要だと、改めて反省しています。今後は、地域の皆様のご信頼を

得られるよう、一層努力して参ります」〉

（あーあ、なんか、宮田さん、矢面に立たされちゃったなあ……）

宮田は心労のせいか、だいぶ痩せて写っていた。

年明けから、首都電力と福島県の関係が急速に悪化していた。

きっかけは、一月八日に、NHKのニュースが、首都電力が奥羽第一原発で燃料の六パーセントをMOX燃料に交換し、五月からプルサーマルを実施する計画だと報じたことだった。事前に知らされていなかった佐藤栄佐久福島県知事は「MOX燃料のデータ改ざんやJCOの臨界事故で、原子力発電に対する国民の理解は後退している」と、否定的な見解を示した。

佐藤知事は元々自民党議員（現在は無所属）で、前年九月の知事選挙でも自民党の推薦を受けた。しかし、「使用済み核燃料は県外の再処理施設に持ち出す」という約束を通産省（現・経産省）に反故にされたり、奥一・六号機の再循環ポンプ軸受けリング破損事故の際に、首都電力の原子力本部長（常務）が「座金が見つからなくても、運転を再開することもあり得る」といったりしたために、原子力業界に対する不信感を強めていた。

佐藤知事のプルサーマル否定発言に対し、首都電力は、二日後に、工務部門担当の副社長が突然記者会見を開き、「現在計画している発電所の設備投資を抜本的に見直し、原則三年から五年、地方によってはそれ以上凍結する」と発表した。プルサーマルを認めないなら、福島県内での設備投資を止め、固定資産税や交付金も出ないようにしてやるという脅しだった。

佐藤知事はますます反発。「原発立地県の立場で、エネルギー政策について検討していく」と、プルサーマルを当面受け入れない考えを改めて示し、核燃料税の引き上げも示唆した。

これに経産省と首都電力が慌て、平沼赳夫経産相が佐藤知事に電話をかけ、首都電力の社長が急遽記者会見を開いて、設備投資「凍結」を否定した。

半年後（十月）――

「……マイク・タグチの告発に関して、首都電力は信用できません。このまま彼らと付き合っていると、我々まで泥をかぶることになります」

千代田区霞が関一丁目の経済産業省総合庁舎別館に入居している原子力安全・保安院で、幹部の一人が真剣な表情で院長に具申していた。

原子力安全・保安院は、去る一月の中央省庁再編の際に、通産省、資源エネルギー庁、科学技術庁の原子力部門を統合して作られ、約六百人が勤務している。

「相変わらずのらりくらりと逃げ回っているわけかね？」

大きなデスクにすわった院長が訊いた。

元々は通商産業省の技官で、エネ庁の長官官房審議官などを務めた五十代半ばの男だった。

「何を訊いても、『承知していない』『そのような事実は確認できなかった』『当時のGEの責任者が退職しているため、分からない』と、誤魔化し続けています」

資源エネルギー庁で原子力発電安全管理課長を務めていた幹部は、苛立ちも露わにいった。

「けしからんな」

縁なし眼鏡をかけた医師を思わせる風貌の院長は、苦々しげな表情。

「原子力関係の雑誌にも、首都電力が我々に報告する一年以上前から、シュラウドのひび割れを認識していたという記事が出ています」

それは、米国のエネルギー商品市況情報会社プラッツの英文誌『Nucleonics Week』の八月三十日号だった。

「マスコミサイドから暴露があったりすると、『首都電力とグルになって事故を隠ぺいしていた』といわれかねんな……」

そうなれば世間の袋叩きに遭い、自分自身の「渡り鳥人生」もふいになる。

「この際、首都電力が火だるまになって、プルサーマルが二、三年遅れても已むを得ないと思います」

「うむ。背に腹は代えられん。当院から、ＧＥの法務部に対して正式に照会しよう」

4

翌年（平成十四年）四月の日曜日――

「……ほらほら、頑張れーっ！」

春の青空の下、奥羽第一原発で各部対抗の駅伝大会が開かれていた。

コースは、事務本館前を出発し、西のテニスコートまで「大熊通り」を一直線に走り、多目的運動場を右手に見ながらコーナーを曲がり、固体廃棄物処理場脇の「中央通り」を東の海のほうに向かい、使用済み燃料輸送容器保管建屋そばの「汐見坂」を下って、右回りに回り、事務本館前に戻って来る、一周三キロメートル弱である。

「お父さん、頑張ってー」

ランニングシャツ姿になり、中継線で足踏みをする富士祥夫に、由梨と三人の息子が声援を送る。

「はい、トップ来ましたー」

審判係の社員が手でメガホンを作って叫ぶ。

間もなく、第一運転管理部の若手運転員が、必死の形相で駆けて来た。その背後に、第二運転管理部の若手運転員が追いすがっている。

タスキが次々と中継され、第一発電部の副長が五番目にやって来た。

「よおーし、行くぞっ！」

富士は役者ぶりを発揮して大きく片手を回し、タスキを受け取ると、元気一杯で走り出した。

しかし、一キロほど走ったところで、息が切れてきた。

（あかん……。やっぱりタバコのせいや……）

はあはあいいながら濾過水タンクと多目的運動場の間の道を走っていると、背後から足音が迫って来た。

（むっ、誰だ？）

振り返ると、富士より年上の防災安全部長だった。

（糞っ！　負けてなるか）

歯を食いしばってスピードを上げる。

しかし、相手もかなり走り込んでいるようで、ぴたりと背後について離れない。

「頑張ってー！」

「部長っ、抜かれたらあかんですよ！」

三分の二の地点である計測器予備品倉庫のそばで、第一発電部の男女の社員たちから声援がかかる。ここから「中央通り」は下り坂になる。奥羽第一原発の敷地は、元々海抜三五メートル前後の海岸段丘を、原子炉やタービン建屋、逆洗弁ピットのある場所は海抜一〇メートル（通称・十円盤＝十Ｍ盤が訛ったもの）、海際の取水設備や物揚場《ものあげば》（船で運ばれてきた資器材を降ろす場所）がある場所は同四メートル（通称・四円盤）まで削って造ってあるので、海に近づくにつれ低くなっている。

「汐見坂」を下り終えると、最後のコーナーが見えてきた。

その先は青い太平洋で、潮の匂いを孕《はら》んだ風が吹いてくる。

防災安全部長と並走を続けながらコーナーを曲がると、今度は上りの「心臓破り」の坂が目の前に続く。色とりどりの服装の人々が盛んに手を振っている二〇〇メートルほど先の中継地点を目指し、富士は、最後の力を振り絞ってラストスパートした。

翌日の晩――
富士祥夫は、自宅でテレビを観ながら夕食をとっていた。

駅伝大会で頑張りすぎたおかげで、腿やふくらはぎがぱんぱんに張っていた。

テレビは、地元の放送局のニュース番組で、日本航空と日本エアシステムの統合や、郵便事業に民間企業を参入させようとする小泉純一郎首相と自民党郵政族のせめぎ合いなどが報じられていた。

「……本日開かれた県の地方税制等検討会で、県総務部長が答弁し、核燃料税を現行の七パーセントから一六・五パーセントに引き上げる計画であると説明しました」

(ええっ、核燃料税を引き上げ⁉)

女性アナウンサーが読み上げるニュースに、富士は驚いた。

「燃料価格に課税する核燃料税は昭和五十二年に導入され、これまで総額約九百二十億円に達しています。しかし最近は、核燃料価格の世界的下落や、性能の向上による装荷期間の長期化で、税収入がピーク時の年間約七十八億円から、昨年は二十九億二千万円まで落ち込みました。県は、六月の県議会に税率引上げの条例案を上程する予定で……」

福島県の核燃料税引上げ計画に対し、首都電力は猛烈に反発した。

常務取締役の宮田匠が交渉の責任者となり、立地地域本部、原子力管理部、総務部、福島事務所の幹部らを伴って十回以上県庁を訪問。訴訟も辞さない構えで、核燃料税の引き上げに反対した。反対理由として挙げたのは、①説明責任の欠如、②憲法十四条（平等の原則）、同二十九条（財産権）、同三十一条（適正手続きの保障）違反、③負担が過重で、実質的な二重課税、④県の財政需要の合理性の欠如、⑤特措法（原子力発電施設等立地地域の振興に関する特別措置法）の活用が先決、⑥国の経済政策との整合性の欠如、などであった。

電気事業連合会の副会長も福島県庁を訪問して要望書を出し、経団連も片山虎之助総務相に意見書を提出して首都電力を援護射撃した。

それから間もなく――

宮田匠は、首都電力の副社長室のソファーで、原子力本部長（副社長）と向き合っていた。

「宮田君……もはや、これまでだな」

白髪を無造作に横分けにした副社長が、顔に疲労感を滲ませていった。

「去年の十一月に、GEが原子力安全・保安院に調査の協力を約束した時点で、この日が来るのは分かっていたが……。我ながら、往生際が悪かったな」

GEは、直ちに社内調査を開始し、当時の検査データのみならず、関与した四人の社員の証言記録や社内調査資料も日本側に提出した。

また、マイク・タグチが告発したもの以外に、二十件以上のデータ改ざんがあることが判明し、原子力安全・保安院は、ＧＥから提供された資料にもとづいて虚偽記載リストを作成し、首都電力に突き付けた。

「きみには、設備投資や燃料税の件でも苦労をさせて申し訳なかった」

小さくかぶりを振る宮田の頬も、疲労と心労でこけていた。

「今しがた、社長に報告して、僕の辞表を預けて来たよ」

普段からよれよれの副社長の灰色の背広に一段と皺が寄っていた。

「こうなった以上、保安院のいうとおり、社内に調査委員会を作って、正式な調査を始めるしかないだろう」

副社長の言葉に宮田はうなずく。

「これからしばらく、原子力本部は嵐の日々になるな。……宮田君、大丈夫か？」

「はい」

宮田は青ざめた顔でうなずく。「ただ、今後は社内調査やマスコミ対応で、今以上に忙しくなると思います。福島県との核燃料税の交渉もまだこれからです」

「そうだな」

「ついては、奥一の第一発電部長をやっている富士祥夫を、本店に呼び戻したいのですが」

「富士？　あの背が高くて、面白い男か。確か、きみの大学の後輩だったな？」

「はい。彼はコミュニケーション能力が抜群ですから、こういう難しい局面には打ってつけだと思います。性格も明るいので、暗くなりがちな原子力本部の雰囲気を変えてくれると思います」

「そうか。分かった。それじゃ、七月の人事異動で発令しよう」


同じ頃――

千代田区平河町の砂防会館の事務所で、衆議院副議長を務める元自民党商工族のドンが、福島県の副知事を呼びつけていた。

「……地《ツ》方の課税自《ズ》主《ス》権《けん》も結構だがね、あんまり性急なことやって、卵を産む鶏を殺しっちまってはいかんよ」

古希（七十歳）を迎えた「東北の坂本竜馬」は、リムの上部が黒い眼鏡越しに老獪な政治家らしい鋭い視線を放っていった。

「はあ……」

能吏らしいソツのなさを漂わせる副知事はあいまいにうなずく。

「県と首都電力が対立して、一番困んのは発電所の地《ズ》元ですよ。富岡町の町長も核燃料税の地《ズ》元への還元が薄いっつってるし、楢葉町の町長も、いぎなりズドンと引き金を引ぐなんつう真似には反対しとるそうじゃないか」

「はあ……」

「プルサーマルはやらせね、税金は引き上げるでは、首都電も納得はできんですよ、感情的に」

「はい……」

「それに知事がなんぼ頑張ったって、県議会が承認しねがったら、条例が成立スないのは、自治省出身のあんたが一番よぐ分かっとるでしょ？」

副知事は大学を出て自治省（現・総務省）に入省した官僚で、出向で福島県に来ている。

福島《ふぐしま》県議会（定数六十）は、自民党が過半数を占める保守王国だ。

「福島に帰っだらね、佐藤君に、このワタスが心配《すんぱい》をしでだと、よぉーく伝えておいてくれ」

「はい」

「あんまり無茶なことをすっと、佐藤君のためにもなんねぇと、こういっでおったってな」

そういって、鷹のような視線を副知事の両目に注ぐ。

「原発は大ぎな利権だがらな。政官財だげでねぐって、裏の社会も関わってるしな。首都電力が下請け作業員一人あたりに払うのは十万円で、それが作業員のとごまでくると一《いッ》万円ですよ。電力九社の設備投資は年間二兆円からある。これらみんなが利権ですよ。触れては駄目だな」

5

八月二十九日木曜日——

熱帯夜明けの東京は、午前十時には気温が三十度を超え、五日連続の真夏日となった。

横浜国際プールで開催中のパンパシフィック水泳選手権は最終日を迎え、小泉純一郎首相は、日本の首相として初めて北朝鮮を訪問することを、まもなく正式発表するところだった。


午後七時——

日が傾き、有楽町のガード下に焼き鳥の煙が漂い始めた頃、原子力管理部の副部長に任命された富士祥夫は、千代田区内幸町の本店で記者会見に立ち会っていた。

テレビ撮影用の照明が、百人以上の記者やカメラマンが詰めかけた室内を煌々と照らしていた。

正面に会見用の席が設けられ、三年前に就任した東大法学部卒・企画部門出身の第九代社長と、原子力本部長が神妙な顔つきですわり、正面右手奥の席に広報室長、富士、弁護士が控えていた。

「それでは記者会見を始めさせて頂きます」

広報室長の言葉を合図に、白髪で気の弱そうな社長が、目の前の十数本のマイクに向って背中を丸めるようにして、発表文を読み上げ始めた。

「当社は、昭和六十一年から平成十三年にかけて、ゼネラル・エレクトリック・インターナショナル・インク社が行なった原子力発電所の点検・補修作業において、ひびやその徴候で未公表のものや、修理記録における虚偽の記載など、不適切な取り扱いがあるとの指摘を受け、本年五月末に社内調査委員会を設置して厳正かつ徹底的に調査をして参りました。その結果、不適切な取り扱いが行われた可能性がある事例二十九件が判明し、事実関係について本年九月中旬を目処に、全容を解明したいと考えております」

そこまで読むと、社長と副社長は立ち上がる。

「このたびは、電源立地地域をはじめ、社会の皆様方に、ご心配とご迷惑をおかけ致し、心からお詫び申し上げます」

深々と頭を下げ、一斉に焚かれるカメラのフラッシュを浴びた。

その様子を、富士は緊張した面持ちで見詰めていた。手元には、発表文と添付資料が置かれていた。八ページからなる資料は二週間以上かけて練り上げたもので、全二十九件のトラブル隠しの内容と関連機器のカラー・イラスト入りの解説で、安全性には一切問題がないという詳細な説明文が付されていた。

マイク・タグチの告発をきっかけに始まった調査で判明したトラブル隠しは、奥羽第一原発の一〜六号機、同第二原発の一〜四号機、柏崎越後原発の二、五号機の自主点検に関する広範囲なものだった。具体的には、シュラウド、ドライヤ（蒸気乾燥器）、炉心スプレイスパージャ（シュラウドの内側にある冷却水の散水管）、ジェットポンプ（シュラウドの外側にある炉心に冷却水を供給するポンプ）、シュラウドのボルトなどにあったひび割れ、ひび割れの徴候、隙間などを報告せず、勝手に補修したり、放置したりしていたものだった。

翌日——

新聞やテレビは、事件を大々的に報道し、首都電力のみならず経産省も世論の激しい非難を浴びた。

〈原発の闇十数年　首都電の隠ぺい　社長は「安全」強調、経緯「調査中」繰り返す〉（東

京新聞〉
〈「記憶ない」「記録ない」　首都電、調査要請〝放置〟〉（読売新聞）
〈来週にも立ち入り調査　経産省保安院、九電力に総点検指示〉（産経新聞大阪版夕刊）
〈原発点検記録改ざん　平山（新潟県）知事「言語道断だ」　プルサーマル〝保留〟〉（毎日新聞地方版）

九月二日、首都電力は、会長、社長、二人の相談役という、第六代から第九代の社長の総退陣を発表した。全員が、経団連名誉会長、同副会長、同評議員会議長、経済同友会副代表幹事という財界の大物だった。

昭和三十二年に起きた鶴見火力発電所がらみの石炭汚職事件で第二代の社長が辞任し、副社長が常務に降格されたことがあったが、歴代四人のトップの総退陣というのは未曽有の事態だった。

原子力本部長（副社長）は辞任、宮田匠は常務から平取締役に降格、それ以外の原子力部門の役員・幹部は減給一〜六ヶ月、厳重注意、注意喚起など、全部で四十名が処分を受けた。

九月中旬までに、首都電力の全十七基の原発のうち、六基が定期検査を繰り上げて停止され、代替電力を担うことになった火力発電部門は石油やＬＮＧ（液化天然ガス）の調達に駆けずり回った。

九月から十月にかけ、九電力会社で、原子力安全・保安院が指示した検査が行われ、首都電力で新たに八基の原発の再循環系のひび割れ五十七件を国に報告していなかったことが判明したほか、他の電力会社でも過去のトラブル隠しが次々と発覚した。

中部電力では、浜岡原発一、三号機で再循環系の配管九ヶ所のひび割れを報告しておらず、前年の定期検査でひび割れがなかったとされていたシュラウドに六十七ヶ所のひび割れが見つかった。東北電力では、女川原発一号機で、再循環系の配管四ヶ所のひび割れが公表されておらず、今回の検査で、シュラウドに六十七ヶ所のひび割れが発見された。日本原子力発電敦賀原発一号機、中国電力島根原発一号機でも、シュラウドのひび割れの兆候を報告していなかった。


十二月中旬――

新潟県柏崎市では、強風に煽られた霙《みぞれ》が建物や道路に打ちつけていた。

東京から出張して来た富士祥夫は、長野真と一緒にJRの柏崎駅に降り立った。

奥羽第二原発の第一発電部副部長を務めた長野は、富士より一年前に原子力管理部に戻って、電気・計装グループのグループマネージャーを務めており、今回の不祥事対応で富士の右腕になっていた。

「よお、お疲れ」

昭和四十二年に造られた二階建ての古い駅舎の玄関を出ると、フードの付いた黒いジャンパー姿の背の高い男が立っていた。

「ふ、二神《ふたがみ》！　なんで、ここに……⁉」

男は、同期の二神照夫《てるお》だった。

頭髪は一段と後退し、二重瞼の目が相変わらず血走ってぎょろりとしていた。

「先月からこっちに張り付いて、謝罪行脚をしてるんだ。お前らの不始末のおかげで大変だぜ。……さあ、乗れよ」

原発の裏道を歩く男は、そばに停めてある黒塗りのセダンを示した。

柏崎越後原発は、駅から七キロメートルほど離れた日本海沿いに建っている。

「しかし、ほんまに神出鬼没やな」

富士は助手席にすわり、車を発進させた二神にいった。

「俺は、首都電力のトラブル処理係だからな」

ハンドルを操りながら、二神が苦笑する。

首都電力では、作業服姿の社員たちが、柏崎越後原発の地元に住む三万一千世帯を戸別訪問しており、その総指揮を二神がとっていた。

「地元の反応はどうや？」

「まあ、浜通りほどじゃないが、ここも原発の存在が大きい自治体だからな。元々の反原発派を除いて、わりと理解を示してくれるよ」

柏崎市は田中角栄元首相の地盤・旧新潟三区（中選挙区）にあり、原発を積極的に誘致したのは田中だった。田中の口利き料は一基約三千億円もする原発の五パーセントともいわれ、地元の土木業者に工事受注をもたらし、原発関係の商売や雇用も促進され、選挙は盤石となった。

「お前の作った説明書、よくできてるぜ。あれ見せて話すと、みんな一応分かってくれる」

二神らは、今回のトラブル隠しのお詫びと安全性には問題がないという説明を記したパンフレットと、住民の意見を送ることができる広報室あての葉書を持参して戸別訪問をしていた。

「俺のほうでも、結構、お詫び行脚をやってるよ」

富士がいった。「こっちは、県庁なんかが中心だけど」

富士は、副社長や原子力本部の副本部長について、福島県や新潟県の県庁や県議会に出向き、お詫びと再発防止策の説明をしていた。

「お詫び行脚は仕方がないが、仕事が終わったあと、外で一杯やれないのがつらいぜ」

二神が自嘲的にいった。

首都電力の社員は地元で睨まれているので、外で酒を飲んで酔っ払うこともできない。

「ところで富士、少し痩せたな。下痢か？」

富士は、普段、豪放磊落《ごうほうらいらく》を装っているが、内面は繊細で、精神的重圧から下痢をすることがある。

「俺も発電所勤務が長いから、社内の調査委員会に相当事情聴取をやられてさ。しかも、この忙しさだし」

富士はやれやれといった表情。

「一、二回、下痢で仕事を代わりましたよ」

後ろの席にすわった長野にいわれ、富士は苦笑した。朝、体調不良で病院に立ち寄ってから出社するため、長野に電話をして、急ぎの仕事を代わってもらったことがあった。

また、社内に、「不祥事を起こした（富士を含む）機械グループにすべては任せられない」という意見があったため、電気の専門家の長野が、富士の助言を仰ぎながら、すべての点検記録を再チェックし、総務部主体の社内調査委員会による関係者の事情聴取にも同席した。

「それにしても、維持規格、残念だったな」

霙《みぞれ》に打たれるフロントグラスの先に注意を払いながら、二神がいった。

「ああ。あれが間に合ってりゃなぁ……」

今回、トラブル隠しと指摘されたものの大半が、維持規格があれば問題にならないものだった。

日本機械学会は原発用維持規格案の策定を六年前に終え、平成十二年五月には同学会の正式なものとして初版を発行したが、法令化は相変わらず放置されていた。今回の騒動で尻に火が点いた経産省がようやく重い腰を上げ、電気事業法を改正して、来年から使えるようになる予定である。

「宮田さんは辞めるのか？」

「たぶん、来年六月の株主総会で退任だろう。本部長も退任したから、今回の騒動で一番のダメージは、要《かなめ》になる人材が失われたことかもしれない」

九月末日付で退任した原子力本部長（副社長）は、鋭い理論家で、「ファイター」と呼ばれた元副社長以来の原子力本部の大物だった。

「ところで、今日帰るのか？」

ハンドルを操りながら、二神が訊いた。

「うん。打ち合わせをして、夕方、またＪＲで帰るわ」

「風が強いから、ことによると電車が運休になるかもしれんぞ。そのときは、長岡まで車で出て、上越新幹線に乗るんだな」

車はワイパーを盛んに動かしながら、柏崎市街を抜け、霙が降りしきる水田地帯を走っていた。

「お前はいつまでいるんだ？」

「あと一週間くらいだな。正月は久しぶりに田舎に帰って、親の顔でも見てくるぜ」

いつもどこか張りつめている二神の横顔に、人間味のある気配が漂う。

「種子島だったよな？」

「ああ。おやじもおふくろもいい歳だから、いつぽっくり逝くとも限らん。顔ぐらい見ておかんとな」

富士も二神も四十七歳になった。

「お前んところの両親は、大阪にいるのか？」

「いや。今、宮崎だ」

「え、宮崎？　なんでまた？」

「企画会社の仕事で全国を回っていたとき、気に入ったらしい。何年か前に会社を畳んで、あっちに温泉付きのマンション買って、二人で住んでる。おやじは好きなゴルフ三昧の毎日のようだ」

「そうか。今度行くときは、種子島にも足を延ばしたらどうだ。案内するぜ」

「いいところか？」

「ああ。釣りやゴルフもできるし、トビウオも食えるぞ」


一時間後——

富士祥夫と長野真は、柏崎越後原発の会議室でミーティングをしていた。

ギネスブックにも認定された世界一の総発電量約八二〇万キロワットを誇る原発は、海沿いの松林の中に建っている。地盤が軟らかいため、地下三五～四五メートルのところの岩盤まで掘り下げられ、原子炉建屋は地上三階、地下四～五階で、格納容器の大部分は地中に埋まっている。

「……えー、福島のほうは、奥一の二、五、六号機、奥二の一号機を除く六基が停止しております。柏崎越後原発の運転中の四基も、年明けから順次停止し、点検作業に入る予定になっております」

手元の資料に視線をやりながら話す富士の言葉を、柏崎越後原発の幹部十人ほどがじっと聞いていた。

「停止時期につきましては、冬場の電力需要のピーク時期を外すということで、だいたい二月から四月にかけての日程を組んでいます」

矩形の会議用テーブルを挟んで、富士の向かい側に所長の古閑年春が腕組みをしてすわっていた。

「柏崎越後のほうも、年明けから四号機から七号機までを順次停止して、点検と補修をして頂くことになっていますが、今般認められた維持規格に沿って、手抜かりのないようにお願い致します」

「ちょっと一点、いいか？」

短く濃い眉の下に銀縁眼鏡をかけた古閑が片手を挙げた。

一時は出世コースを外れたが、前年六月に取締役になり、威厳が出てきていた。

「補修の件だけれどもな、たとえ維持規格で許されてても、クラック（ひび割れ）をそのまま運転することに対して、地元はまだ相当な心理的抵抗を持っている。したがって、予防措置的にパーツの全取っ換えをやらざるを得ないケースも多いと思うんで、この点、予算では考慮してほしい」

「はい、承知しました」

東大工学部卒の古閑は、富士より年齢で八歳、入社年次で十年上である。

「えーと、それで、来年四月中旬には、我が社の原発十七基がすべて停止する未曽有の事態になるわけでして、夏場の電力需要のピークまでに少しでも多く再開するというのが、今後の目標になります……」

首都電力の供給地域の夏場のピーク時の電力需要は六四〇〇万キロワット前後で、原発が全部停止した状態のままだと、一〇〇〇万キロワットが不足する。首都電力は、テレビＣＭも流し、節電を呼びかけている。

「運転再開のためには、地元の同意を得ることが最大の課題となるわけでありまして、これについては、別紙のとおりのスケジュールで、地元説明会の開催を予定しております」

富士の言葉に、出席者たちが、手元の資料のページを繰る。

「説明会は、原子力安全・保安院との共催にしまして、なるべく客観性を持たせるために、外部の有識者の方に司会をお願いする方向で調整を進めています」

夕方――

戸外は相変わらず風雨が強く、水滴で曇った会議室の窓の向こうに、原子炉建屋や高い排気筒、風にざわめく松林、雨にかすむ越後山脈の山並みなどが見えていた。

「今日は、ご苦労だったな」

会議が終わり、出席者が引き揚げ始めたとき、古閑が富士のそばにやって来た。

「いえいえ、古閑さんこそ、地元対策お疲れ様です」

書類を鞄の中にしまいながら、富士は愛想よくいった。

四ヶ月前のトラブル隠し発覚以来、古閑は新潟県庁など地元自治体に謝罪に出向き、去る十月に県議会に参考人招致されたときは、「東京の犠牲になれっていうのか⁉」「反省してるのか⁉」と罵声を浴びせられた。

「富士、お前のおかげで、命拾いしたよ。礼をいっておく」

今回の不祥事で古閑は、減給（三割）六ヶ月の処分を受けたが、降格や辞職は免れた。ロンドン事務所や原子力研究所といった補修と関係のない部署の勤務が長かったほか、奥一の第二保全部副部長だった十四年前に、所長にいわれるままに虚偽の報告書を作ろうとして、富士と石垣茂利に頑として抵抗され、結果的に、不正に手を染めずにすんだ。

「それにしても、うちの経営陣は、よっぽど原子力本部が気にくわなかったんだな」

古閑は忌々しげにいった。

「トカゲのしっぽ切りですよ、自分たちが生き残るための」

会社側は、「すべての責任は原子力本部にある」として、原子力本部を徹底的に悪者にする対外発表を繰り返し、マスコミがそれをさらに強調して報道したため、「原子力村は悪の巣窟」、「原子力をやる人間は嘘つき」といったレッテルを貼られ、本店六階にあることから、オウム真理教になぞらえて「第六サティアン」とまで呼ばれた。

「それにしても宮田さんは気の毒だったな」

「ええ……」

宮田は原子力本部で矢面に立たされただけでなく、過去、口頭で虚偽報告を了承していた元役員たちが、知らぬ存ぜぬで逃げたため、責任をかぶせられた。


事務本館前にタクシーが迎えに来たとき、霙は雪に変わり、風が一段と強くなっていた。

「列車、大丈夫かなあ？」

富士と長野は、心配しながら車に乗り込んだ。

約二十分後、JR柏崎駅に着くと、駅前のタクシー乗り場に車は一台もなく、強風で雪が舞っているだけだった。

「すいませんけど、ちょっとここで待っててくれますか」

万一に備え、駅前にタクシーを待たせたまま、二人で駅舎に入って行くと、待合室には人《ひと》気《け》がなく、がらんとしていた。改札口の向こうに、緑と黄緑二色のラインが入った越後線の列車が停車していた。

「……えっ、全面運休⁉」

窓口で訊くと、強風のために列車が全面運休しているという。

「上越新幹線は動いてますから、長岡まで車で出て、そこから新幹線に乗られるしかないと思います」

制服姿の駅員の説明を、足止めを食った年輩の婦人が不安そうな面持ちで聞いていた。

「あのう、もし長岡まで行かれるんでしたら、僕らの車に乗って行きませんか？」

富士が婦人に声をかけた。

「えっ、よろしいんですか？」

地味な服装をした婦人は、驚いて富士の顔を見る。

「僕らは会社からタクシー代を出してもらえますから」

富士がにっこりいった。

灰色の空の下の荒涼とした風景の中を、タクシーは海寄りの市街地を強風になぶられながら走り出した。

富士と一緒にリアシートにすわった婦人は六十歳手前で、柏崎で生まれ育ち、今は群馬県前橋市に嫁いでいるという。戦争中に父親が兵隊にとられて亡くなり、幼い兄と一緒に伯父の家に引き取られて育った口数の少ない人だった。景色を見ながら、ここは昔何があった、このあたりは家が一軒しかなかった、十月に帰国した拉致被害者の蓮池薫さんの家はここ、とぽつりぽつりと話した。

この年、前年九月に発生した9・11同時多発テロ事件の反省から、米国原子力規制委員会（NRC）は、全電源喪失を想定した非常用電源の増強や分散配置を各原発に義務付ける命令（通称・B5b）を発し、日本の原子力安全・保安院にも伝達した。しかし、日本政府も同保安院も何のアクションも取らず、国内の原発事業者に対して内容を知らせることもしなかった。

6

二年後（平成十六年）の五月——

富士は、福島県双葉郡富岡町小浜にある集会施設・双葉地方会館の二階で開かれた首都電力の「発電所所在町情報会議」に出席した。首都電力がトラブル隠し事件のあとに始めた地元住民との懇談会で、年に数回開催されていた。

首都電力の原発は、前年四月に十七基すべてが停止し、再稼働の社会的環境も整わなかったため、夏場の需要期は、節電キャンペーン、他社からの電力購入、休止中だった横須賀火力発電所の五基の再稼働などで辛うじて乗り切った。その後、新潟県と福島県の同意を取り付けながら、これまで十三基の再稼働に漕ぎ付け、夏までに十七基すべての再稼働を目指している。

「……えー、それでは皆さん、今日は弊社の社長が来ておりますので、何でもご遠慮なくお訊き下さい」

司会役の奥羽第一原発所長が微笑を湛えていった。地味で手堅い印象の五十代後半・東大工学部卒の人物で、主に技術開発部門を歩んできた。

正面中央の席に、スクリーンを背にして首都電力の第十代社長がスーツ姿ですわっていた。小型犬を思わせる一見華奢《きゃしゃ》な風貌だが、トラブル隠し事件を収束させつつある実績を背景に、社内で権勢を強めている。東大経済学部卒の企画畑で、頭が切れるので「カミソリ」と呼ばれ、兄は新日鉄の元副社長、弟は丸紅の社長という、「財界三兄弟」だ。

教室形にすわった数十人の地元の人々の中で、眼鏡をかけた中年女性が手を挙げた。

「先ほど発電所の中を見せて頂いたんですけど、配管が古くて赤茶けていました。地震が来ても大丈夫なんでしょうか？」

首都電力の委嘱で、原発に関する意見を述べる「原子力モニター」を務めている女性であった。

「はい。配管を含む機器類につきましては、法令で定められている維持規格にもとづいて補修・管理しておりまして、表面が赤茶けたりしていても、機能性は十分確保していることを検査で定期的に確認致しておりますので、ご心配はありません」

社長から一人置いてすわった青い作業服姿の富士祥夫が答えた。

「耐震性についても、そうだな？　富士君」

社長が威厳のある口調で念を押す。

「はい、耐震性につきましても、国の基準にしたがって補修・管理しており、十分な余裕をもって安全性を確保しております」

富士の忠実な答えに、社長は満足そうにうなずく。

「非常用のディーゼル発電機がみんな地下に置かれている点はどうなんでしょうか？　津波が来たら大変なことになるので、地上の高い場所に上げるべきなんじゃないでしょうか？」

原子力モニターの女性は、地方の人らしい訥々とした口調で訊く。

「え、えっと、津波対策につきましては……」

自分自身も津波や非常用ディーゼル発電機の場所が気になっている富士は、思わずいい淀む。

「富士君、富士君、コストがかかるんだよ。津波対策なんて、簡単にはできないよ」

社長が小声でいった。

「それでは困ります！」

中年女性が聞きとがめた。「ここには双葉活断層もあるし、津波も多い土地柄ですから、ちゃんと津波対策をやってもらわないと困りますよ」

双葉活断層は、奥一の北約三〇キロメートルに位置し、一六〜四〇キロメートルの長さがある。

「大丈夫ですよ。絶対に心配ありません」

社長は笑って取り合わない。

一方、富士は、気まずそうに押し黙る。

「じゃあ、メルトダウンしたら、どうするんですか？」

「メルトダウン……？　馬鹿なこと訊くんじゃない。そんなこと起きるわけないじゃないか」

社長があざ笑うようにいい放ったので、女性はむっとなり、会場の人々の顔にも不信感が漂った。

「あのう、プルサーマルについてはいかがですか？」

奥一の所長が、気まずい雰囲気を変えようとして質問した。

「賛成しません」

中年女性は硬い表情で即答した。

「それじゃあ、プルサーマルについて、別途ご説明させましょう」

社長がにこやかな表情を作っていった。


翌日（土曜日）――

福島県地方は、五月らしい爽やかな天候となった。

午前中、原子力モニターの女性ら地元の人々が、奥一の正門付近にある見学者用施設「サービスホール」のロビーで、首都電力の社員やその家族と一緒に、地元産野菜の即売会や郷土芸能披露会の準備をしていた。「発電所所在町情報会議」とセットで行われているイベント「でんきの古里交流祭り」の準備だった。

「あっ、どうもー。あっ、どうもすいませーん」

首都電力の青い制服姿の背の高い男が書類を手に、猫背を一層低くして、しきりに恐縮しながらロビーに入って来た。

「あのー、みなさん、作業中のところ誠にすいません」

富士祥夫は困ったような申し訳ないような表情でいった。

「あのー、昨日お話が出たプルサーマルの件なんですが、説明書と設計図を持って来ましたんで、ちょっとご説明させて頂けないかと思いまして……」

「えーっ⁉　ちょっと今忙しいんですけど」

人々は、呆れた表情。

「うーん、やっぱり、そうですよねえ……」

社長に命じられて仕方なしにやって来た富士は途方に暮れる。

「あのう、じゃあ、それお預かりして、あとで見せて頂きますから」

一人にいわれ、富士はほっとした表情で説明書と設計図を差し出した。

第十章　東京地検

1

翌年（平成十七年）――

六月初旬の金曜日の夜、本店原子力管理部での任期を終え、奥羽第二原発のユニット所長になった富士祥夫は、JR富岡駅近くのスナックで、阪神対ロッテのナイターを観戦していた。

青森出身のママが経営する「圓《まどか》」という店で、壁に「とりから揚」「じゃがバター」「ビール」などの品書きが掛けられ、阪神タイガースの選手の色紙やポスターが飾られていた。

「……三回の裏、タイムリー・ツーベースを打っている金本です」

男性アナウンサーの声とともに、スクリーンの「タイガース・チャンネル」（CS放送）に、甲子園球場の打席に立った、阪神の四番・金本知憲《ともあき》の姿が大きく映し出される。

試合は七回の裏で、六対六の同点だった。

「アニキ（金本の愛称）、一発頼むで！」

「頑張りどこやぞ！」

店内に集まった首都電力「虎会」（阪神タイガース・ファンクラブ）のメンバーたち十数人から声援が上がる。「虎会」の会長は奥一の所長で、奥二のナンバー・スリーとして各発電ユニットを統括する富士が副会長である。メンバーは年に五、六回集まり、阪神の試合を観ながら飲む。

スクリーンの中で、黒いユニフォームのロッテの投手・山崎健がふりかぶって、白球を抛《ほう》った。

「ああーっ、敬遠や！」

「えーっ！」

スクリーンに、三塁側ダッグアウトで試合を見守る、ロッテのバレンタイン監督の何事か考えているような顔が大映しになる。

「バレンタインめ、ゲッツー狙いやで、こら」

「今岡ぁー、プライド見せたらんか！」

ビールのジョッキや焼き鳥を手にした「虎会」のメンバーたちがスクリーンに向って叫ぶ。

続く五番バッターは、阪神の選手会長で、今季セ・リーグ打点トップの今岡誠である。東洋大学出身、身長一八五センチの三塁手だ。

　甲子園球場を埋めた四万五千三百九十二人の観衆から、大ブーイングが起きる中、四球の金本が一塁に向い、黒いヘルメットに縦縞のユニフォームの今岡がバッターボックスに入る。

「勝つぞー、勝つぞー、タイガース、ハイハイハーイ」

「ゴーゴー、レッツゴー、タイガース」

　スタンドの阪神ファンから、地鳴りのような声援が湧き起こる。

（あー、懐かしいなあ……）

　阪神甲子園球場は富士祥夫にとって思い出の場所である。

　幼い頃、両親に連れられ、夕方、大阪から西宮行きの阪神電車に乗ると、虎のシャツを着たり、メガホンを持った人々が大勢乗っていた。途中の尼崎駅の辺りはまだ公害がひどく、工場の煙突から鉄錆色の煙がたなびいていた。甲子園駅の真ん前にある蔦の絡まる球場に着くと、食べ物屋が何軒も出ていて、試合開始前から人々がおでんや焼きそばを食べ、ビールや日本酒を飲んでいた。スタンドに入ると、スコアボードの上に、黄色と黒のタイガースの旗が、暮れなずむ空を背景にはためいていた。

「昨日も九回、見せ場を作るツーベースを打っています今岡。こういうシーンでは燃えてくれるでしょう」

「タイガース・チャンネル」の男性アナウンサーの言葉とともに、左（右打ち）のバッターボックスに入った今岡が、敏捷そうな身体でバットを構えた。

一球目は外角低めのボール。

〽　いーまー、胸に秘めたー、まことーのー闘ぉ志をー、大空に向って炎と燃やせ、とーらーにーなーれー

今岡のヒッティング・マーチに続き、「かっ飛ばせー、いーまおかー」とスタンドが絶叫する。

二球目、ストライク。

「今岡ぁ、男やで！」

「目にもん、見せたらんか！」

今年の阪神は、五月に勝率六割を上げて首位に躍り出、二年ぶりのリーグ優勝へ期待が高まっている。

繰り返されるヒッティング・マーチと「かっ飛ばせー、いーまおかー」の大声援の中、投手・山崎が二塁ランナーを一瞥し、三球目を抛った。

（おっ、いいコースや！）

ストライクゾーンの真ん中に入るスライダーだ。

次の瞬間、カーンという快音とともに、バットが白球を鮮やかに捉えた。

「やったーっ！」

「入ったーっ！」

「ウォォーッ！」

虎会のメンバーたちが、拳を突き上げる。

白球は大きな弧を描き、レフト・スタンドに突き刺さった。

「やったーっ！　今岡の、怒りの一発だーっ！」

アナウンサーが絶叫し、それをスタンドの大歓声がかき消す。

スクリーンの中では、今岡が右手を高々と挙げ、一塁ベースを軽やかに蹴っていた。

ダダダダダダダダッ……

「圓」の店内で、プラスチック製の応援用バットが打ち鳴らされる。

「第十一号！　これが、セ・リーグの、打点王の、底力だーっ！　阪神対ロッテ、九対六っ！」

振り絞るようなアナウンサーの声とともに、今岡がホームベースを踏み、出迎えの選手やコーチたちとタッチをする。

　スクリーンでは、スローモーションでホームランのシーンが再現され、ベンチに戻ってヘルメットを脱いでも興奮冷めやらぬといった表情の今岡が映し出される。

「今日はもう、頂きやな」

「せやな。七回裏で三点差は決定的やで」

　虎会のメンバーたちは、にんまりとジョッキのビールを傾ける。

　バッターボックスには、左打ちの六番・桧山進次郎が入った。

　がっちりした体格で、京都市生まれ・東洋大学卒の在日韓国人三世（本名・黄進煥《ファン・ジンファン》）である。

　一球目、ボール、二球目もボール。

「山崎、しっかり抛れや！　キャッチボールからやり直しや！」

　奥一の総務部会計グループの男がやじり、店内に笑いが湧く。

　三球目は低めのストライクで、桧山はぴくりと動いたが、見逃し。

〽　このー、いーちだにかーけろー、きあーいで、振りぬーけよー、だれーもお前を止められぬー、ひやまーよ、突っぱしれー

「かっ飛ばせー、ひーやーまー」

虎会メンバーたちも、「タイガース・チャンネル」から流れるヒッティング・マーチに合わせ、声援を送る。

投手が四球目を抛った次の瞬間、カツッという低い音とともに、桧山が白球を鋭く弾き返した。

ライナー性の当りで、ライトスタンドに向かってぐんぐん伸びる。

「いったーっ！」

「やったーっ！」

スタンドに突き刺さる白球を見て、富士たちは思いきり万歳をする。

「桧山もこの勢いに乗りました。第四号のソロ・アーチっ！」

男性アナウンサーの声とともに、甲子園球場の鳴り止まぬ拍手と歓声が聞こえてきた。


翌日（土曜日）――

午後、富士祥夫が社宅近くのスーパーで買い物をしていると、奥二の健康管理室に勤務する看護師の小野優子にばったり遇った。

「富士さん、お買い物ですか？」

買い物籠を提げ、小学校高学年の息子を連れた小野優子が声をかけた。

「ああ、小野さん、こんちわー」

ポロシャツにチノパン姿で、買い物籠を提げた富士が、長身を猫背にして頭を下げる。

「夕べ、結構、飲みました？」

小野がきりっとした眼差しで富士の顔を覗き込むようにして訊いた。

「さすが鋭いねえ。昨日、阪神が勝ったもんだから、『虎会』で盛り上がっちゃってさ」

昨晩の試合は、八回表にタイガースが二死満塁のピンチを迎えたが、救援投手の久保田智之が無失点で切り抜け、十対七で阪神が制した。

「冷凍食品が多いんですねえ……」

富士の買い物籠を覗き込んで、小野がつぶやく。

赤いプラスチック籠の中には、枝豆、焼きおにぎり、エビピラフなどのパックが入っていた。

「単身赴任だから、チンして食べられるものが便利で、ついね」

長男が大学生、次男が浪人生、三男もそろそろ大学受験のことを考える時期なので、今回は家族を東京に残しての単身赴任である。

「あっ、こんなものまで！　血圧上がりますよ」

鶏のから揚げと、チーズとポテトのフライの冷凍食品のパックをつまんで小野が顔をしかめた。

「家で、野球観ながらビール飲むとき、便利なんだよね」

富士は苦笑いしながら頭を掻く。

「野菜もちゃんと食べて下さい。切って茹でるだけでいいんですから」

小野は、近くにあったブロッコリー、カリフラワー、アスパラ、ベビーコーンを摑み、富士の籠の中にどさどさと放り込んだ。

2

七月下旬――

「うわー、でけえ！」

「すげえ！」

鹿児島本港南埠頭を午後一時に出港した高速船「トッピー（鹿児島の方言でトビウオのこと）」の二階席で、富士祥夫の息子たちが感嘆の声を漏らした。

窓の向こうに、桜島がどっしりと大きな姿を見せていた。埠頭に等間隔に植えられたヤシの木々が風にそよぎ、真っ青な空には綿雲が浮かび、波が揺れる海は明るい緑色である。

後ろの席で、富士と由梨がはしゃぐ息子たちを見て、微笑していた。

夏休みを利用して、宮崎に住む富士の両親を訪ねたあと、一家で種子島に向うところだった。

「皆様、ただ今、進行方向右手に、開聞岳が雄大な姿を見せております」

四十分ほど経って、女性の声で船内アナウンスがあった。

窓のほうを見ると、きれいな円錐形の「薩摩富士」が青い姿を見せていた。

翌日——

富士は、同期の二神照夫、二神の中学校の同級生二人と一緒に、種子島中部の東海岸（太平洋側）にある種子島ゴルフリゾートでプレーした。

米国のコース・デザイナーが設計した十八ホールのゴルフ場である。

「……ええ眺めやなあ」

グローブをはめた手でゴルフクラブをステッキのようについた富士が、あたりを見回す。

丘陵地帯に造られたコースは起伏に富み、風で波立つ灰色の池は太古の趣《おもむき》がある。

その間を縫って、カートが走る道が縦横に延びていた。

「なんか、ハワイかグアムでプレーしてるみたいやなあ」

天気は薄曇りで、コースのあちらこちらにあるヤシの木の葉が風で揺れていた。

「ここはフルバック（全長）で七〇二四ヤードあるし、林も少ないから、気分よく飛ばせるぜ」

二重瞼でぎょろりとした目の二神がいった。

日本のゴルフ場の平均距離は約六七〇〇ヤードである。

「あそこにパラボラアンテナみたいなのが見えるだろ？」

二神が右手彼方の地平線上に見える灰色のレーダー施設のようなものを指差す。

「あの向こうに、ロケット打ち上げ基地があるんだ」

「ほーう、そうなんか」

「天気がいいときは、ここからも発射場がくっきり見えるよ」

ＪＡＸＡ（宇宙航空研究開発機構）の種子島宇宙センターは、ゴルフ場から約二三キロメートル離れた島の南東端にある。

「原発と並ぶ国策だ」

二神が皮肉で口元を歪め、富士がうなずく。

保守派の政治家や官僚は、核ミサイルに軍事転用できるプルトニウムとロケット技術は、対外的な威嚇効果がある外交と安全保障の手段であるといって憚《はばか》らない。一九六八年十一月に外務省が作成した「『不拡散条約後』の日本の安全保障と科学技術」という報告書には「中共（中国共産党）の向こうを張って発言していく上に、核戦力の保有は恐らく不可欠である。原子力の平和利用、特に原子力発電のための技術開発は、核兵器の製造のための扉を、一つ一つ開いていくと言ってよい」と書かれている。

「そんじゃあ、いきますか」

富士がティーグラウンドに立ち、クラブを握って数秒間ボールを見詰めてから、大きく振りかぶった。

バシッという音がして、白球は灰青色の太平洋を背景に高く舞い上がる。

「おっ、行ったか⁉」

二神や同級生たちが一斉に宙の彼方を見る。

富士も右手を額にかざし、白球の行方を追う。球を芯で捉えた、いい感触のショットだった。

「ありゃー、あかん……！」

ボールの落下地点を見て、富士ががっかりした声を出す。

「二四〇か五〇（ヤード）は行ったと思ったんやけどなあ」

　クラブを片手で摑み、首を傾げる。

　球が落ちたのは二〇〇ヤード手前だった。

「風にやられたな。今日はあんまり高く打ち上げないほうがいいな」

　長身の二神がティーグラウンドに立つと、薄くなった前頭部の髪の毛が風で逆立った。

（使い古しのキューピー人形みたいやな……）

　富士が微笑したとき、ビュッと音を立ててクラブが一閃し、快音とともに白球が低く飛び出して行った。

「おー、行ったぁ！」

「さすがぁ！」

　政治家や地元の有力者たちとしょっちゅうプレーするうちに、二神は名人級のゴルファーになっていた。


　その晩――

　富士一家は、宿泊先である二神の両親が営む民宿のテラスで夕食をとった。

　場所は、島北部の中心都市・西之表市の市街から、ハイネズ、ガジュマル、シイノキなどが鬱蒼と生い茂る丘陵地帯を切り拓いて造った県道五八一号をしばらく北に行ったところである。

「……はい、お待たせー」

頭を手ぬぐいで覆い、前掛けをした二神が、富士一家のテーブルに夕食を運んで来た。

「あっ、トビウオだ！」

風呂上りで、浴衣姿の息子たちが声を上げた。

油で揚げたトビウオが数匹大皿に盛られていた。体長二〇センチ強で、エラのあたりから長い胸ビレが伸びている。

「これは、ウニか？」

浴衣姿の富士が、トビウオの隣りの野球のボールを二つに割ったような茶色いものを指差す。

「シラヒゲウニだ。白い棘《とげ》で覆われているけど、焼くとこんな色になる。俺が今朝、潜って獲って来たんだ」

バナナの葉を敷いたテーブルの上に料理の皿を置きながら、二神がいった。

「お前が獲って来たの？　こうやって見ると、やっぱ島の男やねえ」

富士が感心した表情で二神を眺める。Tシャツの下の胸板は厚く、腕も筋肉質で、漁師の血筋を感じさせる。

「それじゃ、火を点けるぞ」

二神が携帯用のガスコンロの上に鍋を載せ、火を点けた。

「いただきまーす」

食堂は、涼しい風が吹き抜ける、屋根と柱だけのテラスである。そばの庭に、真っ赤なハイビスカスが咲き、一〇〇メートルほど続く藪の向こうには東シナ海が広がっている。

「今日は、『鉄砲館』に行って来たんだって？」

塩味のスープの鍋に、トビウオのつみれ、キャベツ、ニラ、シメジ、薄切りにしたニンジンなどを菜箸で入れながら、二神が訊いた。

「鉄砲館」は西之表市にある島の総合博物館だ。

「はい。種子島の歴史が分かって、非常に面白かったです」

国立大学工学部三年生の長男がいった。息子たちは父親譲りで、臆することなく、はきはき話す。

「昔、島がアジア大陸とくっ付いてて、象が渡って来たとか、鉄砲が伝来したとき、鍛冶職人が苦労して雌《め》ネジを作ったとか、大相撲の横綱も出ているとか、島内を馬で回って病気を治していた女医さんがいたとか、すごく勉強になりました」

大正五年に、熊毛郡北種子村（現在の西之表市）出身の二代西ノ海嘉治郎が第二十五代の横綱になり、女医のほうは、大正から昭和にかけて島で診療活動に当った馬場愛子である。

「トビウオのつみれ鍋、そろそろいいぞ」

二神にいわれ、富士たちは、おたまを使って小鉢によそう。

「ほー、トビウオって、こんな味なんやなあ」

つみれを頬張って、富士がいった。

「イワシに似た味ね」

浴衣姿の由梨が微笑む。

「脂肪分が少ないから、わりと淡泊な味なんだよな」

二神がいった。

「いや、でも、これは美味いよ。新鮮だし」

富士は、はふはふいいながら、つみれや野菜を口に運ぶ。

時刻は午後六時半過ぎで、低空に留まっている太陽の光で、雲や海が淡いオレンジ色に輝いていた。そばの藪や草むらでは、虫たちが、リーリー、ジージー、スイッチョ、と合唱している。

「あそこに見えるのが、馬毛島《まげしま》か？」

「しま甘露」という地元の芋焼酎をオンザロックで傾けながら、富士が水平線上に横たわる低い黒灰色の影を指差した。

「ああ、そうだ」

種子島の西一二キロメートルの海上にある南北約四・五キロ、東西約三キロの島である。かつては百世帯以上が住み、鎌倉時代に遡るトビウオ漁などで生計を立てていたが、昭和三十年代後半から過疎が進み、昭和五十五年に無人島になった。

「昔から、色々ある島だよ」

二神が意味ありげな口調でいい、富士がうなずく。

昭和五十年代後半、使用済み核燃料の最終処分場として、電事連が島を買収しようとした話は二人とも聞いていた。計画がなくなったのは、経団連会長だった稲山嘉寛（新日鉄元会長）が、首都電力の六代目社長（当時の電事連会長）に、電力業界として青森県六ヶ所村に来て欲しいと要望し、電事連が受け入れたからだった。

その後も、平成十一年頃に、使用済み核燃料の中間貯蔵施設を建設する噂が出るなど、核の影が付きまとう島だ。

「しかし、ここはほんまにええところやなあ」

核関連のどろどろした思いを断ち切るように、富士がいった。

沈みゆく太陽が、雲間から極楽浄土のような薄オレンジ色の光をテラス一杯に降り注いできていた。

「早いとこ原発の裏稼業から足を洗って、こうやって虫の声を聞きながら焼酎が飲める暮らしをしたいもんだ」

二神が、本気とも冗談ともつかぬ口調でいった。

3

翌年（平成十八年）七月上旬――

東京は最高気温が二十九・二度で、本格的な夏の到来を予感させた。

福島から出張して来た富士祥夫は、大岡山の東京工業大学一号館の教室で「環境助長損傷制御学」寄付講座の報告会に出席した。

「……皆様ご存じのとおり、原子力発電は我が国の総発電量の三割を賄《まかな》う、重要な電源であります。軽水炉による商業発電が開始されてから三十六年が経過し、いわゆる高経年化対策の必要性が指摘されるようになって参りました」

教室の正面右手に設けられた演壇で、背広姿の古閑年春が挨拶をしていた。四年前のトラブル隠し事件で、原子力本部の上の人間がいなくなったこともあり、今や技術開発担当の常務取締役に昇進し、短く濃い眉で銀縁眼鏡をかけた顔も堂々としてきていた。

「こうした状況下、わたしども首都電力もお手伝いさせて頂き、三年前に、東京工業大学に環境助長損傷制御学の講座が開設され、併せて『ＳＣＣ評価基準高度化研究会』が発足したわけでございます」

トラブル隠し事件が起きて間もなく、原発の維持規格が法令化されることになり、富士祥夫の恩師である東京工業大学の一ノ瀬京助教授が基準の見直しなどに中心的役割を果たすことになった。首都電力は、意思疎通をスムーズにするため、同大学に、ＳＣＣ（応力腐食割れ）を研究するための寄付講座開設を提案し、三年前に教授一名、助教授一名の体制で講座をスタートさせた。

「本日は、講座の三年間の活動報告と主な研究成果のご報告ということで、皆様にお集まり頂きました。すでに研究の一部は、原子力発電所の維持規格に反映されるという成果をもたらしており……」

教室内に集まった数十人の人々は、東京工業大学、東北大学、青山学院大学、原子力安全・保安院、電力中央研究所、首都電力、関西電力、東芝、日立製作所、三菱重工、石川島播磨重工（現・ＩＨＩ）、日本製鋼所などからの出席者だった。細面に口髭をたくわえ、還暦を過ぎても潑剌とした一ノ瀬教授や、三年前に首都電力取締役を辞した宮田匠の姿もあった。

古関に続いて、講座の特任教授が三年間の活動の概要を報告した。年に一、二度開かれる研究会では、現場の実情が維持規格に確実に反映されるよう、首都電力技術研究所や電事連のスタッフが原発のSCCの状況について発表を行なってきた。

「それでは、本日最初の研究発表であります『低炭素ステンレス鋼の高温高圧水中における応力腐食割れ進展特性』につきまして、発表をして頂きます」

司会者の声を合図に特任教授が再び立ち上り、最近大学院を修了した研究者と一緒に演壇に向う。

「……平成十三年以降、沸騰水型原子力発電所において、SUS316L製炉心シュラウドと再循環系配管でSCC、すなわち応力腐食割れの発生が見られるようになりました」

背後のスクリーンに、亀の甲羅のようなシュラウドのひび割れの映像が映し出された。

マイクを前に話す特任教授は、額にかかる頭髪がいかにも研究者ふうの五十歳過ぎの男性で、早稲田大学理工学部の大学院で金属工学を専攻し、以前は、電力中央研究所で研究員を務めていた。

電力中央研究所は、東京の大手町に本部を置き、七百人超の研究者が電気事業に関する研究を行なっている財団法人である。予算の約九割を電力会社が負担し、原発反対派からは、マスコミや学会の懐柔工作も行う「伏魔殿」と呼ばれている。

「本研究は、SCC感受性と関係が深い金属の冷間加工や時効処理の影響を実験によって評価しようとするものです」

スクリーンに、実験に用いられたいくつかの金属片とそれぞれの圧延方法や圧下率などが示される。冷間圧延は、常温で金属を押し延ばすことで、圧下率は圧延による厚みの減少率である。時効処理は、様々な時間で高熱を金属に加えることを意味する。

「高温高圧水中環境を作る実験装置は、温度を摂氏二百八十八度、圧力一〇メガパスカル、溶存酸素濃度八ppm、電気伝導度〇・一マイクロジーメンス・パー・センチとし、沸騰水型軽水炉の冷却水を模した環境と致しました」

背広姿の富士祥夫もじっと耳を傾けていた。会社の命を受けて、一ノ瀬教授に寄付講座開設の提案をし、トラブル隠し事件の後始末のかたわら、設立準備に奔走したのは前職の本店原子力管理部副部長時代のことだ。

「実験に使用した試験片（金属片）は、それぞれ圧下率が、五パーセント、一〇パーセント、二〇パーセント、三〇パーセント、四〇パーセントになるよう冷間圧延を行い、その後、真空炉中で、摂氏六百五十度、七百度、七百五十度、八百度で、各一時間の時効処理を行いました」

続いて、試験片の硬度や、ＳＣＣ感受性の評価方法について説明した。

「実験の結果ですが、高温高圧水中におけるＳＣＣの発生は、ＳＵＳ３１６ＬおよびＳＵＳ３１６ともに、一〇パーセント圧延を施した試験片で、時効処理を施していないものの亀裂が最も大きいことが分かりました」

特任教授はいくつかのスライドを使って、表面の硬さとＳＣＣ発生感受性の関係、表面硬化層と亀裂の深さの関係などについて実験結果を詳しく説明し、結論に入った。

「本実験によって、以下の三つの結論が得られました。①圧延により表面が二七〇ビッカース（硬度の単位）程度まで硬化すると、ＳＣＣ感受性が高くなる。②表面加工硬化層の厚さとＳＣＣの亀裂の深さはほぼ一致し、三〇〇ビッカース以上で粒内型ＳＣＣ、それ以下では粒界型ＳＣＣの形態を示す」

粒内型ＳＣＣは、金属の結晶粒の中を割れが伝播するもの、粒界型ＳＣＣは、金属の結晶粒界に沿って割れが伝播するものである。

「③鋭敏化（耐食性の劣化）とＳＣＣ感受性の間には、明確な相関はない。……以上でございます。ご清聴有難うございました」

夕方——

東京工業大学での報告会が終わったあと、富士は宮田匠と一緒に、銀座・和光のはす向かいにある、「竹葉亭銀座店」に出かけた。江戸大富町蜊《あさり》河岸（現在の中央区新富）で幕末に創業したうなぎ料理の老舗である。

二人は、二階の座敷で座卓を挟んであぐらをかいた。晴海通り側の窓には簾《すだれ》が下ろされ、壁には眠っている猫を描いた日本画が掛けられている。

「うーん、いい匂いですねえ」

ネクタイをゆるめた富士が、鼻をひくひくさせた。

戸外はまだ二十八度くらいあるが、クーラーがきいた店内は涼しい。客は、品のいい老夫婦、着物姿の年輩の男性、子どもを連れた三十代と思しい夫婦など、常連らしい人々が多い。

宮田がビールの瓶を取り上げ、富士が両手でグラスを捧げ持つ。

「さ、軽くいこう」

「宮田さん、どうですか、大学の先生は？」

宮田のグラスにビールを注ぎ返しながら富士が訊いた。

宮田は、三年前に首都電力の取締役を退任したとき、電力中央研究所の理事になる道もあったが、あえて研究者になり、いくつかの大学で客員教授として原子核工学などを教えている。

「うん。時間があるから、色々考え事をするにはいいよ」

二人はグラスを掲げて乾杯した。

「昔は、会社のためにひたすら走り続けていたけど、今、あらためて、原子力って何なのかなあって考えたりもするよ」

宮田の言葉に富士はうなずき、ふっくらとした鰻《う》巻き玉子を箸でつまむ。

大根おろしが添えられた鰻巻きは、馥郁《ふくいく》とした甘い香りを立ち昇らせていた。

「僕も昭和十七年生まれで、敗戦国の悲哀を嚙みしめながら育った世代だから、日本が再び資源獲得戦争に踏み込んだりしないように、無限のエネルギーを産み出す高速増殖炉だとか、都会の地下室の原子炉なんかを実現しようと思ってこの世界に入ったけど、そんなのは夢のまた夢というのも分かったしなあ」

宮田は、遠くを見るような眼差しでいった。

「今、学生にも実務家にも役に立つような、過去の事故の解説本を書こうと思って、準備してるんだ」

「へー、それはいいですね。……ところで、相模原のご実家（建築設計事務所）は、どなたかが継がれたんですか？」

「うん。幸い、妹が一級建築士と結婚してね。彼が継いでくれたんで、ようやく僕も罪悪感が薄れてきたよ」

宮田は照れたように笑った。

間もなく、黒い漆の箱に入ったような重が運ばれて来た。

「竹葉亭」という金文字入りの蓋を取ると、ご飯の上に二枚重ねでうなぎの蒲焼きが載っている。

「うーん、相変わらずとろけるように柔らかくて、いい味出してますねえ」

山椒をふって、うなぎを一口食べ、富士が満足そうにいった。

「ここは、たれが過剰じゃないから、うなぎ本来の味がよく出てるよね」

薄い塩味の肝の吸い物を口に運びながら、宮田がいった。

隣りの卓では、山の手の人らしい初老の婦人とその娘と思しい中年女性が、「麹町も変わったわね」「あのお豆腐屋さん、まだあるかしら？」「どこの？」「ほら、住友銀行の角を曲がったところの」などと話しながら、鰻定食を食べている。

「ん？　あれは……？」

宮田が富士の肩越しに、怪訝そうな視線を向けた。

「どうかしました？」

「うん……。あそこの客が読んでる新聞に、岩水建設《いわみず》って大きく出てるみたいなんだ」

　富士の背後の客を目で示す。

「岩水建設……？　今日の夕刊ですか？」

　富士は、そばに置いた書類鞄の中から、先ほど駅のスタンドで買った全国紙の夕刊を取り出す。

　後ろから二ページ目の社会面を開くと、黒地に白抜きで『岩水建設を捜索』という大きな見出しが出ていた。

〈『二億円脱税の疑い～福島県内の土地取引巡り　東京地検特捜部』
　重機械土木工事などを手がける中堅建設会社、岩水建設（愛知県名古屋市）が、約七億円の所得を隠していた疑いが強まり、東京地検特捜部は本日午前、法人税法違反（脱税）容疑で関係先の家宅捜索を始めた。
　事件は、福島県内での土地取引にからむ脱税、同県内での原発補修工事にからむ外注費の水増しなど、複数のルートにまたがっており、特捜部は関係先として、佐藤栄佐久福島県知事の実弟宅や、実弟が経営する「郡山三東スーツ」（福島県本宮町）、同社と取引関係にある東京都新宿区の建設会社なども家宅捜索した。

また、自民党商工部会長や衆議院副議長も務めた、「東北の坂本竜馬」こと――議員についても、事情聴取を求めていく方針で……〉

記事に掲載されていた岩水建設会長の顔写真を見て、富士ははっとなった。

福助人形のような額の広い丸顔で、黒々とした両目に得体の知れない光を宿した男――。

（これは、確か……昔、浪江町のスナックで遇った男だ！）

嫌な胸騒ぎがした
「『原発補修工事にからむ外注費の水増し』って、もしかして、あれですか……？」

富士が紙面から顔を上げ、落ち着かない表情で訊いた。

宮田と富士が、原子力発電部の保修担当副部長と原子力保修課長だったときの奥一・一号機の原子炉建屋の補修案件のことだ。本来十六億円のはずの工事が、岩水建設が下請け、新宿区の建設業者が孫請けに入り、十八億四千万円に膨らんでいた。富士が二神照夫に電話で事情を訊くと、「原子力本部長にも話がとおっている政治がらみの案件だ。黙って判子をつけ」といわれた。

「そうだ。たぶん、あれだよ……。しかし、これ、相当大がかりな疑獄事件に発展しそうだけど、これから、どういう展開に……」

宮田の言葉は、最後まで続かなかった。

翌週——

富士祥夫は、奥羽第二原発の事務本館にある自分のデスクで、書類に目をとおしていた。

ユニット所長は、各発電機の運転と補修を統括する。日常の業務は、現場の運転員や補修担当者に任せているが、大きな問題が起きると報告や相談が上がってくる。

最も注意を払っているのが定期検査で、引き続き期間を短くし、コストを下げるのが目標である。

「はーっ……」

ノーネクタイの半袖ワイシャツ姿で、TPMの進捗状況の報告書を見ながら、ため息をついた。

TPM（total productive maintenance＝全員参加の生産保全）は、メーカーのQC（品質管理）活動に似た業務改善活動で、奥二では、昨年から導入された。頻度の高い軽故障事故の分析・対策、業務改善提案、時間外労働削減、社員の技能向上、オフィスや現場の整理整頓、協力（下請け）企業の労働災害や作業ミス削減、といった目標を立て、進捗状況をチェックする。優秀事例の発表会や表彰も行い、日本プラントメンテナンス協会の指導を受けている。

「あっ、もう冷めてたか……！」

緑茶を一口すすり、舌打ちした。

先週から、岩水建設事件の進展が気になって、落ち着かない日々が続いている。

すでに岩水建設の元会長が、韓国から帰国した際に羽田空港で逮捕され、元自民党商工族のドンの秘書三人も政治資金規正法違反で逮捕された。当の議員は都内のホテルで検察の事情聴取を受け、自身の政治資金管理団体が所有している世田谷区の土地購入資金の一部、二億四千万円の出所について、苦しい釈明の会見を行なった。

首都電力では、二神照夫やJヴィレッジ建設を福島県に提案した第八代社長など七、八人が検察の事情聴取の対象になった。宮田や富士など、聴取を受ける可能性がある人間に対しては、検察庁から要請があったとき、どのように対応すべきか、総務部法務室から詳しく指示が出されている。

携帯電話が鳴った。

視線を向けると、発信元は見慣れない東京の電話番号だった。

(来たのか……⁉)

「はい、富士ですが」

動揺を抑え、落ち着いた声で答えた。

「お忙しいところ、失礼致します。こちら東京地検ですが……」

不気味なほど事務的な声を聞きながら、全身にじっとり汗が滲んだ。


数日後――

富士祥夫は、霞が関一丁目にある東京地検に出頭した。

日比谷公園前の白山祝田通り沿いの歩道から短い石段を上がって行くと、日の丸の旗が翻っていて、その先に、威圧的な薄茶色の二十階建てのビルが聳えている。

エレベーターで上の階に上がると、スーツ姿の検察事務官に待合室にとおされた。

「しばらくこちらでお待ち下さい」

四畳半くらいの部屋には窓がなく、木の長椅子が向い合わせに二脚置かれているだけだった。背後の壁に、長時間待たされた参考人たちが頭をもたせかけた跡がいくつか薄黒く残っていた。

(原爆爆心地の壁の人形《ひとがた》みたいだな……)

富士は、嫌な気分で長椅子に腰かけた。

すでに法務室とは入念に打ち合わせをし、「首都電力は下請けの取引には関与していない。

工事価格も妥当」と一貫して供述することになっている。

一時間以上も待たされてから、先ほどの事務官が呼びに来た。

逮捕された被疑者であれば拘置所の取調室で尋問されるが、参考人なので、検事の執務室に案内された。

「初めまして。どうぞよろしく」

背広姿の検事は四十歳くらいの男だった。ズボンのベルトの上から贅肉がはみ出していたが、感情を抑えた目元に、刃物のような鋭さが漂っていた。

富士は、検事の大きな執務机の前に座らされた。

「奥一がらみが長いんですねえ」

検事は不気味に穏やかな口調で、入社以降の経歴や仕事の内容などを細かく尋ねたあと、核心に入ってきた。

「……富士さん、あなた、この決裁書に判子ついてるよね」

検事は、奥一・一号機原子炉建屋補修案件の書類を突き付けるように見せた。原子力本部長や担当役員の印鑑とともに、宮田や富士の印鑑が押してあった。

「そうですね。わたしの判がありますね」

「どういう案件だったか、憶えてますか？」

「建屋のコンクリートに海砂《うみすな》を使ったために、ひび割れや鉄筋の腐食ができたものですね」

「こういう補修案件は、何百何千とあるんじゃないの？」

「ありますね」

「ずいぶん記憶がはっきりしているようだけれど、何か理由があるんですか？」

「いえ、特には」

「当時副部長だった宮田氏と、この件について何か話したことは？」

「補修の内容や工法については話しているかもしれませんが、どういう話をしたかは憶えていません」

「この十八億四千万円という工事費が大きすぎるというようなことはいいませんでしたか？」

「いいえ」

（まさか、宮田さんは何か喋ったりしていないだろうな……）

一瞬、背筋がひやりとする。

「富士さん、あなた、なかなか正直な人だね」

検事がにやにやしながらいった。「内心が顔に出てるよ」

（はったりか？）

「じゃあ、嘘発見器にでもかけて下さい」

「余計なことというんじゃない！」

怒声とともに表情が一転し、鬼のような形相になった。

「この工事費、二億円以上膨らましてるだろ？」

険しい目つきで富士を睨み付ける。

「そんなことはないと思いますけれど」

「ほーう、そうかね？　こういう書類もあるんだけれどね」

富士の部下だった副長が作った当初の補修計画書で、工事費は十六億円程度と見積られていた。

「十八億四千万円という数字が出てきた時点で、副長に理由を訊かなかったの？」

「訊いたと思いますが、見積りが甘かったというような答えだったと思います」

「ほかの補修案件では、こんなに見積りと実際の額が違っているのは、ないようだけどねえ」

別の資料を目の前に突き付けられる。

首都電力から押収した資料から作成した見積りと実際の工事費の一覧表だった。

（ここまでやるのか……。さすがだな）

心臓の鼓動が早まり、全身にじっとり汗が滲む。

「これで見ると、この工事は、見積りとのかい離が不自然に大きいんだよな」

「はあ、そうですねえ、なるほど、これを見る限り」

富士はポーカーフェースを装う。

「福島の工事に名古屋の岩水建設がサブコンに入ったり、聞いたこともないような新宿の建設業者が孫請けに入る理由はない。これらが入っているということは、何か特別な目的があるということだろ？」

「申し訳ないんですが、わたしはゼネコンや下請けと交渉したわけではありませんので」

「そんなことは分かってる！　交渉してなくても、何かおかしいと思わなかったかって、訊いてるんだっ！」

バーンと机を思いきり叩く。

「会社に損害を与える、こういう行為をな、背任ていうんだよ、背任！」

富士が黙っていると、むすっとして椅子から立ち上がり、背後の日比谷公園を見下ろす窓に歩み寄る。

「あんたなあ、もう少し静かな所で話を聴くこともできるんだぞ」

逮捕して、拘置所で尋問するという意味だ。

「あんたさあ、岩水建設の会長に会ったことがあるだろ？」

顔を近づけ、今度はねっとりとした声で迫ってくる。

「いや、ありませんよ。僕はそんな、関係するような部署にいたことはないですから」

「見たことぐらいはあるんじゃないの？　福島で」

「い、いや、知りません」

浪江町のスナックで、当時副社長だった岩水建設の会長を見たことは隠した。

「あるだろう！　奴が首都電力の総務部員といるところを！」

検事が心中を見透かしたように怒鳴り、富士は激しく頭《かぶり》を振った。

ふと、斜め後ろにあるデスクにすわった事務官のほうを見ると、居眠りをしていた。

（うへっ、寝てる！）

見てはいけないものを見てしまったような気持ちで検事の様子を窺うと、気まずそうな顔をしていた。事務官との力関係は微妙らしく、怒りたくても怒れないようだ。

その後も検事は執拗に奥一・一号機原子炉建屋の補修案件について、根掘り葉掘り訊いたが、富士は、自分は知らないの一点張りで押しとおした。

あるゼネコンの東北支店の家宅捜索で押収した、首都電力幹部や二神照夫が岩水建設の幹部たちを交えて福島県内の温泉地で密会した記録や、ゼネコンが首都電力の幹部たちを銀座のクラブで豪華接待した際の帳簿類などを突き付けられ、知っていることを話せといわれたりしたが、それらは富士の与《あずか》り知らぬことだった。

長い事情聴取は時おり世間話も交え、富士が「特捜部ってエリートですよね?」と訊き、検事が「そうでもないんだよ。世間が誤解してるんだよ」といったり、「裏金作りっていうのは、ゼネコンじゃなく、下請けがやるのが業界の常識なんだよ」と検事が教えたり、「世の中には、こんなに悪い奴がいるんだぜ」と別の事件の犯人のことを話したりした。しかし、相手が「金の流れはほぼ摑んでいるんだ」というので、富士が「どこに流れてるんですか?」と訊くと、「質問するんじゃない!」と机を叩いていきり立った。

途中、トイレに行くとき事務官がついてきたので、富士は「自殺したりなんかしませんよ」と苦笑したが、首都電力の他の参考人に会わせないようにするためらしかった。

聴取は延々と続き、やがて時刻は午後六時を過ぎ、窓の外の日差しが茜色になってきた。

(あー、腹減ったなあ。テレビの刑事物だと、こういうときカツ丼が出るんだよなあ)

内心ぼやいたとき、検事がいった。

「カツ丼でも食うかい?」

(えっ、本当に⁉ それともジョーク?)

きょとんとしていると、検事が机の中からメニューを取り出した。

庁舎内にあるレストランの出前用メニューだった。

「俺、今日は、鍋焼きうどんにするわ。富士さん、あんたは？」

「えーと、僕は、せっかくだから、カツ丼頂きます」

（タダで食べさせてくれるのかな？）

「悪いけど、実費取るよ。予算がないからさ」

その言葉に、富士はがっかりした。


事情聴取が終わったとき、時刻は午後十時を過ぎていた。

富士はあらかじめ指示されたとおり、聴取の状況を法務室に報告するため、内幸町の本店に向った。

発電所に運転指令を出したり、データをやり取りしたりするための大きな送受信塔を頂いた十四階建ての本店ビルには、危機感を象徴するように、煌々と明かりが点っていた。

「二神！」

「よう、富士。ご苦労さんだったな」

エレベーターを降りたところで、二神照夫にばったり遇った。

（やはり、相当疲れているみたいだな……）

　普段から血走っている二神の両目は一層充血し、鬼気迫る雰囲気を漂わせていた。

「技術屋のお前にまで迷惑かけてすまんな。今日は長かったのか？」

「昼過ぎから今さっきまで、延々とやられたわ。さすがに疲れたぜ」

「大丈夫だったか？」

「うむ。法務室と打ち合わせたとおり、知らぬ存ぜぬで押しとおしたよ」

「そうか。……まあ、お前は大丈夫だよ。あの案件に関しては、もうとっくに時効が成立してるし」

　富士はうなずく。

「俺のほうは、奥一・一号機の案件以外にも色々調べられてるから、下手すると、塀の内側に落ちるかもしれんけどな」

「何いってんだ、二神。お前だって大丈夫だよ！」

　その言葉に、二神は苦笑とも微笑ともつかぬ笑みを浮かべた。

「まあ、俺もそう簡単には落ちないつもりだ。……ここでやられてたまるか！」

「しかし、あの検事、怖かったなあ。気にくわないことがあると、突然豹変して、恫喝するんだぜ」

　富士がぼやく。「ウィキペディアで見たら、温厚な人物だって書いてあったんで、ちょっとは安心してたんだけど」

「ははっ、そりゃ、自分で書いたんだろ」

ウィキペディアは、当の本人も書くことができる。「ところであの検事、ヅラ（鬘《かつら》）だって分かったか？」

「えっ、ヅラ⁉　全然気づかなかったなあ……！」

「そりゃ、やっぱり、緊張してたんだよ。あいつはなあ、俺よりも髪の毛がないらしくて、ヅラかぶってるんだ、ははは」

「そうか。明日、よく見てくるよ」

「明日もあるのか？」

「朝十時に来いってさ。お前は？」

「俺はもう毎日だ。あと一ヶ月くらいは続くだろう」

「あと一ヶ月⁉」

「毎日、『松本楼』のカレー食って、夜遅くまで事情聴取だ」

二神は、検事に夕方、「『松本楼』でカレーでも食べて、また八時に来て下さい」といわれ、日比谷公園内の「松本楼」で実際に食べてみたところ、気に入ったという。

「まあ、ここが頑張りどころだ」

二神は二重瞼の目に力を込めていった。

「それにな、これで福島はきれいになるぞ」

「福島が、きれいになる？」

「うむ。俺たちにとって邪魔者の、佐藤栄佐久が消えるってことだ」


二ヶ月後、佐藤栄佐久福島県知事の弟で、郡山三東スーツの社長を務める佐藤祐二が、県の元土木部長、東急建設東北支店元副支店長とともに逮捕された。県発注の木戸ダム建設工事を岩水建設と親密なゼネコンに受注させ、その見返りに郡山三東スーツの土地を岩水建設に不当に高く買わせたという容疑だった。

その二日後（九月二十七日）、佐藤栄佐久知事は、道義的責任をとって、県議会議長に辞表を提出し、翌日、議会で辞職が認められた。

十月二十三日、佐藤栄佐久前知事自身が逮捕され、翌月、実弟と共謀して、木戸ダムの工事の競争入札を妨害したとして、収賄罪で起訴された。

第十一章　中越沖地震

1

翌年（平成十九年）七月十六日――

長い梅雨が続く東京は、風のある比較的過ごしやすい日だった。

四日前に参議院選挙が公示され、各地で候補者が政策を訴えていた。前年九月に総理・総裁となった安倍晋三が率いる与党自民党は、郵政造反組の復党問題や年金記録欠陥問題などを抱え、敗北必至と見られている。

去る四月に、首都電力の初代原子力設備管理部長になった富士祥夫は、四ツ谷駅近くの喫茶店「ルノアール」で、仙台市の大学で津波工学を教える長田《おさだ》俊明《としあき》と会った。

「……ふーん、そら、災難やったなあ」

土木学会（本部・四谷一丁目）の会合のために上京した長田がいった。

同学会は大正三年に設立された社団法人で、大学教員、研究者、コンサルタント、官庁職員、建設会社の技術者などが会員になっている。

「結局、検察の事情聴取は二日ですんだんやけど、肝を冷やしたわ」

海の日の休日なので、富士は半袖のポロシャツ姿だった。

店内は天井が高く、淡い砂色のカーペットが敷き詰められ、都心とは思えないほどテーブルがゆったりと配置されている。

「その二神ゆう人は、大丈夫やったんか？」

「うん、あいつ、逃げ切りよったで」

富士は感心した表情。「延々一ヶ月以上やられたけど、知らぬ存ぜぬで押しとおしたそうや」

首都電力では、総務担当常務が交代したが、逮捕者は出なかった。一説には、首都電力、経産省、検察庁の間で暗黙の合意ができたからともいわれる。

「さすがに今までと同じ仕事をさせるわけにはいかんちゅうて、ＩＲ《アイアール》に変わったけどな」

ＩＲ（investor relations）は内外の投資家に対して会社の状況を説明する「表の仕事」である。

「しかし、岩水建設ゆうんは、汚職のデパートやったんやなあ」

アイスコーヒーをストローですすって、長田がいった。

「いや、ほんま、あの会社は『裏金製造工場』やで」

　岩水建設は、度胸と裏金作りのノウハウを武器に、家族経営の零細砂利運搬業者から年商数百億円の中堅建設会社にのし上がった。

　去る四月に、東京地裁は、同社の元会長に法人税法違反で懲役二年の実刑判決、会社には二億四千万円の罰金をいい渡した。

「佐藤栄佐久前知事は、ほんまに賄賂なんか受け取ったんか？　そんなふうな感じの人には見えんけどな」

「国策捜査やろ。国の原発推進政策に盾つくとこうなるっちゅう、見せしめちゃうか」

　富士は複雑な表情。

「二神を尋問した検事が『佐藤知事は日本にとってよろしくない。抹殺する』ゆうてたそうや」

「しかし、物的証拠なんかないやろ？　どうやって有罪にするんやろね？」

「捜査の過程で賄賂を受け取ってたんが発覚した連中を、『起訴されたくなかったら、検察の筋書きどおりに証言せい』ゆうて、嘘の証言をさせるらしいわ。裁判所もよっぽど気骨のある裁判官やない限り、検察と同じ司法ファミリーやから、有罪確実やて」

「ふえー、怖いなあ」

長田は渋面を作る。

「その一方で、大物国会議員ちゅうのは、なかなか捕まらんもんやね」

元自民党商工部会長や衆議院副議長も務めた「東北の坂本竜馬」は、秘書三人が政治資金規正法違反で起訴された。しかし本人は、出所不明の二億四千万円はタンス預金であったという逃れ、嫌疑不十分で不起訴になった。これに対し、市民団体が不服申し立てをし、現在、検察審査会で審査が行われているが、最終的に起訴されても、収賄の立証は容易ではない。

「ところで長田、お前の意見を聞きたいんやけど……」

富士は鞄から一掴みの書類を取り出した。福島と柏崎にある原発の耐震性再評価の書類だった。

「ああ、『耐震バックチェック』か。今、やってるんやったな」

「耐震バックチェック」は、昨年九月に原子力安全委員会が新たに定めた原発の耐震設計審査指針にもとづいて、既存の原発の耐震性を再評価する作業だ。基準が改定されたのは、同年三月に金沢地裁（井戸謙一裁判長）が、耐震設計審査指針に誤りがあるとして北陸電力の志賀原発二号機の運転を差し止める判決を出したことがきっかけである。

「ほんでなあ、発生する可能性がある津波の高さも予想せんといかんやろ？」

「そやね」

新耐震設計審査指針では、「極めてまれではあるが発生する可能性があると想定することが適切な津波によっても、施設の安全機能が重大な影響を受けるおそれがないこと」と定められている。

「ほんでまあ、土木学会の『原子力発電所の津波評価技術』（平成十四年）なんかを使《つこ》うて、津波の高さを試算してみたんやけど……」

「なんぼんなった？」

「奥一でOPプラス五・四から五・七メートル、奥二で五・一から五・二メートルや」

OP（Onahama Peil＝小名浜港工事基準面）は小名浜港の水位で、海抜とほぼ一致する。ちなみに東京港では、TP（Tokyo Peil）という基準を用いる。

首都電力はこの結果を受け、奥一・六号機の非常用ディーゼル発電機と冷却用海水ポンプの電動機の場所をOPプラス五・八メートルのところに移した。

「ふーん、そんなもんかな……？」

長田は怪訝そうな表情。「推本の福島県沖の……」

突然、床がぐらぐら揺れた。

「地震だ！」

「キャーッ！」

店内の客たちが慌てて床にしゃがみ込んだり、飲み物のグラスを押さえたりする。

「これ、震度三くらいか……。結構長いな」

首をすくめ、頭に書類鞄を載せた富士がいった。

「長周期やな……」

頭を両手で押さえた長田がいう。

長周期地震動は、約二〜二十秒周期のゆっくりした揺れで、大地震で発生しやすい。

揺れは三分ほどで止んだ。

「もし震源遠かったら、結構でかいで、これ。どこやろな?」

「あー、うちの原発に影響ないとええんやけど。俺、責任者やからなあ」

原子力設備管理部は、建設部から発展的に作られた部で、運転中の原発の改造工事などを所管している。富士が部長として着任したばかりの去る四月には、昭和五十三年に奥一の三号機で、同五十九年に同二号機で、それぞれ定期検査中に臨界事故が起きていたのが発覚し、常務の古閑年春とともに記者会見で陳謝したばかりだ。両方とも、運転員が制御棒の脱落に気付かなかったために起き、起動工程に遅れが出るのを恐れた当直長が発電部長に報告していなかったものだった。

「ところで、さっきいいかけた話やけど……」

長田が、まだ落ち着かない表情でいった。「そのOPプラス五メートルなんぼいう試算は、推本の例のレポートは前提に入ってんの？」

推本とは、地震調査研究推進本部のことで、平成七年の阪神・淡路大震災を契機に設置された文部科学省の研究機関だ。平成十四年に、「三陸沖から房総沖にかけての地震活動の長期評価について」というレポートを発表し、福島県沖を含む同海域の海溝沿いのどこでも明治二十九年の明治三陸地震（マグニチュード八・二〜八・五、津波の最大遡上高三八・二メートル）クラスの津波地震が三十年以内に二〇パーセント程度の確率で発生すると予測していた。

「いや、入れてへん。……実は、今日は、それについてお前の意見を聞きたかったんや」

富士の言葉に長田はうなずく。

「中央防災会議が、去年の一月に、福島県沖と茨城県沖を防災対策の検討対象から外してるやろ？　それでもやっぱり、明治三陸（地震）クラスのやつを考慮せんとあかんのか？」

中央防災会議は総理大臣を長とする国の最高の防災対策機関で、内閣府に事務局が置かれている。

「そら考慮せんと、あかんわ」

「ほんまか？　なんでや？」

「中央防災会議が福島県沖と茨城県沖を外したんは、そのあたりでは大きな地震が繰り返し起きてないから、近い将来に発生する可能性が低いいうだけの理由や。……そやけど、可能性はあるんやで」

長田は強い口調でいった。

「政府はさ、可能性があるゆうたら、全部対策を打たなあかんようになるやろ？　そやから、どっかで線引きするんや」

「……」

「そやけど、相手は自然や。政府の線引きなんか、関係あらへん」

「うーん……」

富士は腕組みをして考え込む。

津波の高さの予測は、過去に発生した津波の規模も計算要素に含まれる。もし、明治三陸地震を入れると、相当高い数値が出て、対策費は莫大なものとなる。

「悩ましいなあ……」

富士が渋面を作ったとき、テーブルの上に置いた携帯電話が振動した。

発信者を見ると柏崎越後原発の保全部長だった。

（なんで休日に柏崎から……？）

怪訝な気持ちで携帯を耳に当てる。

「はい、富士です」

「部長、大変です！」

「どないしたんや？」

「柏越《はくえつ》（柏崎越後原発）が震度六から七の地震に直撃されて、全機スクラム（緊急自動停止）しました！　所内の変圧器で火災が起きて、今、必死で消火してるところです！」

「ええええーっ⁉」

富士の顔面から血の気が引いた。


地震は、柏崎越後原発の沖合一六キロメートル、深さ一七キロメートルの地点を震源とするマグニチュード六・八の新潟県中越沖地震だった。最大震度は、柏崎市、刈羽村、長岡市、長野県飯綱町で観測された六強だった。

新潟県では死者十五人、重軽傷者二千三百十六人、建物損壊約七万六千棟、長野県で重軽傷者二十九人、建物損壊三百棟以上などの被害が出た。柏崎市と刈羽村では、発生当日に、約八十ヶ所の避難所が設けられ、一万一千人以上が避難した。

土砂崩れや路面陥没で国道・県道だけで四十ヶ所が通行止めとなり、ＪＲ柏崎駅で列車が脱線し、信越本線の犀潟《さいがた》・宮内《みやうち》間が不通になった。柏崎市では三万四千戸のガス供給が停止し、六割の世帯が長期にわたって断水に悩まされ、住民たちはごみと悪臭の中での暮らしを余儀なくされた。

厚生労働省が全国に配置している災害派遣医療チームのうち、九都県の二十四チームが地震発生当日に現地入りし、自衛隊はピーク時で三千九百九十人の隊員と千四百七十台の車両を投入して、救助や物資輸送に当った。

地盤が軟らかく、確認されているもの以外にも活断層が存在する可能性が指摘され、反対派から「豆腐の上の原発」と呼ばれる柏崎越後原発は、過去に国内のどの原発も受けることがなかった広範囲かつ深刻な損傷を受けた。

三号機のタービン建屋のすぐそばの変圧器が黒煙を噴き上げながら燃え、その衝撃的な映像が全国にテレビ報道された。また、六号機の使用済み燃料プールの放射能汚染水が溢れて排水溝をつうじて海に流れ込み、七号機の主排気筒からも微量のヨウ素、クロム、コバルトなどが大気中に漏れ出た。さらに、低レベル廃棄物入りのドラム缶約百本が倒れ、一平方センチあたり〇・五ベクレルの放射性物質が床から検出された。

設計値を大きく上回る揺れで、六号機の原子炉上の重さ約三一〇トンの大型クレーンが破損し、七号機の制御棒一本と六号機の制御棒二本が引き抜けなくなり、排気用ダクトがずれ、消火用水配管から水漏れ、七台の変圧器で油漏れと地面に固定するボルトの破損など、三千六百六十五件に上る機器の故障や構築物の破損が起きた。

会田洋柏崎市長は消防法にもとづいて、原発の燃料貯蔵タンクなど危険物施設の緊急使用停止命令を出し、地震発生の二日後に謝罪に駆け付けた首都電力の社長に対し、「耐震設計の予想を上回る揺れが起きた。原発の安全と地盤の議論はゆるがせにできない。今後、事業所としての消火体制を市として協議してゆく」と厳しい口調でいい渡した。

首都電力は、同社の総発電量の約一三パーセントを担う柏崎越後原発が全面停止する厳しい事態に直面した。夏の電力需要ピークに備えるため、東北、関西、中国など六電力会社に電力融通を要請し、休止中の旧式火力発電所の運転再開と一ヶ月あたり一〇〇万キロリットルの追加の石油調達に乗り出した。

2

十一月四日――

文化の日の翌日の日曜日、東京は日中の最高気温が十九・一度で、秋らしい穏やかな日差しに包まれていた。

千代田区一ツ橋の白山通り沿いに建つ如水会館は、一橋大学の同窓会が所有する十四階建てのビルである。校章を掲げたアーチ形の門と淡い砂色のタイル模様の外壁が、アカデミックな雰囲気を醸し出している。一階ロビー奥に一橋大学の前身・商法講習所の創設者である渋沢栄一の胸像が置かれ、一～三階と最上階（十四階）がレストランや宴会場、四～十三階がオフィスになっている。

この日、三階の「けやきの間」に、東京工業大学端艇部のOBたち二十五人が集まった。昭和五十年から五十四年に学部を卒業した働き盛りの男たちで、五十二歳の富士祥夫の姿もあった。当時の監督、コーチに対する謝恩の昼食会であった。

「……語学のクラスに現れた当時の神山主将に自信満々で勧誘されまして、何か身体を動かすことがしたいと思ってボート部に入ったんですが、『練習は週に二回だけ』という口説き文句は、五大学対校戦（四月下旬）前の練習でうやむやにされまして……」

昭和五十四年卒業のOBの言葉に立食形式の会場から笑いが湧く。

七十代後半の伊藤淳元監督や七十歳前後の島田恒夫、佐藤哲夫両元コーチも元気な姿を見せていた。

「当時、伊藤監督は三井物産の部長さんで、非常にお忙しかったと思うのですが、まめに艇庫（合宿所）に顔を出して下さいました。それで、確かこれは東大の鈴木善照さん（ベルリン五輪のエイト代表）から受け継いだ表現だと思うんですが、『グリップは、小鳥を掌《てのひら》に入れているつもりで、逃さぬように殺さぬように』とか、『傘の柄を横棒に引っかけるようにキャッチ』とか、独特のアドバイスを頂き、イメージは非常によく分かったのですが、実践ははなはだ難しくて……」

白山通り側の窓からレースのカーテン越しに秋の日差しが差し込み、北側の窓の向こうには一橋大学の校章であるマーキュリー（商業の神）のブロンズ像があるウッドデッキの空中庭園が見えていた。

室内のテーブルの上には、サンドイッチやオードブルが並べられ、給仕係が出席者たちの間を縫って飲み物をサーブしていた。

「……わたしはサラリーマン二年目から新人を教えるようになり、その後、本格的にコーチを経験しましたが、現役の頃の島田コーチや佐藤コーチが、ご自身の母校でもない東工大にあれだけ尽くして下さったことにあらためて感謝したいと思います。そして、昭和六十年の全日本軽量級エイトで優勝できたことで、現役時代にできなかったご恩返しが、少しはできたのかなと思っております」

話を締めくくって頭を下げるＯＢに拍手が送られた。

「それでは、次はわたくしが……」

グレーのジャケット姿の富士が、手にしていた水割りのグラスを長テーブルの上に置き、グリーンのカーペットが敷かれた二十五坪の広さの部屋の端に向う。

「昭和五十二年（学部）卒業の富士祥夫でございます」

一八四センチの長身を猫背気味にして神妙に自己紹介をする。

「えー、昨今、勤務先が何かと世間をお騒がせ致しまして、誠に申し訳ございません」

後頭部を掻く富士に笑いが湧く。

「わたくし、たまたま原子力設備管理部長などという役職を仰せつかっていたおかげで、地震の後始末に奔走しておるところでございます」

紺のジャケットにレジメンタル・タイをきりりと締めた白髪の伊藤淳元監督や、青系のジャケットにノーネクタイの島田、佐藤両元コーチも微笑を浮かべ、いつも賑やかな男の話を楽しげに聞く。

天井の大きな半円形のランプが、落ち着きと高級感のある光を降り注いでいた。

「学生時代、日曜日にモーターボートで練習について来られた島田コーチに『満足できる漕ぎができたら上がっていいぞ』といわれて、全然上がれなかったこととか、佐藤コーチに『今のいいねえ』と優しく励まされて、普段は全然駄目なのかなあと、逆に落ち込んだりしたことなどが、まるで昨日のことのように思い出されます……」

銀縁眼鏡の日焼けした顔に、人なつこい微笑を浮かべる。

「ボートで学んだことの一つは、胸の中に闘争心が湧き上がってくるときは勝てるんですが、恐怖心というか、自分の力が出せないいんじゃないかと思った途端に、ガクンと悪くなってしまうことです」

出席者たちがうなずく。

「そんなことを胸に、日々、仕事に励んでおりますが、ご存じのとおり、会社に、東北大漕艇部OBの偉い方がおられまして……」

佐藤とともに日本代表としてローマ五輪に出場し、エイトの二番手を漕いだ人物で、入社後は建設畑を歩み、平成十四年のトラブル隠し事件のあと首都電力の会長になった。

「かの大先輩は土木の専門家で、原子力は門外漢なんですが、『この原発のコスト、もっと削れるだろう』と厳しいご指摘もされます」

出席者たちからくすくす笑いが漏れる。

「それはちょっと違うんじゃないでしょうかと、思わずいいたくなるんですが、そのたびに大恩ある島田さんと佐藤さんの面影が瞼に浮かび、ごもっともでございますと平身低頭する毎日で……」

出席者たちから笑いが湧く。

「思うに、わたくし、東工大端艇部に入部したその瞬間から、東北大学漕艇部の皆様に一生頭が上がらないように運命づけられたのではないかという気が致します」

「富士、お前も相変わらずだな！」

一学年上の先輩が野次を飛ばし、爆笑が湧く。

「先輩！　先輩は禿げましたね！」

富士がすかさず切り返し、会場は一層大きな笑いに包まれた。

3

翌年（平成二十年）六月——

霞が関一丁目の桜田通り沿いに聳える経済産業省本館地下二階の講堂に、口の字形にテーブルが並べられ、背広姿の男たち二十五人が着席していた。

原子力安全・保安院の指示で始められた、新潟県中越沖地震後の柏崎越後原発の運営管理・設備健全性評価ワーキンググループの会合だった。主査は関村直人東大大学院工学系研究科教授で、東大、新潟大、青山学院大などの教授や、㈶日本適合性認定協会常務理事、㈱

社会安全研究所副所長など専門機関の幹部など十二人が委員となり、昨年秋以来、月一回を上回るペースで開かれていた。

「……ええと、それでは、本日は、五号機の点検結果についてご報告致します」

背広姿で口の字の一辺の中央にすわった富士祥夫がいった。

左右に、首都電力の原子力品質・安全部部長、同燃料管理グループマネージャー、同新潟県中越沖地震対策センター所長がすわり、背後に原子力設備管理部などの社員二十人ほどが控えていた。

「五号機は、地震の当時、定期検査のため冷温停止中でありました。原子炉建屋基礎版上で観測されました最大加速度は、地下四階部分で、南北が二七七ガル、東西が四四二ガル、上下が二〇五ガルで、南北で設計値の約一・一倍、東西で約一・七倍でした。建屋三階では、東西、南北とも一〇〇〇ガルを超える大きな揺れを観測しております」

ガルは振動の強さ（加速度）の単位で、速度が毎秒一センチメートルずつ速くなる加速状態が一ガルである。

「設備点検におきましては、総数千九百六十三の機器を抽出し、点検致しました結果、百十の機器に故障・不具合がありました」

十二人の委員たちが説明を聞きながら、バインダー式ファイルに綴られた厚さ一〇センチほどの分厚い報告書のページを繰る。

「これら百十件につきまして、点検と地震応答解析を行いまして、地震に起因すると考えられるもの三十三件、そうでないもの七十七件に分類致しました」

地震応答解析は、地震によって構造物などが振動する現象を数学的解析によって再現する。

「地震に起因する故障・不具合三十三件のうち、構造強度や機能維持に影響を及ぼす可能性のあるものは十一件で、主タービンの内部構造物接触や主変圧器の内部部品のずれなどでした。これらにつきましてはお手元資料の表4―3―1のとおりです」

続いて富士は、百十件の不具合と補修の状況について説明する。

「ちょっと、一点よろしいですか？」

委員の一人である東京の私立大学の機械工学科の教授が手を挙げた。

「タービン建屋の鉄筋コンクリート壁に貫通ひび割れが発生したということなんですが、建屋の健全性にはどの程度の影響がありますか？」

室内に詰めかけた出席者たちの視線が一斉に富士に注がれる。

「はい。えーと、ひび割れは貫通してはいるんですけれども、これは幅が狭かったもので、強度を負担する鉄筋の伸びはわずかでして、壁全体の強度低下につながるものではないと評価しております」

少し鼻にかかった独特の声で説明する。

「それから放射線の遮蔽機能に関しましても、入射した放射線がひび割れの凹凸《おうとつ》面で散乱されますので、壁の遮蔽機能が大きく損なわれるものではないと考えております。なお、当該のひび割れを含め、地震によって発生したと考えられるひび割れは、すべて適切に補修致しております」

「建物の剛性や耐力が建設当初に比べて遜色がないのか、力学状態を確認するためにモニタリングのようなことをやっていく予定はないんですか？」

細い首の上にタマネギのような丸顔が載った別の学者が訊く。

「その点につきましては、今回の地震で発生したひずみ程度でしたら、建物の振動特性は著しく変化していないと考えられますが、知見拡充のために観測を継続して、結果を発信していきたいと思っております」

十二人の委員と向き合って着席した、原子力安全・保安院の審議官二人、首席統括安全審査官、原子力発電検査課長ら九人の幹部が、やり取りにじっと耳を傾けていた。その背後で、首からＩＤカードを下げた同院のスタッフ約二十人がメモを取ったり、書類に視線を落としたりしている。

「補修の方法に関して質問なんですが……」

委員の一人、㈱日本原子力開発機構の幹部が発言した。

「今回、エポキシ樹脂でひび割れの補修を行ったということですが、基準地震動Ｓｓや耐震強化用地震動を受けた場合、それで十分耐えられるのでしょうか？」

基準地震動Ｓｓは、原子炉、炉心冷却装置、使用済み燃料貯蔵施設など、Ｓ（最重要）クラスの施設がそれに持ちこたえなくてはならないと法律で定められている地震動のことである。一方、耐震強化用地震動は、耐震強化のために特別に設ける地震動で、柏崎越後原発では一〇〇〇ガルとされている。

「これにつきましては、従前、エポキシ樹脂で補修した複数の箇所が、中越沖地震に対してほぼ弾性範囲内の結果でありましたので、耐震性は確保できていると考えております」

「富士君ねえ、原子炉格納容器のスタビライザの耐震強化工事についていくつか訊きたいんだけれど……」

恩師の一ノ瀬京助東工大名誉教授がよくとおる声でいった。六十代半ばで口髭は白いが、青年のような元気のよさである。

原子炉圧力容器の周囲には鋼鉄製の遮蔽壁が筒のように立っており、遮蔽壁と原子炉格納容器の内壁の間にトラス（三角形の組み合わせ）状に張り巡らされたスタビライザと呼ばれる十六本の支柱（長さ三・六メートル）がある。

「あなたがたのやった格納容器の壁面にかかる応力（物理的な力）の計算を見せてもらったんだけど、これ、格納容器が変形しない前提になっているよね？」

「はい、そうなっております」

「変形を考慮した解析は必要ないの？」

「はっ、これにつきましては、地震時に格納容器が周方向（筒に沿った水平ないしは斜めの方向）に波打つような振動モードを考慮しまして、上部シャラグ（スタビライザと格納容器の接合部位）高における最大変位は〇・二一ミリで、スタビライザが格納容器を押すことで発生する応力は最大で七メガパスカル程度という解析結果を得ておりまして、変形は特に考慮しなくても問題がないと考えております」

「なるほど……。しかし、地震はいいとして、LOCA《ロカ》（冷却材喪失事故）のときは、どうなの？」

「いや、実はわたしも、そのケースが非常に気になるんですよ」

別の委員が声を上げた。

黒々とした髪を七・三分けにした関西の大学教授だった。

「LOCAで熱膨張が起きた場合、スタビライザと格納容器で熱膨張に差ができて、格納容器に過大な応力がかかる可能性があるんじゃないんですか？」

す。

壮年の教授は、富士をじっと見る。

「えーと、熱膨張の差ですか……。これ、どうなってたっけ？」

富士が首を回すと、後ろに控えたスタッフの一人がやって来て、二言、三言、言葉を交わ
「えーとですね、スタビライザも格納容器も同じ炭素鋼ですので、理論的には一様に膨張すると考えられまして……」

「しかし、炭素鋼の種類も違うし、圧力容器からの距離なんかも違うでしょ？」

「はあ、まあ、そうですね」

（いわれてみると、そうやなあ……）

「富士君、これ、重要な問題だから、一度きちんと解析してみてよ」

一ノ瀬の言葉に、富士は「はい」と首をすくめる。

「それから、このストッパの設置が非常に気になるんですけどね」

関西の大学教授がいった。

「今回の耐震強化工事で、スタビライザの先端を下方向に支えるためにストッパ（長さ八・五センチ、厚さ三センチの鋼鉄製・板状の支持構造物）を取り付けたということですけれど、ずいぶん小さい物なので、地震動でストッパの先端に荷重が集中して脱落しないか、それか

ら、ストッパによって格納容器の壁に垂直な力がかかって、容器が変形しないか、ちょっと心配なんですけどね」

富士が再び背後のスタッフと言葉を交わし、委員のほうを向く。

「この点につきましては、ストッパの溶接部が地震荷重に対しまして、構造強度を確保していることを確認しておりますので……」

説明する富士の斜め後ろで、原子力安全・保安院の男性速記者が、議論の内容をせっせと書き留めていた。

夕方——

「富士君、今日もご苦労さんだったね！」

数時間に及ぶ会議が終わり、出席者たちが帰り始めたとき、一ノ瀬京助東工大名誉教授が富士の背中を叩いた。白い口髭を生やした細面にはいつもと変わらぬ潑剌とした笑みが湛《たた》えられていた。

「あっ、先生、いつも有難うございます！　今日もたくさん宿題を頂いてしまいまして……」

富士は頭を下げる。

「うん、うん。大変だろうけど、安全に関わることだからね。しっかりやらないと」

「はい。もう毎日、先生の破壊力学の本で勉強してます」

「ははは、それはいい心がけだ」

一ノ瀬が笑い、富士が後頭部を掻く。

「しかし先生、この分でいくと、あと二年はかかりそうですねえ」

設備健全性評価は、柏崎越後原発の一万以上の機器について目視・分解・非破壊検査、地震応答解析などを行い、必要に応じて補修や作動試験を実施し、評価委員の現地視察もアレンジし、結果を詳細な報告書にまとめ、ワーキンググループで議論し、不備や問題点があれば、追加で点検や解析を行い、再び議論するというやり方で、一号機から七号機までの健全性確保を目指している。

さらに、地元・新潟県でも東京同様の詳細な説明会を行っており、質問に対して図解入りの回答文書を作成しなくてはならないこともしばしばだ。

「まあ、これは三年仕事だよ、富士君」

「原子力設備管理部長の任期は、ほとんどがこれで終わりそうです」

富士が苦笑いした。

「しかし、富士君、これは願ってもない貴重な機会じゃないか」

痩身の名誉教授は力を込めていった。

「柏崎のこれだけの経験があれば、素晴らしいプラントを造れるよ」

「はい」

「日本は火山国で地震国なんだから、耐震性を真っ先に考えなきゃ。地震があるたびに技術力をつけ、それを売り物にして、産業を育てていくんだ。それができなければ、技術立国なんか到底覚束ない。君はその最前線にいるんだ。素晴らしい仕事じゃないか。頑張りなさい」

翌週――

「……一五・七メートル？　やっぱり、そんな数字になるのか⁉」

首都電力本店の会議室で、ワイシャツ姿の富士祥夫は、津波の高さの試算を聞いて思案顔になった。

「うーん……」

テーブル中央の常務取締役原子力・立地本部副本部長の菅原正紀《まさのり》が、難しい表情で手元の資料を凝視する。東京の山の手（文京区護国寺）で生まれ育ち、東大の原子力工学科を出て、米国の大学院に社費留学し、英語とフランス語に堪能で、原子力技術課長や原子力計画部長を歴任した「プリンス」だ。人柄は謙虚で、現場にも精通している。

「福島県沖に明治三陸地震クラスの波源があると仮定して試算しますと、このような結果になります」

原子力設備管理部の土木調査グループで津波対策を担当している課長がいった。

長田俊明のアドバイスもあり、土木調査グループが「耐震バックチェック」の一環として、明治三陸地震を前提に、発生しうる津波の波高を試算したところ、奥一・五号機付近でOPプラス一〇・二メートル、同二号機付近で同九・三メートル、同敷地南部で同一五・七メートル、という結果が出たのだった。

「計算は、間違いない感じだな……」

富士が資料のページをめくり、試算の過程を確認する。

既往津波を明治三陸津波、波源を福島県沖海溝沿いとした上で、断層運動のモデル化、媒質（震源断層）の剛性率の設定、パラメータスタディなどを行い、水深の程度や波の分散性に応じた計算スキームを適用し、津波の高さを試算していた。

「しかし、一五・七メートルとは、途方もないねえ」

身長一八六センチで肉付きもよく、大型の山岳救助犬を思わせる菅原が呻くようにいった。

「『十円盤』まで水が来たら、地下にある設備は全滅です」

縁なし眼鏡をかけた学者ふうの男がいった。東工大大学院原子核工学専攻科で富士の三年後輩で、原子力設備管理部の地震対策センター所長を務めている男だった。

「十円盤」は海面から一〇メートルのところにある奥羽第一原発の敷地で、元々の呼び名の「十M《エム》（メートル）盤」が訛ったものだ。ここに原子炉建屋やタービン建屋が建っている。

「こんな津波が本当に起こるとしても、今さらプラント（発電所）を移動するなんて無理ですよね」

「となると、防潮堤しかないだろうなあ」

富士がいった。

「念のため防潮堤の建設も見積ってみたんですが、コストはざっと四、五百億円で、建設期間は四年程度必要です」

土木調査グループの課長がいった。真面目な人柄で、津波対策の必要性を力説していた。

「四、五百億円か……。全体から見ても結構な数字だねえ」

菅原が、まったりした口調で悩ましげにいった。

平成五年のピーク時には一兆六千八百億円あった首都電力の年間設備投資は、バブル崩壊後の日本経済の低迷とともに減少し、この年は五千九百億円にまでなった。

「防潮堤を造るとなると、漁業なんかにも影響が出ますから、周辺住民や自治体との話し合いも必要になりますね」

　富士の言葉に一同がうなずく。

「こういう津波が発生する確率は、どれくらいなの？」

　菅原が訊いた。

「一万年から十万年に一度です」

　と土木調査グループの課長。

「かなり低いということだね……。それでもやっぱり対策を打たんといけないかねえ？」

　菅原が富士に問いかけるような視線を向ける。

「新耐震設計審査指針に、『極めてまれではあるが発生する可能性があると想定することが適切な津波』と書いてありますから、これを素直に読む限り、対策が必要ということになりそうです。基準地震動も、精々その程度の発生確率のものを使っていますし」

「うーん……しかし、現実的にはなあ……」

　重役らしい押し出しの菅原は、腕組みをして宙を仰いだ。

　これまで、社長、副社長、原子力・立地本部長、同副本部長、約十人の部長、三人の原子力発電所長などが出席する「御前会議」で津波対策の必要性は認識されていたが、これほど高い波高は前提になっていなかった。

「リーディングカンパニーのうちが何かやると、ほかの電力会社もみんな同じように対策を打たなきゃならなくなるだろうし……。しかも、一五・七メートルなんていう数字を公にしたら、地元は大騒ぎになるだろうなあ」

一ヶ月後（七月）——

菅原、富士らは再び会議を開き、地震調査研究推進本部のレポート「三陸沖から房総沖にかけての地震活動の長期評価について」は評価が確定していないので、直ちに設計に反映させる必要はないという方針を決定し、原子力・立地本部長（副社長）の古閑年春の了承を受けた。

これに対して、津波対策は当然やるべきものと考えていた土木調査グループの課長らは「ちゃぶ台返しだ」と反発した。

他方、富士らは、土木学会に推本レポートの妥当性の評価を正式に依頼し、平成二十四年十月を目処に同学会の結論が出されることになった。また、福島県の沿岸部で、津波の堆積物調査も実施した。こうした動きに対し、土木調査グループの課長らは、単なる時間稼ぎではないかと疑った。

その後、日本原子力発電が、地震調査研究推進本部のレポートを前提に東海第二原発の津波対策をやっているという情報をきっかけに、社内に「福島地点津波対策ワーキング・グループ」が作られ、海水ポンプのモーターの水密（防水）化、ポンプを収容する建物の設置、防波堤のかさ上げなども検討されたが、技術的な問題などからどれも実施されなかった。

原子力安全・保安院からは、貞観津波（八六九年）を考慮して津波を試算するよう要請があり、首都電力は指示に従って試算を行い、奥一でOPプラス八・六〜八・九メートル、奥二で同七・六〜八・一メートルという結果を説明した。説明を聞いた同院の耐震安全審査室長や審査官は、大津波の可能性があることは認識したものの、切迫した問題ではないと考え、特段の対策実施を求めることはなかった。

4

翌年（平成二十一年）一月中旬の週末——

ロンドンは晴れていたが、朝方の気温が零度に近い寒い日だった。

街路樹はすっかり葉を落とし、淡い水色の空に刷毛ではいたような薄い雲が浮かんでいた。

富士祥夫は、副社長の古閑年春、総務部株式グループ（IR担当）の二神照夫と一緒に、市街西寄りの、ポートベロー通りを訪れていた。英国最大の骨董品市場で、約一キロメートルの緩やかな坂道の両側に、古い置物、ランプ、食器、装飾品、時計、古地図、絵画、ポスター、化石などを商う店が軒を連ねていた。

間口の狭い銀食器店の奥のほうで、店主と交渉をしている古閑を横目で見て、二神がいった。

「……古閑さん、熱心だな」

「ロンドン駐在時代に、骨董品にハマったらしいわ。ビクトリア朝（一八三七年〜一九〇一年）時代の銀製品を集めてるそうや」

紺色のキルティング・ジャケットにマフラー姿の富士がいった。

「西洋では銀に魔除け効果があるっていわれてて、結構、信じてるらしいで。ははは」

古閑は若い頃、火災や緊急停止などのトラブルがついて回り、ゲンが悪い男といわれて出世が遅れ、ロンドン駐在に出されたことがある。

「しかし、こんなものが四百八十ポンド（約六万二千円）もするんだなあ」

二神が、陳列ケースに収められた食事用ナイフの六本セットを見てつぶやく。

値札には、ビクトリア朝後期に英国中北部のシェフィールドで製造されたものだと書かれていた。

「でも、これきれいやなあ」

富士が顔を近づけて、感心したようにいった。ナイフの柄の部分が貝殻らしいもので作られていて、きらきらと淡いピンクや白色の光を放っていた。

「イズ・ディス・シェル？　（これは貝殻なの？）」

「オゥ、イエス。イッツ・マザー・オブ・パール（貝の内側の真珠層です）」

黒っぽい服を着た若い女性店員がにっこりと微笑んだ。

店の奥の古閑は相変わらず、直径二五センチくらいの銀の皿を買おうと、店主と交渉している。

富士と二神は店を出て、通りの向いの屋台でコーヒーを注文した。

「どう、これ？　白洲次郎みたいに見える？」

そばの店頭で売られていた、白洲次郎が若い頃英国で自動車を運転していたときにかぶっていたような古い革製の飛行帽を頭にかぶり、富士が訊いた。

「見えるか。顔がでかすぎだ」

二神ににべもなくいわれ、富士はがっかりして帽子を元の場所に戻す。

「ところで、投資家説明会の手配、結構大変だったみたいやな」

二神から紙コップ入りのコーヒーを受け取り、富士が訊いた。

三人は、欧州の投資家向け説明会に出席する首都電力の社長に同行し、ロンドンにやって来ていた。第十一代の社長は、慶応義塾大学経済学部卒の資材畑で、内向き志向で器が小さい人物だ。

今回、富士は、原子力関係の質問に対処するための助っ人役で呼ばれて来た。

「秘書室が『原発の安全性については絶対投資家に質問させるな』ってきつくいってくるんで、参ったぜ。よっぽど自信がないんだろうな」

寒風で鼻の頭を赤くして、コーヒーをすすりながら二神がいった。

「前回の説明会は、相当ひどかったみたいだな」

「うむ。ヨーロッパの投資家の専門知識は半端じゃないからな。技術面や災害時の安全性について突っ込んだ質問されて、おっさん、しどろもどろになったんだよな」

欧州は元々、原発に対して厳しい土地柄だ。

「投資家のほうは投資家のほうで、外部の人間でも知り得ることを社長が知らないっていうのが信じられなくて、何か重大な欠陥を隠ぺいしているんじゃないかって、疑心暗鬼になってなあ」

「ははは、そりゃ、ブラックジョークだな。で、結局、社長はどうしたんだ？」

「いやもう、答えられないから開き直って、『安全に決まってるだろう。日本の原発の安全基準は世界一厳しいんだから。お前ら海外投資家は馬鹿なのか』ってスタンスで押し通してたよ。内心はびくついていたと思うけど」

「ひどい投資家説明会もあったもんやなあ」

富士は呆れ顔。「しかし、いくら秘書室がいってきたって、事前に質問を制限するなんて、無理だろう？」

「そりゃ、無理だよ。現地でロジ（ロジスティックス＝関係者との連絡や、会場・移動・宿泊等の手配）をやってる日系の証券会社に駄目もとで頼んでみたけど、思いっきり嫌な顔をされたよ」

「だろうな」

白けた顔で富士は紙コップのコーヒーをすする。

「しかも社長は、投資家説明会のあと、個人で北欧旅行に行くんだよな。真剣さを疑うぜ」

今回の説明会は、ロンドン、エジンバラ、チューリヒ（スイス）の三都市で開催する。その後、社長は北欧に個人旅行することになっているという。

「一人で行くのか？」

「一人じゃないさ。航空券とホテルを手配してる証券会社は誰と行くか知ってるが、極秘だそうだ」

「まさか、例の金融情報サービス会社の女記者じゃないだろうな？」

現社長は、高級料亭も兼ねている上野の老舗旅館の個室で三時間にわたって米系金融情報サービス会社の女性記者と密会したところを、写真週刊誌にすっぱ抜かれたことがある。そのときはさすがの首都電力広報部も「高級料亭などで記者と二人きりで取材を受けるようなことは、当社では常態化していません」と冷たくコメントした。

「さあ、どうかなあ。俺はもう知らんよ」

二神はやれやれという顔で、首を振った。

あたりはそろそろ薄暗くなってきていた。

「四時か……。冬のロンドンは、日が落ちるのが早いな」

富士が腕時計に視線を落としてつぶやいたとき、品物を入れた紙袋を手に提げ、古閑が上機嫌で店から出てきた。六千五百ポンド（約八十五万円）くらいする銀の皿を買ったようだ。

5

翌年（平成二十二年）の六月——

渋谷駅東口を出て青山方面に続くオフィス街を五、六分歩くと、外壁にガラスを使った瀟洒なビルが建っている。首都電力の保養施設「首都友クラブ」が入居しているビルだ。

バンケット・ルームに、三十人ほどの人々が集まって、立食形式の夕食会が開かれていた。

来月、奥羽第一原発所長として福島に赴任する富士祥夫の送別会だった。

「……ほーら、これ見ろ。今日は、富士に飲ませようと思って、パリからワインを持って来たんだぞ」

顔も目鼻立ちも大きな石垣茂利が、新聞紙にくるんだ赤ワインのボトルを見せた。

十年ほど前に首都電力を退職して子会社の首都電工業（本社・江東区豊洲）の役員になり、現在は同社の顧問である。

「あ、本当ですね！　フランス語の新聞じゃないですか」

ビールのグラスを手にした八木英司《やぎえいじ》がいった。現在は、奥羽第一原発で一～四号機の補修を統括する第一保全部長を務めている。

「これ、高いんですか？」

細面に銀縁眼鏡をかけた長野真が訊いた。奥一の第一発電部長のあと、首都電工業の原子力部に出向している。

「三万円くらいしたぞ。なんてったって、シャトー・マルゴーだからな」

ラベルに金色で貴族の館らしきものが描かれた二〇〇四年物だった。

「げっ、そんなに高いんですか⁉」

「富士のおかげで、表彰もしてもらったから、今日は、そのお返しだな」

石垣は二年前に、経済産業大臣から原子力安全功労者として表彰された。原子力の安全確保に成果を挙げた個人や団体を表彰するもので、その年は十八名が表彰された。石垣を首都電力の候補者として経産省に推薦したのが、原子力設備管理部長の富士だった。

「まあ、ほかの連中は、トラブル隠しに名前を連ねちゃったから、さすがに不正をした人間を推薦するわけにはいかなかったんだろ」

石垣は富士同様、トラブル隠しには頑として抵抗し続けた。

「でも、麻雀ではずいぶん富士さんに献上したでしょ？」

「うーん……そういや、そうだなあ」

石垣が苦笑いする。

「僕ら三人とも、富士さんにはずいぶん毟《むし》られましたからねえ」

「あいつの麻雀、粘り強いし、こっちが想像もしてない役を作ってくるんだよなあ」

「そうそう！　あの発想は、どっから出てくるんですかねえ？」

「うーん、補修畑が長いから、理想にこだわらないで、手元の物を最大限生かすって訓練が自然とできたのかもな」

「なるほど……。それと、大教大附属中高の教育もあるんじゃないですかね」

長野がいった。「あそこは、受験勉強なんかまったくさせないで、とにかく自由な発想と議論する力を伸ばすっていう教育方針らしいですから」

「そういや、iPS細胞の山中伸弥教授もあそこの出身らしいな」

最もノーベル賞に近い日本人といわれる京都大学iPS細胞研究所の所長である（この二年後に受賞）。

「富士さんが『山中は俺の後輩なんだぞ。でもオウム真理教の菊地直子もなんだよなあ』ってぼやいてますよ」

「ははっ、そりゃ傑作だ！」

大阪教育大学附属中高天王寺校舎出身の菊地直子は、都庁小包爆弾事件などの殺人・殺人未遂容疑で警察から特別指名手配中だ（この二年後に逮捕され、裁判で無罪が確定）。

室内では、ローストビーフ、寿司、スモークサーモン、サラダなどを食べながら、人々が談笑していた。家族連れの参加者もいる、飾らない集まりだった。

一八四センチの大きな身体に茶色のジャケットを着た富士祥夫は、宮田匠と話していた。

「……柏崎越後の後始末もようやっと終わりましたんで、新たな気分で福島に行ってきます」

手にした皿からハム や蟹クリーム・コロッケを箸で口に運びながら、富士がいった。

新潟県中越沖地震で全機停止していた柏崎越後原発は、六、七号機が営業運転を開始し、一号機が試験運転中である。

「ご苦労さんだったね。奥一は、猛者揃いだから、彼らを上手く使っていけば、たいていのことは大丈夫だよ」

ビールのグラスを手に、宮田匠が微笑する。

首都電力で一番古く、扱いも難しい奥羽第一原発には、社内でもトップ・クラスの人材が配置されている。

「僕も奥一の所長をやったけど……」

宮田は記憶を辿る表情。「一つ怖いのは、放射線管理区域内の火災だよね」

放射線管理区域は、放射線障害を防止するため、立ち入りが制限される区域で、法令にもとづいて設けられ、入域者は個人線量計を装着しなくてはならない。

奥一の管理区域内には、中央操作室の暖房や発電タービンの起動などに使う重油ボイラーがある。

「万一火災が起きたりしたら、消防署を呼ばなきゃならないけど、放射線防護の必要があるし、電気ケーブルや電気設備に水をかけると、復旧にものすごく時間がかかるからね」

　宮田の言葉に富士はうなずく。

「それともう一つ怖いのは、外部電源の喪失だな」

　宮田は真剣な表情でいった。

「ベテランの当直長なんかと話すと、外部電源の喪失が一番嫌だっていうんだよ。DG（非常用ディーゼル発電機）はちゃんと起動するかどうか分からないし、起動しても、どれぐらい保《も》つか分からないっていうんだ」

「なるほど」

「僕も所長のとき、色々考えてみたけど、奥一の外部電源は、大熊一、二号と夜の森一、二号が同じ鉄塔を使ってるだろ？」

　奥一は、九キロメートル離れた首都電力猪苗代電力所新福島変電所から大熊一〜四号線、夜の森一、二号線という六本の高圧線を引き、それぞれ一〜六号機用の電力を受けている。大熊三号線と四号線は独立した鉄塔を使っているが、大熊一、二号線と夜の森一、二号線は、二つの線で一つの鉄塔を共用している。

「落雷なんかで鉄塔に障害が起きると、二つの線がいっぺんに使えなくなるから怖いんだよなあ」

「うーん、そうですね」

「それと、メタクラ（電源盤）で、ＴＢ（タービン建屋）なんかの地下に設置されてるのがあるだろ？」

電源盤（metal-clad switchgear）は、遮断機や変圧器など配電用の機器が入った箱型の設備で、受電した電気を各機器に送る役割をする。

奥一では、一号機の電源盤はタービン建屋の一階にあるが、二号機の電源盤の一つはタービン建屋の地下一階、三・四号機共通の電源盤も、コントロール建屋の地下一階に設置されている。

「まさか、『十円盤』まで水が来ることはないだろうけど、何となく嫌な感じがするんだよね」

「確かに」

「(原子力)安全委員会の設計審査指針だと、八時間以上の電源喪失は想定しなくていいことになってるから、イソコン（非常用復水器）だとかＲＣＩＣ（原子炉隔離時冷却系）だとかの非常用冷却装置類は、みんな八時間しか保《も》たない設計になってるしなあ」

宮田が悩ましげにいったとき、かたわらで大きな声がした。

「おい、富士、お前の所長就任祝いにパリでシャトー・マルゴー買って来たぞ。さあ、飲もう！」

石垣が、片手で摑んだワインのボトルを掲げ、がに股歩きで近づいて来た。

翌月（七月）初旬——

富士祥夫が奥羽第一原発に赴任すると、地元の新聞に、笑顔の写真とともに、着任の記事が掲載された。

『かお　首都電力奥羽第一原子力発電所長に就いた富士祥夫さん』
〈昭和五十四年の入社直後に奥羽第一原発の第一保修課に配属されて以来、六度目の福島勤務で、社歴の半分以上は福島暮らし。現場を熟知し、社員や協力企業からの信頼が篤いリーダーだ。原子力設備管理部長時代は、新潟県中越沖地震で停止した柏崎越後原発の現地調査や国への対応などに当たった。二年前に執行役員に就任。奥羽第一原発三号機で計画中のプルサーマルの実施については「プロセスをしっかり踏むことが大切。県民の皆さんから理解を得られるよう、情報公開に努める」と話す。自他ともに認める熱狂的な阪神タイガース・ファンで、都内に妻と三人の息子を残し、大熊町に単身赴任。ひつじ年生まれのA型で五十五歳。〉

七月二十三日金曜日――

〽　相馬流れ山　ナーエ　ナーエす
　　習いたかござれ　ナーエ
　　五月中《なか》の申《さる》　ナーエ　ナーエ
　　アノサ　お野馬追い　ナーエ……

福島県浜通りのJR相馬駅前の通りに注連縄《しめなわ》が張り巡らされ、商店街のスピーカーから『相馬流れ山』の郷土色豊かな音色が流れていた。時々「スイッ」「スイー」と女性の声で合いの手が入る。

アスファルトの通りを、鎧兜に身を固め、背中に色とりどりの差旗《さしばた》を着けた騎馬武者たちの長い行列が威風堂々と進み、歩道で人々が見物したり、写真を撮ったりしていた。

「……侍大将は、総大将を補佐し、組頭以下の騎馬武者を統率するまとめ役で、総大将の前後に付き、閲兵に随行します」

スピーカーから解説の女性の声が流れる中、行列を見物する富士由梨と次男、三男の前を、パカッ、パカッと蹄の音を立て、馬に乗った侍大将が通りすぎる。

る。

「……侍大将、堀内定治、差旗は『白地に九曜』」

侍大将の差旗は、旧相馬中村藩主の相馬家の家紋で、九つの丸い星が描かれた九曜旗である。

「次が総大将だね」

手にしたパンフレットの記述を見て、二十四歳の次男がいった。

千年以上前に、相馬中村藩の遠祖・平将門が、野馬を敵兵に見立てて戦闘訓練を行ったことに始まる相馬野馬追初日の出陣の行列であった。壮大な戦国絵巻のような祭りは、三日間にわたって繰り広げられる。

ブオオーッ、ブオオーッ、と法螺貝が鳴り響き、二人の従者が引く白馬に揺られながら、背中に大きな赤い母衣《ほろ》を着けた総大将が近づいて来た。

「総大将、立谷秀清《たちやひできよ》」

野馬追の全軍を束ねる総大将は、本来、相馬家当主の役割だが、今年は、立谷秀清相馬市長が名代として務めている。

「月に短冊の母衣《ほろ》差しに、緋の母衣を背負い、十二間阿古陀形総覆輪《けんあこだなりそうふくりん》の筋兜《すじかぶと》、鍬形に輪抜きの前立て、紺糸威《こんいとおどし》二枚胴具足。手には総大将だけに許される紫手綱を持ち、左腰には太刀を佩《は》き、右腰に采配を手挟んでおります。総大将としての出馬は平成十六年以来六年ぶりです」

　そばを、陣笠に羽織袴の藩の役人ふうの武士が徒歩で付き従い、鋏箱《はさみばこ》（衣装箱）や床几《しょうぎ》を担いだ脚絆に草鞋《わらじ》履きの従者たちが続く。

「パパはそろそろかしらね？」

　次男のパンフレットを覗き込んで、ストローハットに青い縞の半袖シャツ姿の由梨がいった。

「うん、もうそろそろって感じじゃない」

　パンフレットに書かれた行列の順番に視線を落として、次男がいった。

「しっかし、暑いなあ！」

　大学生の三男が顔をしかめ、ハンカチで顔の汗を拭う。

　時刻は午前十時だが、気温は三十度を軽く突破し、真っ青な空から、垂直に近い角度で太陽が容赦なく照り付けてきていた。商店やオフィスビルが軒を連ねる駅前通りの彼方には、阿武隈高地の山々が夏らしい青い姿を見せている。

　総大将の一行のあとは、数人の騎馬武者と幟《のぼり》（長尺旗）が続く。

「……軍者《ぐんじゃ》（副軍師の補佐役）に続きまして、相馬中村神社の神名旗《しんめい》（神社の名前を記した幟旗）。そのあとに続くのが日天《にってん》と月天《がってん》の錦旗《にしきばた》です」

女性の落ち着いたアナウンスとともに、太陽と月をそれぞれ金銀で刺繡した二本の幟を掲げた兵がとおり過ぎる。

「あっ、あれかな？」

次男が通りの先を指差した。

白装束のＩＨＩ（旧・石川島播磨重工業）相馬工場の人々が担ぐ神輿《みこし》を先導するように、差旗を背中に立てた騎馬武者が近づいて来た。

「あっ、そうねえ。あれみたいねえ」

由梨が背伸びをして目を凝らす。

「御神輿《ごしんよ》守護役、富士祥夫、首都電力奥羽第一原子力発電所長。差旗は、紫地丸に並び矢です」

アナウンスの声が響き渡り、重量二五キログラムの甲冑で身を固め、丸の中に二本の矢羽が縦に並んだ家紋が入った紫色の差旗を背に着けた富士祥夫が馬に揺られてやって来た。

地元の名士である奥羽第一原発所長は、相馬中村神社の神輿を守護する御神輿守護役として相馬野馬追に参加するのが慣わしだ。

「パパー！」

「パパ、頑張って！」

由梨や子供たちが声をかけると、馬上の富士は三人に気づき、鞭を手にした右手を挙げ、そのあと、舌を出してしかめっ面を作って見せた。

「パパ、へばってんなー。大丈夫かなー？」

初日のこの日は、朝、八時三十五分に相馬中村神社を出発し、午後一時頃に、十数キロ離れた南相馬市鹿島区の農協まで行列し、農協脇の駐車場で総大将御迎の式を行い、さらにそこから十数キロ離れた南相馬市原町区の雲雀《ひばり》ヶ原の祭場地（馬場）まで行進する。

「パパ、見かけほど体力がないからねえ」

由梨も心配げ。

「でもまあ、明日は見てるだけでいいらしいから、何とか大丈夫かしらね」

明日は本祭りで、甲冑競馬や、打ち上げた花火の中から落ちてくる二本の御神旗《ごしんき》を奪い合うメーンイベントの神旗争奪戦が行われるが、素人には危険なので、富士は甲冑姿で貴賓席から観覧する予定である。


その日、相馬市は日中の最高気温が三十三・四度に達する猛暑だったが、総勢四百九十二騎の騎馬武者は雲雀ヶ原祭場地まで予定通り行進し、富士祥夫も脱落することなく御神輿守護役の務めを全うした。

6

秋——

東京工業大学の一ノ瀬京助名誉教授が、奥羽第一原発に遊びにやって来た。原発の維持規格や柏崎越後原発の設備健全性評価で富士と仕事をした恩師で、破壊力学の専門家である。

「……おお、なかなか立派なのができたじゃないか！」

痩身をベージュのコートで包んだ一ノ瀬が、事務本館のすぐ前に建つ免震重要棟を見上げていった。窓が小さく、どっしりした感じの二階建てのビルで、延床面積は約三七〇〇平米である。

首都電力では、災害時に備え、免震重要棟を三つの原発に新たに造った。基礎部分の「積層ゴム構造」などで、地震の揺れを半分から四分の一に減らし、出入口は五坪ほどの空間を挟んだ二重の扉で、軽油タービンによる自家発電装置を備えている。

「免震重要棟以外にも、容量四〇トンの防火水槽を造って、消防車も三台配備しました」

猫背にベージュのトレンチコートを着た富士がいった。

「うん、うん。結構、結構」

「中越沖地震のあと、『発電所に消防車もないのか』って、自治体やマスコミから散々怒られましたから」

「はっはっは、そうだったなあ。しかし、失敗が生かせてよかったじゃないか」

恩師の言葉に、富士は苦笑してうなずく。

「じゃあ、免震棟の中をご案内しましょう」

二人は並んで歩き始める。

「富士君、どうだね、所長の仕事は？」

歩きながら一ノ瀬が訊いた。相変わらず意気軒昂で、もうすぐ七十歳とは思えない。

「暇です」

富士が悪戯っぽくいった。

「運転や管理はユニット所長以下がしっかりやってくれますから、僕はもっぱら対外活動です。県庁や役場に行ったり、ロータリークラブの会合に出たり、来客と面会したり。……あと、謝罪会見とか」

富士は苦笑する。

着任して以来、すでに三度、県に陳謝した。最初は八月で、六号機の定期検査の作業内容を指示する社員が間違って五号機の図面を渡し、指示内容をチェックする役割の者も含めて誰も誤りに気付かず、五号機の制御盤の信号用ケーブルを引き抜き、半月以上もＥＣＣＳ（緊急炉心冷却装置）の一つである原子炉隔離時冷却系（ＲＣＩＣ）の作動ができない状態になっていたというお粗末かつ危うい事故だった。九月には、三号機のＥＣＣＳの不具合による起動遅れ、最近は五号機の炉心冷却用給水ポンプの不具合・操作ミスによる緊急停止が起き、そのたびに県庁で陳謝した。

「まあ、所長は暇なのが一番だな」

一ノ瀬は、白い口髭をたくわえた顔で笑った。

「先生のほうはいかがですか？」

「うん、まあ、僕は相変わらずだ。ただ、日本の大学の機械工学科で、耐震性を教えなくなったのは、嘆かわしいねえ」

「うーん、そのようですね」

「新聞やテレビがロボットを煽るもんだから、流行に敏感な学生たちがみんなそっちに行くんだな。それで、昔、振動工学（耐震性）をやってた先生たちもみんな今、ロボットをやってる。……日本は地震国なんだから、機械工学でも、耐震性の勉強は不可欠だというのになあ」

富士はうなずき、恩師とともに免震重要棟に入り、階段で二階に上る。

「先生、これが緊急時対策本部用の部屋です」

「ほーお、これは立派だ！」

五五〇平米の室内を見回して、一ノ瀬が感嘆した。

真ん中に、二十五人がすわれる楕円形の卓があり、それぞれの席にマイクとノートパソコンが備え付けられている。その周囲に、復旧班、発電班など、緊急時の対応チームが使う十二の大きなテーブルと椅子が配置されている。壁には二〇〇インチの大型プラズマディスプレイが四面。

「テレビ電話会議システムや関係機関との専用電話、一斉送信用のファックス機なんかもあります。換気装置は活性炭フィルター付きです」

「君はどこにすわるの？」

「あの五番目の席です」

円卓の右上から数えて五つめの、中央の席を指差す。

「大学時代、ボートでも五番でしたが、ここでも五番です。憶えやすくていいです、ははっ」

ふと円卓が大きなボートに見えた。

（自分はさしずめコックスで、左右にすわる副所長はストローク〈整調〉か……。嵐の海に

漕ぎ出すときは、クルーにならないとなあ）

　ボート競技では、高度な調和が必要とされる。腕が短い漕手は少しでも遠くの水面にオールが届くように、逆に腕が長い漕手はオールの届く先を少し手前にするよう努力し、八人の漕手の呼吸を合わせ、個々の持てる力の総和が最大になるようにする。コックスを含めた九人は、個人の集団であってはならず、身も心も一つの「クルー」にならなくてはならない。

「まあ、こんなものを使うような事態にならないことを祈るばかりですけど」

　現実に還って富士がいった。

「うん、まったくそうだ」

　一ノ瀬は深くうなずく。

「ところで先生、このあと、原子炉建屋とタービン建屋をご案内させて頂いて、夜は、『うお八』に海の幸と地酒を用意してますんで」

　JR常磐線の富岡駅から坂を上がって行ったところにある割烹である。

「おお、それは有難う！　一度福島の地酒をじっくり味わってみたいと思っていたんだ」

　翌年（平成二十三年）二月――

　浜通りは、連日、最低気温が氷点下という厳しい冷え込みが続いていた。

富士祥夫は奥羽第一原発三・四号機の中央操作室に俳優の寺田農《みのり》を迎え、プルサーマル宣伝用の対談をしていた。

「……えー、わたしどもでは、昨年十月二十六日に、三号機でプルサーマルの営業運転を開始致しまして、その後、順調に運転を続けております」

制御盤を背に、青い作業服姿の富士が説明するのを、ジャケット姿の寺田が腕組みをして聞いていた。文学座出身でNHKの大河ドラマ出演も多い六十八歳のベテラン俳優である。

「日本におきましては、九州電力の玄海原発、四国電力の伊方原発に続いて三番目ですが、沸騰水型のプルサーマルとしては日本初です」

本店広報室が手配したプロのカメラマンが、パシャッ、パシャッと二人の姿を撮影していた。

「プルサーマルで使用しますのが、MOX燃料というウランとプルトニウムの混合酸化物で、今から十一年以上前の平成十一年秋に、この発電所に搬入され、燃料プールで保管されてきたものです」

宮田匠が所長のときのことだ。

「その後、紆余曲折がありまして、って……あんまり、こんなこと喋らないほうがいいのかな？」

富士がそばにいた本店広報室員に聞くと、周りで見ていた運転員たちから笑いが漏れた。

「まあ、あのー、こちらのほうで適宜編集しますから、お好きなように喋って下さい」

中年の広報室員がいった。

「あっ、そう。はい、分かりました。ところで、この対談、いつどこに掲載されるんだっけ？」

「『日経ビジネス』の三月十四日号に、二ページで掲載します」

「あ、『日経ビジネス』ね。了解」

「一つ質問よろしいですか？」

銀縁眼鏡をかけ、ベテラン俳優らしい渋味を漂わせている寺田がいった。

「はいはい、どうぞ」

富士は大阪商人ふうの笑顔で応じる。

「先日、柏崎越後原発も見学させて頂いたんですが、奥羽第一原発に来て感じるのは、ゆとりというか、落ち着きみたいな雰囲気です。これはどこから来ているのでしょうか？」

「そうですね……。ここは首都電力が最初に造った原子力発電所なので、長い歴史と様々な経験がありまして、職員もベテラン揃いです」

「なるほど」

「新しく赴任して来る若手も、そうした伝統や風土の中で、自然と自信を付けていくのではないでしょうか。ただ、最近は機械に頼りすぎる傾向も実はありまして、この点は懸念しています。最終的な判断を下すのは、あくまで人間ですから」

「富士所長にとって、奥羽第一原発はどんな発電所ですか？」

「古いプラントで、手はかかりますけど、それはそれで可愛い我が子みたいなもんですね」

目を細めて話しながら富士は、雑誌が出る頃は梅の季節だなあと、ぼんやり考えていた。

第十二章　運命の日

平成二十三年三月十一日金曜日——

福島県浜通りの空に灰色の雲が低く垂れ込め、太平洋上では、時おりちらつく雪を寒風が翻弄する底冷えのする日だった。

六基の原子炉が海際の「十円盤」に建ち並ぶ首都電力奥羽第一原子力発電所では、いつもと変わらぬ一日が始まっていた。

所長の富士祥夫は、朝、大熊町の社宅から所長専用車で出勤し、事務本館二階の隅にある所長室で新聞に目をとおした。その後、所長室の会議用テーブルで、二人のユニット所長や各部の部長らと朝の定例ミーティングを開き、前日の主な出来事や目下の課題について報告を受けた。一、二号機を預かる第一運転管理部長からは、九日前に原子力安全・保安院から指示された一号機の再循環ポンプなどの機器の再点検の進捗状況について説明があった。

約一時間のミーティングが終わると、富士は、積み上げられた書類の決裁に取りかかり、必要に応じて時おり電話で内容を確認していった。

午後二時四十分——

今年度の業務計画会議を終えた富士は、所長室に戻って来た。

自分のデスクにすわり、パソコンのキーボードを叩き始める。

デスクトップの背景は、空、海、砕け散る波などを、青や緑の壁に白い斑点で描いた奥一の原子炉建屋群の写真である。

（政治献金の天引き、ね……）

本店の人事部から届いていた通知のメールを開いて、複雑な表情になる。

首都電力では自民党の政治資金団体である国民政治協会に対し、社長は三十万円、副社長は二十四万円、常務は十二万円、執行役員は七万円の寄付をすることになっており、年に一度、給与から天引きされる。自分が清流の鮎でないことを認識させられる瞬間だ。

壁面の六つのデジタル表示板に視線をやると、定期検査中の四〜六号機以外の三つの原子炉が、それぞれ四六万キロワット（一号機）、七八万四〇〇〇キロワット（二、三号機）の定格で順調に運転中であることを示していた。三号機は待望のプルサーマルだ。

（宮田さんは、「大きな事故は、なぜかプルサーマルをやるときと、春に多い」とよくいっていたなあ……）

宮田匠の顔を思い出しながら、寄付のメールを削除し、次のメールを開こうとマウスを操作する。

そのとき、ゴゴゴゴゴゴッという不気味な地鳴りとともに、ズドーンと突き上げるような縦揺れがきた。

（地震だ！　これは尋常じゃない！）

思わず椅子から立ち上がった。

（糞っ、ここんところ揺れが多くて、嫌な感じだったが……）

縦揺れに続いて起きた横揺れは収まるどころか逆に強くなり、立っていられなくなった。

書棚の本がばらばらと床に落ち、机の下に潜ろうとしたが、潜れないまま天板の端にしがみつく。

（これは、長いぞ……）

バリバリバリという激しい音がして、天井の化粧板が剝がれ落ち、富士は咄嗟に首をすくめる。

ガッシャーンという大きな音を立てて、窓ガラスが割れて床に落ちた。

床が抜けるのではないかと怖くなるぐらいの強い揺れは、三分間ほど続いてようやく収まった。

文具、書類、コーヒーカップ、化粧板、割れたガラス、ファイルなどが床一面に散乱し、足の踏み場もなくなった。

(何ちゅうこっちゃ！)

富士は血相を変え、ワイシャツ姿のまま所長室を飛び出した。

扉を開け、総務部のフロアーを一瞥した瞬間、視線が凍り付いた。

もうもうとした白い埃《ほこり》の中に、踏み抜かれたように落ちた天井の化粧板、天井裏の鉄骨や銀色のダクト類、倒れたロッカー、机や床の上に散乱した書類、文具、ガラスの破片、蠢《うごめ》く数人の社員などが見えた。まるでミサイルでも撃ち込まれたかのような光景だった。

「みんなはどうした⁉」

「ひ、避難しました！　屋外です」

社員の言葉にうなずき、富士はフロアーにある免震重要棟との渡り廊下に向った。しかし、防火用のシャッターが自動で下りていたため、やむなく階段を駆け下り、屋外に出た。

寒空の下、七、八百名の社員のほか、下請け企業の従業員たちが、免震重要棟のそばの広場に逃げて来ていた。

「おい、すぐに各GM（グループマネージャー）に自分のグループの人員の安否を確認させろ」

富士は、人ごみの中にいた防災安全部のグループマネージャーを見つけて命じた。

「(下請け)企業は、企業ごとに安否確認だ」

「はい、分かりました」

同じ頃、四号機の出入口であるサービス建屋（保安管理室）一階のゲートには、定期検査作業に従事していた千二百人以上の下請け企業の作業員が、雪崩を打って殺到していた。

富士は、免震重要棟二階の緊急時対策室に向い、室内中央の楕円形の卓の中央にある五番の席についた。

緊急時対策本部長である富士の両隣には二人の副本部長（一～四号機のユニット所長と五、六号機のユニット所長）がすわり、二人の発電班長（第一と第二運転管理部長）、復旧班長の一人（第二保全部長）、防火統括管理副本部長（技術系副所長）、総務班長、資材班長、医療班長らも、富士と前後して駆け付けた。

（八木は、今日は休みか？）

空いている復旧班長の席の一つを一瞥し、富士は第一保全部長の八木英司が、朝の会議に出ていなかったことを思い出した。

「各号機の状況を把握してくれ！」

副本部長の一人が、二人の発電班長に指示を飛ばす。

（中越沖地震のあと、奥一もあれだけ対策を打ったんだ。大丈夫なはずだ）

富士は、自分にいい聞かせる。

「富士所長、本店です。職員の安否確認を至急お願いします」

室内にあるスピーカーから、本店職員の声が流れた。

壁に四つある大型プラズマディスプレイの一つの画面が九分割され、本店、奥羽第二原発、柏崎越後原発などの会議室を映し出していた。

「はいはい、今、やってますんで」

マイクに向って富士が答える。

「ところで、これ、震源はどこで、マグニチュードはどれくらいなの？　何か情報入ってる？」

「えーと、未確認情報ですが、宮城県の牡鹿半島沖合が震源で、マグニチュードは八・八のようです」

「八・八……!?」

室内にどよめきが漏れる。

「みんな、落ち着いていこう」

富士がマイクで呼びかけた。「こういうときは、浮足立たないことが大事だから。落ち着いて、一つ一つ確認していこう。それから余震があるかもしれないから、作業等には十分注意するように」

円卓周囲の各班のテーブルにも担当者たちが駆け付け、廊下や会議室には、逃げるに逃げられない社員や作業員が続々と詰めかけ、免震重要棟内部はごった返していた。

「一、二号機、スクラム（緊急自動停止）しました！」

中央操作室とのホットラインの受話器を置き、第一発電班長（平常時は第一運転管理部長）が声を上げた。

「よし」

富士はうなずく。

「三号機もスクラムしました！」

（オーケー、順調だ……）

過去、日本の原発は何度となく地震に遭ったが、すべて乗り切ってきた。富士は、今回も何とか大丈夫だろうと考えていた。

「所長、すいません」

第二発電班長（平常時は第二運転管理部長）が富士のところにやって来て、小声でいった。

「実は、五、六号機の中操に妊婦がおりまして」

「えっ、妊婦⁉」

「はい、妊娠四ヶ月です」

「そりゃまずいぞ。すぐ退避させせろ」

妊婦の被曝限度は腹部表面で二ミリシーベルトで、一般の職員の五十分の一だ。

「しかし、女性運転員がいるのは知ってたけど、妊婦も中操で働けるようになったってのは、うちの会社も開けてきた証拠かね」

富士の笑みにはまだ余裕があった。

緊急時対策室にも、少なくない数の女性社員たちが詰めかけ、総務班、厚生班、医療班などに所属して作業を始めていた。

「一〜三号機、外部電源喪失で、ＤＧ（非常用ディーゼル発電機）が起動しました」

第一発電班長がいった。

「外部電源喪失⁉」

円卓についた幹部たちの顔に緊張感が走る。

「本店です。福島県地方に、津波警報が出ています」

「どれくらいの高さ？」

プラズマディスプレイを横目で一瞥し、富士がマイクに向って訊いた。

「三メートルから五メートルです」

「うーん……」

（おそらく数十分の周期で引き波が来るから、その間は、海水ポンプが使えなくなる……）

非常用の海水ポンプや海水取入口は「四円盤」（敷地の高さが海面から四メートルの場所）にある。

「発電班、津波警報の件を、各中操に伝えてくれ」

富士がマイクでいった。

「それから、海の脇で作業している人間は、全員退避。責任者、ちゃんと確認してやってくれ」

この間にも刻々と各号機のデータが読み上げられ、安否確認情報がもたらされた。

「一、二号機、ＤＧトリップ（停止）しました！」

第一発電班長がマイクに向って叫んだのは、地震発生から約五十分が経った午後三時三十七分頃だった。

「ええっ、ＤＧトリップ⁉」

室内の誰もが愕然となった。

「SBO（全交流電源喪失）です！　原災法十条該当事象です！」

第一発電班長の悲痛な声が室内に響き渡った。

SBO（station blackout）が五分以上継続すると、原子力災害対策特別措置法第十条一項に該当し、原子力安全・保安院に通報しなくてはならない。

「おい、何でだ？　いったい何が起きたんだ？」

富士が強張った顔で訊いた。

緊急時対策室には窓がなく、外で何が起きているのか見えない。

「分かりません。中操内は真っ暗で、懐中電灯を持って、現場に確認に向っています」

間もなく、三号機のDGも停止したという報せが入った。

「十条、宣言します」

午後三時四十二分、富士が厳しい表情でマイクに向っていった。

「復旧班と発電班、至急、DGトリップの原因を調べて、復旧してくれ！」

「分かりました！」

（参った……！）

富士は平静を装いながら、悲壮感と焦りにとらわれた。

（DGが使えないとなると、イソコンとか、RCICで数時間は冷却できるが、その先はどうする？　……そもそも、イソコンやRCICは生きているのか？）

イソコン（isolation condenser＝非常用復水器、略称・IC）は敦賀原発（昭和四十五年営業運転開始）や奥一・一号機のような古い沸騰水型軽水炉にだけある緊急用の冷却装置で、圧力容器から噴き出される蒸気で自然に動く。一号機では原子炉建屋の四階にあり、一〇〇トンの冷却水の入ったタンクで蒸気を冷やして水に戻し、原子炉に注ぐ。

一方、RCIC（reactor core isolation cooling system＝原子炉隔離時冷却系）はイソコンに代えて奥一・二号機以降に設置された緊急用冷却装置で、原子炉がタービンと切り離された（隔離された）ときに起動する。圧力容器からの蒸気の力でタービン駆動ポンプを動かし、冷却水を原子炉に注ぐ装置で、原子炉建屋の地下にある。イソコンが自然循環を利用した冷却であるのに対し、RCICは蒸気タービン駆動ポンプを電気で制御する。

同じ頃——

定期健康診断のために休みを取って、奥羽第一原発から七キロメートルほど離れた病院にいた八木英司は、地震発生と同時に原発が危ないと直感し、慌てて着替えて走り出し、駐車場に置いてあった純白のトヨタ「プリウス」に飛び乗った。

（早く、一刻も早く着かないと……！）

歯を食いしばり、八木はアクセルを踏み続けた。

状況を把握するため、カーラジオをつける。

「……本日、午後二時四十六分頃、宮城県で震度七、福島県で震度六強、北海道から九州にかけての広い範囲でも揺れを観測する強い地震がありました。震源は、牡鹿半島の東北東一三〇キロ付近の三陸沖で、地震の規模を示すマグニチュードは八・八……」

アナウンサーが緊急ニュース速報を読み上げていた。

「気象庁は地震発生直後に、津波警報を発しました。三メートル以上の津波が予想される大津波警報が出ているのは、岩手県、宮城県、福島県、青森県太平洋沿岸、茨城県、千葉九十九里・外房……」

（三メートル以上の津波か……。四円盤がやられて、冷却用の海水ポンプが使えなくなるかもしれないな。まさか十円盤まで来ることはないだろうが）

八木は、ニュース速報に耳を澄ませながらハンドルを操る。

道は、奥羽第一原発のある方角から逃げて来る車列のためにほぼ一方通行状態で、奥一の方角に向っている車両はほとんどない。

道路にできた陥没や亀裂をよけながら、八木は全速力で車を走らせた。

倒れかかって斜めになった電柱をよけ、橋げたが落ちたり隆起したりして通れなくなった橋を迂回し、停電で点滅しない信号の下を通過する。途中にある墓地では墓石がすべて倒れ、火災の赤い炎と黒々とした煙が遠くで上がっていた。

（よし、もうすぐだ！）

発電所近くの交差点に差しかかり、太平洋の方角に九十度ハンドルを切り、アクセルを強く踏み込む。

（えっ⁉）

フロントグラスの先の光景に、呼吸が止まりそうになった。

視界一杯に、瓦礫や横転した車で溢れた高さ数メートルの黒々とした濁流が水しぶきを上げながら押し寄せ、流されて来た家屋の二階部分が、頭上から倒壊してくるように迫ってきた。

家や電柱をなぎ倒すバキバキ、メリメリという音を立て、巨大な怪物が白い牙を剥いて襲いかかってくるようだった。

距離にしてわずか一〇メートル。

（ここで、死ぬのか……⁉）

アドレナリンが全身を駆け巡り、血走った両目がかっと見開かれた。

無意識のまま身体が反射し、車のギアを一気に「R」に入れ、力まかせにアクセルを踏んだ。

グォォォーン……。

プリウスは唸りを上げながら、バックのまま猛烈なスピードで道を逆走し始めた。

（南無三！）

後ろを見る余裕のない八木は、ハンドルにしがみついて祈る。もし障害物や後続車があれば、一瞬であの世行きだ。

プリウスは後ろ向きのまま白い弾丸となって左車線を逆走し続けた。


同じ頃――

「津波です！　津波が来ました！」

外の様子を確認に行っていた職員が叫んだ。

「えっ、津波⁉」

室内の視線が一斉に出入口から入って来たジャンパー姿の男に注がれる。

「今、外で見たら、十円盤を越えて津波が押し寄せて、リアクター（原子炉）のある一帯が完全に水没しています！」

海抜約三五メートルの免震重要棟のほうから一～六号機の建屋群のほうを見て確認したという。

「十円盤が、水没……!?」

富士は、信じられない表情。

そんな高い津波が来るとは、頭の片隅にすらなかった。

「……えっ、運転員が!?」

三、四号機の中央操作室とのホットラインの受話器を握り締めた第一発電班長が声を上げた。

「……ああ、そう。うん、うん……分かった。二人？　はい……うん、了解」

受話器を置くと、マイクに向って口を開く。

「今、三号機のＤＧ建屋で津波に巻き込まれた運転員二人がずぶ濡れで中操に戻って来たそうです」

室内にどよめきともため息ともつかない声が漏れる。

三号機のＤＧ建屋は、原子炉建屋の海側にある。

「水もかなり飲んだそうですが、ガラス窓を破って脱出したそうです。手に怪我をしているので、中操で応急処置をしています」

「命に別状はないんだな？」

　富士が訊いた。

「逃げて来た二人は大丈夫です。けれど、四号機のタービン建屋の地下で現場確認をしていた運転員のうち、二人が行方不明だそうです」

「二人が、行方不明……！」

　富士の顔が歪む。

（津波を甘く見た自分の指示のせいだ……糞っ！）

　自責の念に苛《さいな》まれたとき、出入口に新たな人影が現れた。

「遅くなりました」

　青い作業服姿の八木英司だった。

　八木以外にも、非番の当直長や運転員が自宅から駆け付け、敷地を覆い尽くした泥水で靴をずぶ濡れにしながら、緊急時対策室や中央操作室に駆け込んで来ていた。

　一方、発電所内に常駐している原子力安全・保安院の七人の検査官は大熊町のオフサイトセンターに移動ないしは逃げ出し、四号機の定期検査に携わっていたGEの職員たちも全員が逃げ出した。そもそも検査官などは、電力会社との馴れ合いの中でペーパー作成のための検査をするのが仕事で、平時であろうと非常時であろうと存在感はない。

「八木ちゃん、お疲れ」

円卓にすわった富士がにっこりいった。「道は大丈夫だったか？」

「一度死んできましたよ」

「えっ？」

富士が怪訝そうな顔をすると、八木は不敵に笑った。

「避難する車列で、道が何キロも渋滞しています。道自体が地震にやられて、陥没したり、寸断されたりしてる箇所がたくさんあるんで、今後、物資輸送の障害になるでしょうね」

円卓の第一復旧班長の席にすわりながら八木がいった。

「サイト（発電所）の中は、津波の泥水で湖みたいになってます。流されて来たゴミ、鉄材、流木、塀、泥、砂、車、漁船、重油タンク、魚なんかで滅茶苦茶です。ポンプにクレーンが突き刺さったりなんかもしてます。とにかくあのゴミの塊《かたまり》をどかさないと復旧作業は無理ですよ」

その言葉に、富士が重苦しい表情でうなずいた。

午後四時三十六分、富士は、原災法十五条一項の特定事象（非常用炉心冷却装置注水不能）の発生を宣言し、本店をつうじて原子力安全・保安院に報告した。原子炉の水位を読むことができず、一、二号機の注水状態も不明であることが直接の理由だった。

「とにかく、電源の復旧。それと、炉圧と（炉）水位の確認だ。あらゆる手を尽くしてやってくれ」

余震が続く中、現場ではイソコンやＲＣＩＣが動いているかどうかの確認作業や電源の復旧作業が懸命に試みられた。津波をかぶったバッテリーが一時的に復活し、水位計が、一号機の原子炉水位を燃料の先端（頂部）から二・五メートル上と示したが、その後、再び動かなくなった。動いている計器類もどこまで正しいのか分からないので、断片的な情報を繋ぎ合わせ、原子炉の状態を推測するしかなかった。

「一号機の水位低下！　ＴＡＦ《タフ》（燃料頂部）到達まで一時間程度と推定されます」

技術班の担当者のマイクの声が響いたのは午後五時十五分だった。メルトダウンが現実味を帯びた。

（水位低下がそんなに速いのか？　イソコンは動いてないのか？）

八木は訝った。

五人を間に挟んで右手にすわった富士を見ると、殺到する情報や問い合わせに忙殺され、水位低下の報せに十分注意を払っていない。

「富士さん、消防車でベッセル（圧力容器）に水を入れましょう」

八木は富士のそばに歩み寄り、原子炉の図面を広げた。

「ここにＦＰ（fire pump＝消火ポンプ）のラインの送水口があります。消防車を持って来て、ここにホースを繋ぐんです」

八木は図面のタービン建屋の外側を指差した。

「こんな注水ラインがあったの⁉　誰が作ったんだ？」

「たぶん平成十三年くらいに、シビアアクシデント対策をやっていたとき、誰かが万一のことを考えて作ったんじゃないですかね」

シビアアクシデントとは、炉心が著しく損傷するなど、設計時の想定を大きく超える過酷事故のことだ。首都電力では平成十四年五月までに、奥一と奥二のシビアアクシデント対策を一応整備したが、想定を超える地震、津波、洪水などによる事故は考慮されていなかった。

「ただ直接消防車じゃなくて、消火栓から水を引こうと考えていたようですが」

所内の消火栓は、ほとんどが津波で駄目になっていた。一方、中越沖地震後に購入した三台の消防車は、高台にあった一台だけが生き残った。

「それから、イソコンが動いているかどうか、確認したほうが……」

「富士本部長、すいません！　四号機の裏の軽油タンクで火災が発生してる可能性があります」

「えっ、ほんとか⁉」

保安班の担当者が割って入り、さらに海水で現場に行けないという別の報せも入ってきて、八木の話は途切れてしまった。

午後七時三分、内閣総理大臣が、原子力災害対策特別措置法にもとづき、原子力緊急事態宣言を発令し、内閣府に原子力災害対策本部が設置された。


翌日（三月十二日土曜日）――

消防車による注水のための準備作業は夜を徹して行われた。

氷点下の風が吹き付ける中、敷地内の瓦礫を撤去し、高台から一号機のタービン建屋まで消防車の道が造られたが、余震のたびに再度の津波を警戒して退避を余儀なくされ送水口もなかなか見つからなかったため、注水が始まったのは午前四時頃だった。同じ頃、前夜遅くマイクロバスで新潟を発った柏崎越後原発の放射線管理チーム二十数人が奥一入りした。

その間、一号機では富士がてっきり動いているものと思い込んでいたイソコンが動かず、燃料の損傷が急激に進行した。格納容器のドライウェル（フラスコ型の部分）の圧力は、設計圧力の〇・四メガパスカル（四〇〇キロパスカル）を大幅に超え、六〇〇キロパスカルを突破した。危機感を強めた富士は、真夜中過ぎに、格納容器の破損を回避するため、発電班と復旧班に格納容器ベント（気体排出）の準備をするよう指示した。圧力抑制室の中の水をとおし、放射性物質を極力減らしてから大気中に排出するウェットウェルベントであった。

一方、三号機はＲＣＩＣが起動し、二号機のほうも、午前二時頃に、ＲＣＩＣが動いていることが確認された。報せを受けた富士は「天の助けだ！　これで当面一号機に集中できる」と宙を仰いだ。ただし、熱を海や大気中に捨てる機能がないＲＣＩＣは、いずれ停止する。

「……えっ、総理がこっちに来る⁉」

午前五時、富士は円卓でテレビ会議のスクリーンを見ながら、驚いた顔になった。

「いったい、何しに来るんだよ⁉」

「いや、僕らも分かりません。視察か何かだと思うんですが……」

本店の担当者も戸惑いを隠せない。

「いずれにせよ、午前六時過ぎにはヘリで東京を出発するようです」

「ちょっと待ってくれよ！　こっちじゃ、防護服やマスクも足りないし、線量ぎりぎりで人員を回してるから、総理の案内で余計な線量なんか浴びさせられないぞ」

全員、寝ずに作業を続けており、視察の相手など論外の状況だ。

「いや、もう総理が決めたんで、我々のほうでも止めようがないんです。とにかくサイト（発電所）で何とかして下さい」

富士はカチンときた。

「ふざけんじゃねえ！　現場を何だと思ってる⁉　こっちは生きるか死ぬかで、やることが山ほどあるんだ！」

しばらくいい合いが続いたが、議論は平行線のままだった。

午前六時五十分、元経済評論家の経済産業大臣がベント実施命令を出した。富士は、「紙切れ一枚で弁が開くと思ってんのかよ⁉　やれると思うんなら、ここに来てやってみろ！」と憤慨した。それは現場で作業をしている全員の思いであった。

午前七時十一分、冷たい空気の中、朝日を浴びながら首相の乗った陸上自衛隊の要人輸送用ヘリコプターが敷地の北西寄りにある多目的運動場のグラウンドに着陸した。

「みんな、決められた作業をしっかりやってくれ。総理は俺一人で相手してくる」

富士は原子炉建屋の図面を手に円卓から立ち上がった。

首相はヘリコプターから降りるときに宣伝用の写真を撮らせ、経済産業副大臣、原子力安全委員長、菅原正紀首都電力副社長（原子力・立地本部長）、福島県副知事、経済産業省審議官らを従えてバスに乗り込み、三分ほどで免震重要棟に到着。規則で決められた除染もせずに、人でごった返す階段を足早に上がり、二階にある小会議室に入った。

「発電所長の富士でございます」

青い作業服の上に「本部長」と書かれた白いチョッキを着た富士は、左隣りに菅原を従える形で会議用の机を挟んで首相と向き合った。

室内の壁には大きなプラズマディスプレイがあり、ニュース番組を無音で映し出していた。

「なんでベントをやらないんだ⁉」

六十四歳の首相は険しい表情で第一声を発した。

東工大理学部応用物理学科卒の元弁理士で、あだ名に「イラ」が付くほど激しやすい人物だ。弁を開けるだけのことに、何をぐずぐずしているんだと顔に書いてあった。

隣りにすわった、元東大教授の白髪の原子力安全委員長は、すでに相当怒鳴られたのか、怯えたような顔つきで小さな目をしょぼしょぼさせている。

「ベントにつきましては、今朝の二時頃から準備を続けております」

富士は臆することなく答えた。「しかし、電源や必要な機材が揃わず、余震も続いているので、作業を頻繁に中断せざるを得ません。しかも、現場は線量が高く、一回の作業時間がきわめて限られています」

緊急時の作業員の被曝限度は一〇〇ミリシーベルトだが、一号機の原子炉建屋内の放射線量は一時間あたり三〇〇ミリシーベルトに達し、一人二十分しか作業できない。

「もっと具体的に説明してくれ」

内閣の桐の紋が入った防災服姿の首相は相変わらず険しい目つき。この期に及んでまだ首都電力は事故を小さく見せようとしているのではないかという猜疑心に取り付かれていた。

「格納容器の下部をぐるりと取り巻くサプレッション・チェンバーというドーナツ型の圧力抑制室があり、そこから気体排出用のラインが出ております」

富士は、原子炉の図面を広げ、該当箇所を指で差す。

「このラインの途中に、AO弁という空気圧で開閉する大弁があり、さらにその先に、MO弁という電動弁があります。この二つを開くために、今、電源やコンプレッサー（空気圧縮機）で使えるものを探しています。それから一号機に関しては、両方の弁にハンドルが付いていますので、最悪の場合は、現場に突入して、手動で開けるつもりです」

額のほぼ真ん中にほくろがある首相は図面を凝視する。

「電源につきましては、二号機の低圧系配電盤が生きていましたので、電源車と高圧ケーブルを繋いで、そこから一号機までケーブルを延ばす作業をしているところです」

富士は図面の該当箇所を指でさす。

「今、うちと日立製作所さんで、三十人がかりでやっていますが、一人三〇〇キロの重さのケーブルを持って瓦礫の間を縫い、普通の短靴で放射性汚染水の水溜りの中をじゃぶじゃぶ進むという、相当に骨の折れる作業です」

高圧用電気ケーブルは、直径約三センチの金属ケーブルが十二本束ねられていて、肩に食い込むほど重い。道路を引きずったりすると、外側を覆っている絶縁用ビニールを傷つけるので、三十人が二、三メートル間隔に並んで担いで運ばなくてはならない。

「ふむ……」

理路整然とした説明を受け、激高していた首相は作業の難しさを初めて知り、徐々に落ち着きを取り戻した。

「とにかく、早くベントをしてくれ」

十分ほど話を聞いたあと、首相がいった。「格納容器が壊れて、放射性物質がまき散らされたら、取り返しがつかなくなる」

「もちろんそのつもりです。決死隊を作ってでもやります」

富士の言葉に首相は満足したようにうなずき、経済産業省の審議官が差し出した一〇キロ圏内住民の避難指示書に署名をすると、緊急時対策室の職員たちに声をかけることもなく、再びヘリに乗って飛び去った。自分たちが線源になって緊対室《きんたい》を汚染したことなど、知りもしない様子だった。

それから間もなく――

奥羽第二原発の敷地内で、白い防護服姿の看護師・小野優子が、巨大なクレーンに向って声を張り上げていた。

気温は辛うじて零度を上回っていたが、寒風が吹いていて、体感温度は氷点下並みだった。

「……オーライ、オーライ。オーライ、オーライ」

小野は、前日は非番で自宅にいたが、携帯電話で夫と、中学生と高校生の息子の無事を確認したあと、車を駆って発電所に駆け付けた。正門付近は、脱出する車両でごった返していたが、警備員たちが「あっ、小野さんだ」とすんなり入れてくれた。

四基の原子炉すべてが定格運転中だった奥羽第二原発は波高九メートルの津波に襲われ、免震重要棟一階や海水熱交換器建屋などが浸水した。昨日の午後五時三十五分には、一号機の冷却水漏れで原災法十条通報をし、この日の午前五時二十二分には、一、四号機の圧力抑制室の機能喪失で同十五条通報をする事態になったが、外部電源が辛うじて一回線生き残っていたので、各原子炉は冷温停止（炉水温度が摂氏百度未満）に向け、順調に温度を下げているところである。

「……オーライ、オーライ。オーライ、オーライ」

ワイヤーで吊り下げられた担架が、徐々に地上に近づいて来た。乗せられているのは、一二〇メートルの高さでクレーンを操作しているとき地震に遭い、頭部外傷による出血多量で死亡した作業員の遺体だった。

遺体が地上に降ろされると、小野や医師たちは手を合わせ、仲間の作業員やとび職たちが見守る中、血をふき取り、頭部をガーゼで覆い、体液が流れ出さないよう、鼻や耳に脱脂綿を詰めていく。

戸外は寒く、遺体は凍ったように冷たかった。

「終わりましたので、車まで運んで下さい」

処置を終え、医師がいうと、男たちが担架を担ぎ上げた。

小野らは、一瞬それを見送ったあと、足早に免震重要棟に引き返す。

二階の会議室の一つに薬剤類や必要な物資を運び込み、仮設の診療所として、奥一と奥二の負傷者や体調不良者の介抱に当っていた。人が運び込まれるたびに、まず放射線量を測定し、汚染部分を拭き取ってから処置に当るという、放射線管理部門との連携作業だった。

午後二時五十分過ぎ——

「……それじゃ、ベント成功だな？」

緊急時対策室の円卓で富士祥夫が訊いた。ほっとした気持ちと、ついに放射性物質を大気中に排出してしまったという罪悪感がないまぜだった。

「ＰＣＶ（primary containment vessel＝原子炉格納容器）圧が〇・七五メガ（パスカル）から〇・五八メガに下がってますし、スタック（排気筒）から蒸気と思われる白い煙が出てますので、ベント成功と判断していいと思います」

円卓の技術班長が答えた。
一、二号機の中央操作室で決死隊を作り、午前九時四分から、防護服の上に耐火服と酸素ボンベという重装備の二人一組が一号機の原子炉建屋に突入した。ＭＯ弁のほうは建屋上部にあり、格納容器とはコンクリート壁で隔てられていて線量も低く、首尾よく手動で開くことができた。しかし、格納容器下部のＡＯ弁のほうは、二人の当直長が地下一階のトーラス室（圧力抑制室を収める部屋）に突入したとき、毎時一〇〇〇ミリシーベルトに設定された線量計の針が振り切れ、即時撤退を余儀なくされた。戻った二人の被曝線量は、それぞれ八九ミリシーベルトと九五ミリシーベルトで、これ以上中央操作室にいさせられないと富士は判断し、緊急時対策室勤務に換えた。
その後、中央操作室では車のバッテリーを使ってＡＯ弁の開放を試み、復旧班のほうは、メーカーや下請け企業の在庫を聞き回って確保した可搬式の小型コンプレッサーで空気を送り込んでＡＯ弁の開放を試みていたが、どちらかが成功したようだった。

「富士さん、海水注入準備、あと三、四十分で終わりそうだよ」

八木英司が、富士のところに来ていった。

すでに防火水槽にあった八〇トンの水を一号機原子炉に注入したが、そろそろ尽きてきた。富士は、三号機のタービン建屋の海側にある逆洗弁ピットで発見された津波の海水に、再臨界防止用のホウ酸を混ぜて注入する準備をするよう指示していた。

各号機に付いている逆洗弁ピットは、縦九メートル、横六六メートルのプールで、復水器細管を洗浄するため、細管内の海水の流れを逆にする弁が設置されている。

三号機の逆洗弁ピットの海水は、津波の引き潮が残していったもので、作業員たちは、まず付近に打ち上げられた夥しい量のゴミや瓦礫を取り除いてホースを敷設し、水の汲み上げを始めていた。

「なあ、八木ちゃん、海水入れても大丈夫だよな？」

原子炉への海水注入は世界初で、さすがの富士も再臨界したりしないか確信が持てない。

「大丈夫ですよ」

八木は、無精ひげが伸び始めた顔で微笑した。「三号機以降も万一の際には海水を入れられる設計になってるじゃないですか。だから一号機でやっても、全然問題ないですよ」

富士は無言でうなずきながら、断腸の思いだった。海水を入れれば原子炉は二度と使えなくなる。自らの手で我が子の命を奪うような気持ちだった。

室内では、迷彩服姿の自衛隊員たちが首都電力社員から作業手順について説明を受けていた。この日の午前中に郡山市から到着した、陸上自衛隊第六特科連隊の隊員たちだった。

「海水注入準備、完了しました」

午後三時半過ぎ、円卓の八木がマイクでいった。

「よし、じゃあ、そろそろいくか」

富士が八木のほうを見て、覚悟を決めた。いよいよ海水注入だ。

そのとき、ズドーンという激しい縦揺れが来た。突き上げるような短い揺れだった。

事務本館に通じる渡り廊下の天井がバンッという割れるような音を立てて落下した。

全員が体勢を崩し、驚愕で顔を凍り付かせた。

（また地震か⁉　しかし、地震なら横揺れのはずだが……）

緊急時対策室には窓がないので、外の様子はまったく分からない。

「たっ、大変です！」

職員の一人が血相を変えて、室内に飛び込んで来た。

「一号機のリアクタービル（原子炉建屋）の上の部分が吹っ飛んで柱だけになってます！」

「げえっ⁉　じゃあ、爆発か⁉」

　富士は愕然となった。

「保安班、外の様子を確認してくれ！　線量に気を付けてな」

「了解しました！」

　保安班の二人が、廊下に飛び出して行く。

「各班は、外で作業している者の安否を至急確認してくれ」

　免震重要棟にいた作業員たちは、格納容器が爆発したと思って、雪崩を打って正面玄関に突進し、外からは、現場から逃げて来た作業員たちが中に入ろうと殺到した。

　正面玄関の自動ドアは、まず外側のガラス扉が開き、五坪ほどのスペースに人が入り、外側の扉が閉まってから内側のガラス扉が開いて、汚染された外気を極力入れない構造になっている。

「開けてくれー！」

「落ち着け！　除染しろ！」

「怪我人が優先だ、怪我人っ！」

　現場は灰色の煙で視界がきかなくなり、コンクリート片や鉄骨が雨あられと降り注いだ。

　陸上自衛隊員と一緒に消防車に乗っていた首都電力の自衛消防隊長が飛んで来た鉄骨で左

腕を骨折し、車で病院に運ばれた。

間もなく、テレビが一号機の原子炉建屋が爆発する様子を映し出した。

建屋の五階部分が吹き飛び、砂色の煙が高さ一二〇メートルの排気筒の倍の高さまで立ち昇る様子に、全員が声を失った。

「電源車、使用不能です」

現場から戻って来た社員から状況を聞いた第二復旧班長がマイクでいった。

「電源ケーブルも瓦礫で傷付いて使えなくなりました」

第一復旧班長の八木がマイクでいった。

「ＰＣＶ（原子炉格納容器）の圧力は変化ありません」

第一発電班長の言葉を聞いて、富士はほっとした。

（ということは、格納容器が爆発したわけじゃないな。いったい何が起きたんだ？）

その後、五キロ離れた大熊町のオフサイトセンター（緊急時対策拠点）にいる菅原正紀副社長（原子力・立地本部長）や本店と二時間ほど議論した結果、格納容器から漏れ出た水素に引火して爆発したのではないかという結論になった。

菅原は地震発生の約四十五分後に本店を出発し、渋滞に巻き込まれたあとは車を降りて走り、江東区の液状化した道路で砂に嵌《は》まって通りがかりの人に助けられ、午後五時過ぎにへリコプターで新木場のヘリポートから離陸した。奥二と奥一に立ち寄って状況を確認し、大熊町や双葉町の町長に事情を説明して回った上で、オフサイトセンターに陣取った。

一号機の爆発で、緊急時対策室の雰囲気は一気に暗くなった。それまで進めていた復旧作業の多くが駄目になっただけでなく、二号機や三号機も爆発するのではないかという恐怖感が渦巻いた。

富士は、作業各班のテーブルを励まして回った。

「電気は、お前たちが頑張らないと駄目なんだぞ。一生懸命やってくれて有難うな。でももっと頑張ってくれよ」

「所長、これ以上は限界です」

汗と埃まみれになった復旧班の電気グループの男が、目に涙を浮かべて富士を見上げた。

「限界なんていうなよ。もっと考えろ。俺たちがやらないと、誰もやる人間がいないんだぞ」

富士も涙をこらえながらいった。

注水の担当者たちは、いったん現場から退避した自衛隊員たちに、再び現場に出てくれるよう頭を下げて頼んでいた。

「一分でも早く海水注入を開始できるよう、各班、全力を尽くしてくれ」

心を鬼にして富士はマイクで叱咤した。

一号機の原子炉建屋のそばでは、放射能を帯びた鉄板や瓦礫が散乱している中、蓋がなくなったマンホールに落ちないように気を付けながら、ヘルメットに白い防護服姿の首都電力の社員と下請けの南明興産の作業員たちが全身汗だくで、損傷を受けたホースを引き直し、直列に繋いだ三台の消防車の状態を確認していた。そのうち二台は、自衛隊が持ってきたもので、窓ガラスは割れていたが、ポンプ自体は正常に稼働していた。

午後五時五十五分、現場の状況を知らずに「海水注入をいつまでもやらないのなら、命令を出す」といっていた経産大臣が、原子炉等規制法にもとづいて海水注入の命令を出し、再び富士たちを憤慨させた。しかも、命令発令が、官邸五階にいる首相、原子力安全委員長、首都電力フェロー（副社長待遇）の古閑年春に伝わっていないというちぐはぐぶりだった。副社長まで務めた古閑は、前年六月に退任し、現在はフェロー（技術的な助言をする顧問）になっていた。

「海水注入ラインナップ、完了です」

日がとっぷりと暮れた午後七時四分、八木のマイクの声が響き渡った。

「オーケー、入れよう」

富士の合図で、海水注入が始まった。

その直後、官邸にいる古閑から、富士に電話がかかってきた。官邸はテレビ会議システムに繋がっていないため、連絡は常に電話である。

「おい、富士、海水注入の件、どうなった？」

「はあ、今始めたところですけど」

「な、何だって⁉　それはまずいぞ。すぐ中止しろ、中止！」

「何いってんですか⁉　中止なんかできませんよ」

「いいから、四の五のいわずに、すぐ中止しろ！　命令だ！」

「アホなこといわんといて下さい！　もう炉心損傷が始まってるんですよ。真水だろうが海水だろうが、水を入れなきゃメルトダウンどころかメルトスルーですよ」

メルトスルーは燃料が溶けて圧力容器と格納容器を貫通することだ。

「うるせえ、お前！　官邸がグジグジいってんだよ！」

「官邸も糞もありますか！　こんな馬鹿な話、論外ですよ！」

激しい応酬のあと、古閑はブツリと電話を切った。

「馬っ鹿野郎！」

富士は固定電話の受話器を叩き付け、怒りが覚めやらぬ表情で、テレビ会議システムに向う。

「えーと、今、官邸にいる古関さんから電話がありまして、海水注入をすぐ中止するよう命令されたんですが、皆さん、どう思われますか？」

富士の問いに、本店のフェローや担当者たちは沈黙した。役員待遇の大井晋介《しんすけ》フェローは、富士の東工大の一年先輩で、元柏崎越後原発所長である。

「官邸は、炉のことを心配してるわけかね？」

オフサイトセンターにいる菅原副社長が、いつものまったりした口調で訊く。

「炉のことはもちろん心配してるんでしょうけど、むしろ首相あたりが『俺は聞いてない！』くらいの理由で、結論を先延ばしにしているだけのような気もします」

「ふむ……」

「菅原さん、はっきりいって、一号機は、炉としてはもう完全に駄目ですよ。こんな炉をまた使うなんて、あり得ませんよ」

「まあ、そうだろうねえ」

「こういう暴れまくる熊みたいな炉は、真水だろうが海水だろうが、とにかくぶち込んで、どぶ漬けにして、抑え込むしかありませんよ」

「でもねえ、富士君、官邸で結論が出てない以上、いったん中断もやむを得ないんじゃないか？」

「いや、しかし……」

(どうしてうちの役員は揃いも揃ってお上に弱いんだ?)

「まあ、中断するとして、これまで入れてしまった分について、どういう理由付けをするかだなあ」

本店の大井フェローがいった。「試験的注入だったとでも説明するか……」

(そんなどうでもいいこと考えてる場合じゃないだろ!)

富士は頭を掻きむしりたくなる。

もはや、自分が腹を括るしかない状況だ。

「おい、ちょっと」

注水作業の責任者である防火・防災管理者を手で呼ぶ。

「いいか、これから俺が一芝居打って、注水の中止命令を出すから」

周囲に聞こえないよう小声で、かたわらにやって来た相手にいった。

「だけど、何があっても注水は止めるな。分かったな? 絶対止めるなよ」

防火・防災管理者の男は、富士の目を見てうなずき、円卓の二十五番の席に戻って行った。

富士はマイクに向かって口を開く。

「えー、ただ今、官邸のほうから一号機への注水をいったん停止するよう指示がありました。

ついては、指示に従って注水を停止して下さい」

よくとおる太い声でいった。

防火・防災管理者の男は、富士にいわれたとおり、現場に注水停止の指示を出すことなく、席にすわっていた。

本店から、官邸が海水注入に同意したという連絡があったのは、午後八時過ぎのことだった。

富士の指示で途切れることなく続いていた海水注入は、午後十時過ぎに震度五弱の余震でいったん中断したが、約三時間後に再開された。

翌日（三月十三日日曜日）――

浜通りでは余震が止《や》まず、夜も二、三時間おきに震度四〜五の強い揺れが奥羽第一原発を襲い、そのつど作業の中断を余儀なくされた。緊急時対策室のプラズマディスプレイは、「陸前高田壊滅」、「福島県内死者・行方不明者五百二十人超」、「相馬市原釜地区、街の形とどめず」といった衝撃的なテレビニュースを映し出していた。

午前三時五十二分、円卓の富士祥夫がテレビ会議システムに向って話しかけた。

「本店さん、本店さん」

「はい、本店です」

スクリーンに映し出された本店二階の事故対策本部の人影はまばらである。

同じ画面の柏崎越後原発の会議室には誰もおらず、大熊町のオフサイトセンターでは、三人の職員が机に顔を突っ伏して寝ていた。奥一の免震重要棟でも、床や階段でぐったりしている者が多い。

「三号機の件なんですけど……」

「はい、三号機」

「ＨＰＣＩ（高圧注水系）が二時四十四分にですね、いったん停止しました」

ＨＰＣＩ（high pressure coolant injection system）は、非常用炉心冷却系の一つで、蒸気タービン駆動の高圧ポンプでＲＣＩＣの約十倍の量の水を注入することができる。

三号機は地震直後にＲＣＩＣが起動したが、翌日正午前になって停止した。その約一時間後にＨＰＣＩが自動的に起動し、原子炉への注水を継続した。しかし、流量調整のため、許容範囲以下の回転数で運転していたため、ＨＰＣＩの破損を懸念した当直員が手動で停めた。

「ほんで、ＤＤ（ディーゼル駆動）の消火ポンプに切り換えようとしたんだけど、炉圧が急上昇して、ポンプの吐出圧《としゅつあつ》じゃ水が入らなくなったのよ」

「今、炉圧はどれくらいですか？」

本店の担当者が訊く。

「えーとですね……」

奥一発電班の担当者がノートパソコンの画面のデータを凝視する。「HPCIの停止時点で〇・五八メガ（パスカル）だったんですけど、十分ほど前の時点で、四・一メガに上がっていて、今も上昇していると考えられます」

ポンプの吐出圧は〇・六メガパスカル程度である。

「ということで、HPCIを再起動しようとしたんだけど、こっちはバッテリーが足りなくて、できないのよ」

富士が情けなさそうにいった。

電源車からの電気を二号機の低圧系配電盤経由で三号機に引こうとしていたが、一号機の爆発で計画は潰《つい》えた。

「ちょっと今、何とかしようとしているんだけど、そんな状況です」

テレビ会議を終えると、富士は、SR弁（safety relief valve＝主蒸気逃がし弁）を開いて減圧し、消防車による海水注入ラインを作るよう指示した。

SR弁は、炉内の蒸気を格納容器下部の圧力抑制室《サプレッション・チェンバー》に逃がす電気駆動の弁で、三号機には全部で八つ付いている。

奥羽第一原発は全電源喪失を想定していなかったため、予備のバッテリーは一つもない。復旧班や発電班は血まなこになって、SR弁を開くのに必要な一二〇ボルトのバッテリーを探し回っていた。

テレビ会議では、電源探しや消防車の手配について、担当者たちのやり取りが飛び交う。

「お前、努力の無駄だ、それ!」

「他の人がやったほうが早いでしょっていってんの!」

「おい、表に出てこないと、顔が見えねえよ!」

皆、寝不足と疲労で苛々し、言葉遣いも荒っぽい。椅子や床の上、廊下で眠りこけている者もいる。食事は一人一日水一リットルとクラッカーや少量の牛肉の缶詰しかない。

「今、忘れちゃいけないのは、三号機の今後のトレンドの予想だぞ」

富士がマイクでいった。

「炉水位とドライウェル圧力。これのトレンドを見て、何時くらいにどういう事象が起きるか、それと復旧時間との勝負だから、技術班、しっかり押さえて」

「はい」

技術班の担当者が返事をする。

技術班の役割は、事故状況の把握評価や事故拡大防止策の検討などである。

「あとね、格納容器の圧力も上がってきてるでしょ？　いつ頃設計圧力になるか計算しとけって、さっきいったけど、あれどうなった？」

「あっ、それ、今やってます」

担当者が焦り気味に答える。

「すいませーん、資材班です。ガソリンに関してなんですけども、目先の二〇リットルが非常に重要だという状況になってきてます」

担当者がマイクでいった。「昨晩、買いに出たんですけど、西に行って走り回って、結局、手に入れられなかったというような状況です。で、これから南か北か、例えば県の警察署とかに行って、チャレンジしようと思ってます」

「あのさ、分かったけど、ちょっとそういう個別の話しないで、本店の資材部使って」

富士はやれやれといった口調。

午前四時五十三分、技術班長のマイクの声が響いた。

「技術班からご連絡します。三号機、ＴＡＦ（燃料頂部）到達まで一時間弱と評価していまず。そこから炉心損傷まで二時間、炉心溶融まで四時間程度です」

炉心損傷は、燃料被覆管が損傷すること。炉心溶融は、被覆管内の燃料ペレット（直径・

高さとも約一センチの円筒形）が溶融し、燃料集合体の形状が維持されなくなることだ。

室内の空気が一段と重苦しくなる。

富士の携帯電話が鳴った。

発信者を見て、顔をしかめた。

（また官邸か、このクソ忙しいときに……！）

「はい、富士です」

「富士所長、すいません。ちょっとまた経産大臣からご下問がありまして……」

電話をかけてきたのは、古関フェローと一緒に官邸に詰めている首都電力の原子力品質・安全部長だった。

（またあの経済評論家のおやじか……）

民主党の経産大臣は、財テク指南書でバブルを煽ったといわれる元経済評論家だ。

「はいはい、何でしょう？」

「一号機のポンプはちゃんと動いているかどうか知りたいということなんですが」

（今、一号機の話をしてるどころじゃないんだけどな、はあーっ）

心の中で大きなため息をつく。

「分かりました。すぐ調べて、返事しましょう。……復旧班、ちょっと、一号機のポンプの状態教えてくれるかな」

携帯を切り、マイクに向っていった。

「現場の表示では、ポンプの吐出圧が〇・四六メガ、炉圧が〇・三五七メガ、ポンプ流量が毎分三六七リットル、毎時換算で二二トンの水が出てます」

第一復旧班の班の担当者が答えた。

「本店さん、今の官邸に伝えてくれますか」

富士がテレビ会議システムに向っていった。

「富士本部長、すいません、車の鍵を事務本館に取りに行く許可を頂けませんでしょうか?」

発電班の班員がマイクでいった。

「いいよ、いいよ」

「有難うございます」

「ちゃんと装備してな」

復旧班と発電班は、SR弁を開くための電源確保に必死で知恵を絞り、車のバッテリーを使うことを思い付いていた。

「ちょっとね、皆さんね、浮き足立たないでね。自分がやることしっかりやろうね。色んなことに口出さないで、各自のやるべきことに集中しよう。いい？」

富士がマイクで注意をうながす。地震発生から一日半あまりが経過し、自分自身も睡眠不足と疲労で、注意力が散漫になりそうだった。

午前五時四十二分、ＴＡＦ到達を告げる技術班長の声が無情に響き渡った。

「三号機、水位がＴＡＦに到達して十五分が経過しました」

富士が額の汗をハンカチで拭う。

(下手すると、死ぬぞ……)

「富士さん、ちょっといいですか？」

八木英司がマイクでいった。「例の消火栓、じゃない、消火ポンプは間に合うんですけど、水源が、要は、でっかい消火栓のタンクが全部カラで、二、三立米《りゅうべい》のものしか残ってないんです。海水からだと一杯引けるんですけど、どうします？」

「三号機ももう海水入れちゃうしかないだろ」

「僕もそう思います」

「それでいいよ。もうやろう」

富士が未練を断ち切るようにいった。三号機も廃炉確定だ。

「ところで四号機のタービン建屋の海水は使えないんだっけ？」

　富士は、四号機のタービン建屋で津波に呑み込まれて行方不明になった二人の仲間のことをずっと気にしていて、水を抜いて遺体を捜索できないかと考えていた。

「いや、あると思ったんですけど、だいぶ減って、注水に使えるほどはありません」

「え、どっかに漏れてるの？」

「のようです。遺体もまだ見つかってません」

（こりゃあ、首尾よく冷温停止できても、汚染水漏出の問題が残りそうだなあ……）

「奥一さん、すいません。十五条の報告書は今作ってるところでしょうか？」

　本店の担当者が訊いた。

　TAF到達は、原災法第十五条一項の原子炉冷却機能喪失に該当するので、原子力安全・保安院に報告しなければならない。

「今、作成中です」

　奥一の担当者がいった。

「遅い、遅い。早くして。もう二十分以上過ぎてるんだから」

　富士に急かされ、担当者は必死でペンを走らせる。

「本店です。緊急です、緊急割り込み」

　本店の担当者の声が響く。

「富士所長、聞こえますか？」

「はい、富士です」

「首相官邸から電話が入ってるんで、転送します」

「はいはい、どこに？」

「富士さんのピッチ（ＰＨＳ）に」

富士の目の前には、現場や外部と連絡するための銀色のＰＨＳが数台立てて並べられていた。

「はい、富士です。……え、三号機の注水の話？」

電話をかけてきたのは、先ほどの原子力品質・安全部長だった。

「いや、しかし、真水は量が全然ないんだぜ。……ああ、そうなの。ふーん……」

富士は面白くなさそうな表情で相手の話を聞く。

「……ああ、そう。分かった。はいはい。じゃ、そうしましょ」

やれやれといった顔つきでＰＨＳを目の前の小型スタンドに戻す。

「本店さん、今、官邸から電話で、廃炉に繋がるから、三号機にはまだ海水を入れるなという指示がありました」

テレビ会議システムに向っていった。「防火水槽にある真水の量は限られてるんで、海水に切り換える時間と労力をロスするだけなんですけど、指示に従うことにします」

富士は、無駄なことだと思いながら、復旧班と発電班に、防火水槽からの注水ラインも作るよう指示した。

「ちょっと一本吸ってくるわ」

富士は両隣りの副本部長たちに小声でいって立ち上がった。

一階にある喫煙室は四畳半ほどの広さで、いつも混み合い、白い煙が充満している。タバコが補充できないので、シケモク（吸殻）を吸っている者もいる。

「よう、めげずに頑張ろうぜ」

富士は、喫煙室内にいた社員や作業員たちに声をかけた。

どんなに苦しいときでも、やせ我慢をして、笑顔を見せ、弱音を吐きそうな自分に勝たなくてはならないというのが、東北大濳艇部ＯＢの二人のコーチから教えられた生き方だ。

（入社する前、宮田さんに『首都電力は業界のリーダーだから、いつも最初に壁にぶつかる』っていわれたけど……全電源喪失で海水注入とは、えらい皮肉もあったもんやなあ）

日頃、愛飲している「キャスター・マイルド」に火を点け、苦笑した。

（中学校の作文で書いた愛国心を試されるときが、今まさに、やってきたってことか……）

富士はタバコを一本だけ吸って、戦いに挑むエネルギーを何とか回復させた。

「サイト（発電所）さーん、本店ですけれども、今、ＮＩＳＡ《ニサ》（原子力安全・保安院）の緊対室からなんですけど……」

午前六時四十四分、本店の担当者がいった。

「はいはい」

喫煙室から戻った富士が答える。

「ラプチャーに頼るとベントが遅れて、燃料も損傷するので、今からラプチャーを破いて、バルブ開けるってことは可能ですか？」

ラプチャーディスク（破裂板）は、ベントライン（排気用配管）の先の方にある安全装置（ステンレス製の円盤）だ。

富士は、二号機と三号機もいずれベントが必要になると考え、一号機のベントに手間取ったことに鑑み、昨日からベントラインを作るよう準備させていた。

「馬っ鹿だなあ、技術知らないのかねえ、ＮＩＳＡは⁉」

富士がむっとしていった。

「ラプチャーを外から壊すなんて、できるわけないだろ！　あれはねえ、中の圧力が一定になったら、壊れるようになってんだよ、ったく！」

ラプチャーディスクは、五五〇キロパスカル（〇・五五メガパスカル）の圧力で壊れるよう設計されている。

「保安班より連絡致します」

午前六時五十一分、保安班の担当者がマイクでいった。「モニタリングポスト八番付近、六時現在、五・六マイクロシーベルト・パー・アワー（毎時）、正門付近、三・一九マイクロシーベルト、モニタリングポスト四番、三六・七マイクロシーベルト。希ガス、ヨウ素が正門付近で上昇気味です。九・三×一〇のマイナス四乗ベクレル（毎立方センチメートル）と、検出限界値が検出されております」

保安班の担当者は、社員で被曝量が一〇〇ミリシーベルトの限度に到達する者が出てくるので、交代要員の計画を本店に要請した。

この間、三号機の炉心の水位は急激に低下し、長さ約三・七メートルの燃料棒の上部約二メートルが剝き出しになった。新たな解析でＴＡＦ到達は午前五時十分ではなく、四時十五分頃だったことも分かった。

（とにかく一刻も早くベントして注水だ……）

富士が険しい表情で、ミネラルウォーターのボトルを口に運ぶ。

「えー、すいません、あのー、自分の車で来ている方、バッテリーを使いたいと思います」

復旧班の担当者のマイクの声が午前七時過ぎに響き渡った。「ちょっと人数（台数）が二名（二台）ばかり不足してますんで、マイカーのバッテリーを貸して頂ける方は、復旧班のほうにお集まり下さーい」

復旧班は、一二ボルトの車のバッテリー十個を直列に繋ぎ、二号機のSR弁（主蒸気逃がし弁）を開くのに必要な一二〇ボルトの電源を確保しようとしていた。二号機は、RCICが動いて注水を継続していたが、富士から、RCICが停止した場合は海水注入に切り換えるよう指示が出ており、消防車による注水ができるよう、SR弁を開かなくてはならない。

「資材班です。これからバッテリー等を買い出しに行きます」

資材班の担当者がマイクでいった。「現金が不足しております。現金をお持ちの方、是非、お貸し頂きたいと思います。宜しくお願いしまーす」

一号機の爆発以降、敷地内の線量が高いことや、奥一から二〇キロ圏内の避難指示区域の境界にある検問所でひっかかるため、車が入って来られなくなって物資の搬入が滞り、必要物資は自分たちで買いに行くしかなくなっていた。

三号機では、復旧班が、ようやくかき集めた車のバッテリー十個を中央操作室に運び込み、炉心損傷でサウナのように暑く、しかも真っ暗闇の原子炉建屋の中で、ベント用の配管にボンベで空気を送り込んでいた。現場の線量は三秒ごとに一〇マイクロシーベルト上昇していた。SR弁を開く作業は、新たに午前八時十五分と予想される炉心溶融前に終えるのが目標だが、現実的には、午前九時を回りそうだった。

「資材班、資材班」

復旧班の担当者が資材班にマイクで呼びかける。「あの、車のバッテリーを外そうとしてるんだけど、(防護）マスクがなくて、車のところに行けないんで、Jヴィレッジから持ってこようとしているバッテリー、大至急こちらに運んでくれるよう、いって下さい」

Jヴィレッジには、神奈川県の火力発電所から運び込まれたバッテリーや本店が東芝に発注した千個のバッテリーが届いていたが、それを運ぶ車の高速道路の利用許可が下りず、奥一はバッテリー不足に苦しんでいた。

この間も、各班からのマイクの声が飛び交う。

「医療班ですけれども、今後外で作業される方、被曝が予想されますので、ヨウ素剤の配布をしたいと思います」

女性社員がいった。「四十歳以上の方は服用しても意味がありませんので、四十歳未満の方、服用をお願いします」

「保安班です。緊対室の中の線量ですが、先ほど五〇マイクロシーベルト・パー・アワーだったものが、七〇まで上昇しております。今後、変化がありましたら、逐次お知らせします」

「富士君、三号機の件だけどねえ……」

オフサイトセンターにいる菅原副社長がいった。「SR弁開いて減圧するのはいいんだけど、(原子炉から蒸気が出て)一気に(炉の)水位が下がって、水が入らないってケースが最悪だから、注水をスタンバっといてくれよ」

東京の山の手(文京区)の良家の育ちで、米国留学経験者らしく、英語まじりでいった。

「分かりました。万全で用意します」

「あと、HPCI(高圧注水系)かRCIC(原子炉隔離時冷却系)は、バッテリーさえあれば動くってことなの?」

「動きます」

「じゃあ、奥二からバッテリー持って来れない? あっちはもう冷温停止して外部電源もあるんだから」

「いや、まあ、それも一つの案なんですけど、これから仕様確認して持って来るとなると、やっぱりかなりの時間がかかりますんで……」

「ベントと注水準備もするんだけどさ、たぶん一番確かなのは、そのいっとう下のやつだぜ、本当に動くんならば」

いっとう下のやつとは、原子炉建屋の地下にあるRCICとHPCIのことだ。

富士は菅原のアドバイスを受け入れ、本店と相談し、奥二にバッテリー輸送の協力をしてもらうことにした。

午前八時十分、技術班の担当者の声がマイクで響いた。

「技術班からお知らせ致します。燃料が露出してからしばらく時間が経っていますので、炉心溶融となっている可能性があります」

（炉心溶融か……畜生！）

富士が歯を食いしばり、社員たちの表情に悲壮感と焦燥感が漂う。

外で作業をしていた社員と、彼が所属する班の班長が円卓の富士のところにやってきた。

「富士本部長、一号機の燃料プールから湯気みたいなものが出てます」

「えっ⁉」

黒い半袖シャツ姿の富士が驚く。

「今、見てきたんですが……」

灰色のスウェットシャツ姿の社員が状況を詳しく説明する。

「本店さん、本店さん」

社員から話を聞き終えると、富士はテレビ会議システムに向って呼びかけた。

「はい、こちら本店です」

ハスキーボイスの本店の担当者が答える。

「ちょっとね、あの、また別の問題が上がってきて……」

富士が悩ましげにいった。「これ、うちで対応する余力ないんで、何とかフォローアップしてほしいんだけど……」

「了解です。お話し下さい」

とハスキーボイスの担当者。

「一号機の燃料プール、今、あのう……剝き出してます」

「んっ？」

本店の野尻隆常務（原子力・立地本部副本部長）が怪訝そうな声を出す。

菅原に次ぐ原子力部門のナンバーツーで、東大大学院（機械工学）卒。年次は富士より一年上で、富士は奥一の所長職を野尻から引き継いだ。部下思いの人柄で、富士が原子力発電部原子力保修課長の頃、「これは機密資料なんだけれど、役に立つだろうから」と、いくつかの事故対応に関する社内報告書を見せてくれたこともある。

「あのー、飛んじゃったもんだから」

富士は、どこかユーモラスな口調で続ける。

燃料プールがある一号機原子炉建屋の五階は前日の爆発で、骨組みしか残っていない。

「そっからですねえ、ちょっと、湯気が出てきているという話がありまして」

「うん、うん」

「ほんで、なおかつ、一、二号（機）のですね、えー、リアクター（原子炉）側の線量が非常に高いということで、プールがですね、あの状態だと、ちょっとまぁずいんで」

一号機の燃料プールには百本の新核燃料のほか、二百九十二本の使用済み燃料が入っており、崩壊熱を発し続けている。普段は循環ポンプが動いて、熱交換器と濾過脱塩装置で水の熱と汚れを除去するが、電源喪失でポンプは停止している。もし水が蒸発してしまえば、核燃料が高熱で溶け、大量の放射性物質をまき散らす。

「手を打ちたいんですけど、何とも……水源もないんで、知恵が出てこない」

途方に暮れた口調でいった。

「そうすると、ちょっと消防で、水を突っ込むというのが、一つあれか？」

本店にいる野尻常務が迷いながら訊く。

「だけど、場所に近寄れないんでねえ」

「近寄れないなあ」

「だからまあ、極端なことというと、ヘリとか……」

「ヘリコプター？」

「そう。ヘリか何かで、上から水を噴霧するとかですね」

「消防ヘリみたいなので？」

「そう、そう、噴霧。ただ、線量高いですしね、上も」

「うん、上も高い」

「とりあえず、そういうことで、水源を確保しないとまずいと思うんですけど……」

「あのう、課題は分かりました。ちょっとこちらで、まず、頭を整理します」

野尻もすぐに妙案は思い付かない。

その後、氷を投下する案が出され、本店が一〇〇トンの氷を購入したが、投下手段がないことや、三〇〇〇トンという使用済み燃料プールの大きさからみて効果が限られていることから、実施には移されなかった。水の蒸発だけでなく、巨大重量物であるプールが余震で倒壊すれば、奥一はひとたまりもない状態に置かれた。

約三十分後、第一発電班長のマイクの声が響いた。

「えっと、三号機のSR弁の電源が一弁だけ入って、ハンチング（異常振動）し始めました。チャタリング状態です」

チャタリングとは、電源が入ったり切れたりする状態のこと。

「もう開けてもいいんですけど、ラインを作った運転員たちが今現場から上がって来てるとこなんで、影響のないとこまで来てから、ＳＲ弁復旧します」

「あと何分かかる？」

富士が訊き、腕時計に視線を落とすと、午前八時五十八分だった。

炉心溶融は四十分以上前に始まっている。

「十分、十分目標でやります」

第一発電班長が焦り気味に答える。

「奥一さん、聞こえますか？」

本店の担当者が訊いた。

「はい、聞こえます」

第一発電班長が答えた。

「今の話、ＳＲ弁の電源が確保できて、十分後に減圧（すなわちベント）を開始したいということですね？」

「はい。電源に繋げた弁の数が一つだけなので、その一つだけでいいのか、それとも複数個にするまで待つのかというのが、まだちょっと議論があれなんですけど」

第一発電班長の口調に迷いがあった。

菅原が指摘したとおり、ＳＲ弁を開くと炉内の蒸気が排出され、水位が下がる。そのとき炉圧が十分に下がらないと、水を注入できず、最悪の事態になる。

「かいつまんで、現状、説明して頂けますか？」

「PCV（格納容器）ベントのライン構成が終わって、あとラプチャーディスクだけ残っています」

第一発電班長がいった。「今、ドライウェル圧力が四六〇キロパスカルで、ラプチャーの設定圧より九〇くらい低い状態ですが、SR弁を開けてやれば、サプレッションプール（圧力抑制室内の水を貯めた部分）側に圧力が移行して、強制的に開《かい》されると思います。注水のほうは、SLC（ホウ酸水注入系）は間に合ってなくて、FP（消火ポンプ系）のラインナップが今終わったところです」

「もう、これね、待っていられないと思うんだよな」

富士の口調に強い焦りが滲む。

「な、もう早くSR弁を開いて水を注入すると。これしか今、手はないと思うんで」

「ごめん、ちょっと、今、よく聞こえなくて、確認したいんだけど、何ていったの？」

本店にいる富士より一年次上の大井フェロー（役員待遇）が訊いた。

「大井さん、もうね、原子炉はギリギリの状態になって、というか、ギリギリ過ぎてるんだけど、水を注入するということが一番重要なので、早めにSR弁を開いて、減圧して、水を注入したいと思ってるんですが、いかがでしょうか？」

「ただあの、今開ける弁は一つしかないんで、ＤＤ（ディーゼル駆動の消火ポンプ）だけじゃ圧が足りないので、仮設の注水ライン（消火ポンプのライン）がきちんと接続されて、圧が立ってからでないと……」

第一発電班長はなおも逡巡する。七メガパスカル以上ある炉圧がポンプの吐出圧の〇・六メガパスカルより下まで下がるかどうか不安を持っている様子。

「注水機能のほうはスタンバイして、圧は立ってるんじゃないの？」

富士が性急な口調で訊く。

テレビ会議の画面では、本店会議室に居並ぶ幹部たちの背後で、六、七人の男たちが集まり、何やら別件で侃々諤々《かんかんがくがく》の議論を始めていた。

「ちょっと本店の人、静かにして下さい！　ちょっと静粛に！」

野尻常務（原子力・立地本部副本部長）が堪《たま》らず声を上げた。「今、判断に関わる大事な話をしてるので、静粛にして下さい。……奥一さん、続けて」

「ええと、消火ポンプのほうは、ラインナップがすべて終わってるんですが、ただまだ圧が立つかどうかの確認をしてないんで、今からその確認を……」

「すいません、ちょっと緊急でよろしいですか？」

奥一の第一発電班副班長が割って入る。

「プラントからの情報です。三号機のSR弁が一個チャタリングしてましたけど、それが炉圧に負けて、中間開《ちゅうかんかい》まで開きました」

「えっ、開いたの⁉」

「それで、今もう減圧されまして」

「はい、はい」

富士が嬉しそうに相槌を打つ。

「炉圧が七メガ（パスカル）台から〇・五メガまで下がりました」

「もう〇・五までいっちゃった⁉　オーケー！　これ注入、注入指示！」

富士の指示を合図に、防火水槽にあった真水の注入が開始された。


しかし、三時間後の昼の十二時二十分頃、防火水槽の水がなくなり、真水を運んで来る予定だった自衛隊の給水車二十〜三十台も三号機の状態を懸念していわき市の四倉《よつくら》パーキングエリアでいったん待機したため、注水は逆洗弁ピットの海水に切り換えられた。あらかじめ準備はしていたが、それでも約五十分を要し、太平洋から雪まじりの寒風が吹きつける中、全面マスクに防護服で汗だくの作業を余儀なくされた社員や下請けの作業員たちは、「まったく官邸は、何考えてんだ！」と憤慨した。

同じ頃、テレビ会議に参加していた柏崎越後原発の所長が富士に話しかけていた。

「富士さん、あのう、一号機ですねえ、本当に水が入ってるのかっていうところは、ちょっとフォローアップしたほうがいいように思うんですけど」

柏崎越後原発の所長（執行役員）は慶応大学工学部卒で富士と同期入社（年齢は二つ下）である。新潟県糸魚川市生まれで、柏崎越後原発勤務は四回目。粘り強く、細部まで神経が行き届くタイプである。同原発からはすでに五十三人が応援部隊として奥一に送り込まれている。

「はい、えっと、それは何だろう、心配されている理由は？」

本店の大井フェローが訊いた。

「ええ、（水が）二〇トン・パー・アワー（毎時）で入ってるのに、水位がダウンスケールしたままですよね。これ、ほんとに入ってるかどうか、気になるんですけど」

「それなあ、もうこっちも気づいてんだけど、どうしようもねえんだよ」

富士がやり切れなさそうな口調でいった。「ほかのパラメーターも、今復旧させようと思っても、生きてこないんで、よく分かんないんだ。一応、流量計や吐出圧計で確認してるから、釜（炉）に入ってるのは間違いないと思うんだけど……」

午後一時過ぎ、総務班と厚生班の女性社員の声が室内にマイクで響いた。

「お知らせします。現在、免震棟内の水量がかなり少なくなってきております。汚染の洗浄等で支障をきたしますので、水の節約にご協力をお願いします」

「厚生班からお知らせします。朝昼兼の食事として、牛乳とパンを配給しますので、会議室にお越し下さい。水は空ボトルと引き換えになります」

それから間もなく、三号機の二つの水位計がそれぞれTAFマイナス一六〇〇ミリと二二〇〇ミリを示し、炉に水が入っていない懸念が出てきて、三号機が落ち着いたら二号機に水を入れようと考えていた富士は焦り始める。

「すいません、給水支援に関して自衛隊から要請がきています」

テレビ会議で本店の担当者がいった。「水は運べるけれど、線量とか道路の障害箇所とかの問題があるので、オフサイトセンターに奥一と奥二から社員が迎えに来て欲しいといってきていますので、対応をお願いしたいと思います」

しかし富士は、第一発電班長と二号機について話をしているところだった。

「……RCIなんて、元々八時間かそこらしか動くこと想定してないんだからさ。こんなのにいつまでも頼ってらんないだろ？」

二号機のＲＣＩＣ（原子炉隔離時冷却系）は、すでに五十時間近く動き続けているが、圧力抑制室の水が高温になるにつれて冷却機能は弱まり、最終的には冷やせなくなる。

「富士所長、聞こえますか？　自衛隊の要請で社員をオフサイトセンターに向けてくれというのは、大丈夫なんでしょうか？」

「ごめん。ちょっと今、プラントのほうをやってるから、自衛隊がらみはほかの人にやってもらってくれ」

テレビ会議の中で、「夕方、政府が何か記者会見をやるらしいんですけど」、「保安院が必要な消防車のスペック（仕様）すぐに教えろって」、「官邸への要望は、てんこ盛りでお願いします」、「もしかして、注水できるんなら何でもいいってイメージ？」といった別の話し合いの声がかぶる。

「すいません富士所長、よく聞こえないんですが」

「あのね、今プラントのほうが重要だから。自衛隊とかそういう話は、ほかの人とやってくれ」

強い口調でいわれ、本店の担当者は「分かりました」と答えるしかない。

「ＲＣＩＣ、本当に回ってんのか？」

富士が左斜めの七つ席が離れた第一発電班長に鋭い視線を注ぐ。

「今日の午前十時四十五分に現場で確認したあとは、まだ確認できてません」

「それで見に行く気はないのかって訊いてるんだよ！　見に行く気はないのかって！」

「は、はい……」

その後、現場に行って見たところ、音や吐出圧計で作動し続けていることが確認できた。

「本店さん、本店さん」

午後四時少し前、富士がテレビ会議で呼びかけた。地震発生から二日と一時間が経過した。

「三号機はトレンドとしてかなりヤバい感じで、それと二号機もいつこうなるか分からないんですけど、水素爆発があるかもしれないということで、今、作業員を全部引き揚げました」

プラズマディスプレイの中では、本店の対策本部にいる野尻常務らが耳を傾けている。

「二号機の海水注入ラインがまだできていなくて、そこを生かしにいくのはかなり勇気がいるんですけど、これはもう『じじいの決死隊』で行くしかないかなって考えてます」

「んっ？　何を決死隊にするって？」

野尻常務が怪訝そうな声を出した。

「あの、要するに、年輩の人が行くってことです」

隣りにすわった大井フェローが野尻に教える。

四十歳を超えると放射性ヨウ素を吸っても甲状腺がんになりにくいという説があり、「じじいの決死隊」は十二日朝の一号機のベントライン完成作業でも組まれた。

午後七時頃、一号機の使用済み燃料プールをフジテレビが上空から撮影しているという情報が入り、水の有無を確認するために、映像を入手できないかという話が出た。グーグルアース（Google Earth）も爆発の前後の一号機の写真を撮っているので、同社からも情報が取れないものかという話になった。

夜十時二十分頃、テレビ会議で本店の立地地域部長が福島県との広報関係について話し始めた。富士より二年次上の事務系社員だ。

「あのう、先ほど午後九時五十分から、福島県知事以下の関係部長会議があって、そこにうちの福島事務所が呼ばれて厳しくお叱りを受けたそうなんですが、放射線のモニタリングデータを出せという強い要請があったそうです」

「えっ、それ出してないの？　出せないの？」

本店の大井フェローが驚く。

「えっとですね、これは福島事務所がいってることなんですが、モニタリングのデータを表にして出そうとしたら、本店の広報部から駄目だといわれたということなんです」

「何か困ることあるの？　出したらいいじゃない」

オフサイトセンターにいる菅原副社長が訝《いぶか》る。

「広報部、どうですか？　見解を教えて下さい」

「広報はホームページで数字を出してます」

広報部の担当者がいった。

「えっ、ホームページにもう出てんの？」

「はい、出してます」

「何か、意思疎通に齟齬があるようで……。じゃ、これからは出してもらってよろしいですね？」

立地地域部長が訊く。

「はい……と思いますけど。本部長、当然そうですよね？」

と大井フェロー。

「出して下さい」

菅原がいった。

それからしばらく経った真夜中過ぎ、野尻常務がオフサイトセンターに話しかけた。

「ちょっと、本部長（菅原）に伝えたいことがあるんだけど」

「お休みになられたんじゃないかと思いますが、急ぎですか？　捜してきますけど」

オフサイトセンターにいる担当者が訊いた。

「うん、まあ急ぎ。……ところで、オフサイトセンターの中って泊まれるの？　そんなことないよね？」

「泊まれませんよ。ここには通信システムとか放射線測定器とか除染室しかないですから。もうだからずっと椅子にすわってるか、床にしゃがみ込んでるだけですよ。本部長も、今どっかに新聞紙敷いて転がってると思います」

「ほんと⁉　わたし明日からそっちに行くんだけど……」


翌日（三月十四日月曜日）——

福島県では奥羽第一原発から半径二〇キロ以内の住民約八万人と周辺の避難者四万人以上が、区域外の小学校、体育館、文化センター等に避難し、臨時の給水所は水を求める人々であふれ、県内の死者数は千四百人を超えた。

夜中の二時過ぎ、テレビ会議システムの画面の中で、配電部門を担当している副社長が憤懣をぶち撒け始めた。

「……まず官邸で冒頭いわれましたのはですねえ、今日の午前六時二十分から計画停電をやるということについては、絶対認めないと。それはですねえ、官房長官と、副官房長官と、需給対策大臣かな、その三人からですねえ、人工呼吸器、人工心肺、これを家庭で使っている人をお前は殺すことになると。それを承知で計画停電をやるなら、俺はお前を殺人罪で告発すると。こういうことをいわれました」

官房長官は耳たぶの大きい小太りの元弁護士、需給対策大臣は事業仕分けで役人を派手に吊るし上げた台湾系の血を引く元「クラリオンガール」だ。

「それで、計画停電は、その人工心肺なんかを使っている人たちが、代わりの電源の手当てをするまで、延ばせと」

慶応大学工学部卒で、配電部門を長く歩んだ六十代前半の副社長は、持ち前の威勢のいい大声で続ける。銀座の高級クラブでしょっちゅう業者の接待を受けているアクの強い人物だ。

首都電力は震災発生翌日から富津火力発電所（千葉県）二号機、横浜火力発電所（神奈川県）六号機、大井火力発電所（東京都）三号機、東扇島火力発電所（神奈川県）一号機等を急遽立ち上げ、奥一と奥二および太平洋岸の火力発電所の停止分を補おうと躍起である。

「で、やり方としてはですねえ、需要の大きいほうから切れと。要するに、お客さんに、大臣命令だ、官房長官命令だといって、できるだけ需要抑制を、お前らが努力してお願いしろと。そしてその結果を午前三時までに官邸に持って来いと……」

テレビ会議システムで、吼えるように話す副社長の声に、本店や奥一の作業各班と打ち合わせをする富士祥夫の声がかぶっていた。

「えっとさ、海水チーム、海水チームの、誰か分かるやつ」

「浪江町の消防署から借りるの、小さいポンプ車と給水車だっけ？」

いったんSR弁が開いてベントできた三号機の状態が、再び悪化し、対応に追われていた。ベントラインの途中にあるAO弁（空気圧弁）が空気圧低下で閉まり、格納容器の圧力が再び上昇に転じた。原子炉に注入した海水もどこかから漏れているらしく、炉内の水位が上がらず、炉心溶融が容赦なく進んでいた。

「これさ、また爆発するぞ」

「ブローアウトパネル、何とかならねえかなあ、もう！」

燃料棒被覆管のジルコニウムが溶け、水と反応して水素を大量に発生させ、それが配管の継ぎ目などから漏れて三号機の原子炉建屋に溜まり、一号機同様、爆発する懸念が高まっていた。建屋最上階の海側には、内部の圧力が上昇すると自動的に開くブローアウトパネル（縦四・三メートル、横六メートル）があるが、新潟県中越沖地震のときに脱落した反省から、簡単に開かない設計に変えており、富士は、過去に自分がやった仕事に苦しめられていた。

午前零時に二四〇キロパスカルだった三号機の格納容器圧力は、午前五時に三六〇キロパスカル、午前六時二十分に四七〇キロパスカルと、通常の四倍以上に達した。

「これ、二十分で五〇キロ（パスカル）上昇してるだろ？　こんなもん、あれだよ、七時前までに設計圧力超えちゃうよ！」

富士が危機感を露わにした。三号機の格納容器の設計圧力は四八五キロパスカルだ。

「しかも水位がダウンスケールしちゃってるじゃん！　ひえーっ！」

三号機の炉心の水位は、計測できる下限より低くなった。

「何、水位がダウンスケールしてるって!?」

本店の野尻常務が訊いた。

「うん！　野尻さん、これねえ、もう危機的状況ですよ、これ！」

「おい、保安院に、保安院、官邸に、ドライウェルの圧力が上がって……」

野尻も慌てふためく。「水位が、何？　早く、早く連絡して！」

「六時十分でダウンスケールしてるんですよ。完全にこれ、（燃料が）露出してる状態になってますよ！」

「ちょっと、保安院と官邸に（電話を）繋ぎっぱなしにできる？　もしもし、えっとですね……」

野尻は、原子力安全・保安院と電話で話し始めた。

「すいません、急ぎのプラントデータです」

発電班の担当者がマイクでいった。「六時三十分のデータで水位がまた見えてきました。ダウンスケールから片系がマイナス一〇〇ミリ、もう片系が三五〇〇ミリ。若干水位回復が見えます」

「これはね、あれは？　ドライウェル圧力は？」

富士が訊いた。

「ドライウェル圧力はまだ上がっておりまして、ドライウェルが四九五キロパスカル」

「四九五でしょ、急上昇でしょ？　これね、炉水位は回復してるんじゃなくて、何か変なの計ってるんだよ」

富士は、格納容器圧力が急上昇しながら炉水位が回復しているのはおかしいので、水位計が正しく機能していないのではないかと疑っていた。

（これはもう、退避モードだな……）

奥一ではAO弁を開けたが、格納容器の圧力が下がらず、圧力抑制室からのベントラインが水没して使えなくなっていると判断し、ドライウェルベントの準備を進めた。圧力抑制室内の水を通して放射性廃棄物を減らすウェットウェルベントと異なり、水をとおさないので、放射性廃棄物の放出量が桁違いに大きくなる。

「菅原本部長、これもう仮想事故レベルになってる可能性があると思います」

富士がいった。仮想事故は、「原子炉立地審査指針」上、技術的見地からは起こり得ないと考えられる大事故のことだ。

「この状況で、もうあのちょっと、何もできなくなっちゃうんですけど、現場の人員、一回こちらに退避させてよろしいですか？」

作業員が引き揚げると注水ができなくなるので、苦渋の選択である。

「了解しました」

オフサイトセンターにいる菅原副社長が答える。

「技術班より報告します。ＣＡＭＳ《カムス》で見た炉心損傷率ですが、一号機五五パーセント、二号機なし、三号機二五パーセントです」

ＣＡＭＳ（Containment Atmospheric Monitoring System＝格納容器雰囲気モニター）は、ドライウェルと圧力抑制室内の希ガスやヨウ素が発するガンマ線量を測定し、炉心損傷率（損傷して、希ガスやヨウ素を発する燃料被覆管の比率）を推定するシステムである。

「復旧班より、ヤード（現場）にいた二十一名全員退避しました」

午前七時十分頃、退避完了の報告がされた。

「本部、本部、本店、よろしいですか？」

七時十五分、技術班の班長の声が響いた。「七時十五分のデータ出たんですけども、ドライウェル圧力が六時五十五分の五三〇キロ（パスカル）が、今、五〇五。炉水位もですね、だいぶ、あのー、上昇に転じてきてますので、一番最悪な状態っていうか、一度何らかの原因で蒸気がブワーッと増えて、炉圧が上がって、ドライウェル圧力が上がってという状況は、もしかするとピークを過ぎたかもしれません」

「富士君さあ、ドライウェルの圧力が落ち着いてきたみたいだから、何とか水を供給する手段ないかねえ？」

本店の大井晋介フェローが訊く。

富士は外部からの電話に応対しているところだった。

「本店さんねえ、もうあと十五分かそこいら様子を見て、もう一回作業を始められるかどうか、判断するということだと思いますけど」

菅原副社長がまったりした口調でいう。

午前七時二十分過ぎ、再び危機感を煽るデータがもたらされた。

「技術班からですが、三号機、炉心損傷率が午前七時十分のデータで、三〇パーセントで、先ほど（十分前）から五ポイント上昇しています」

（やっぱり、かなり速いな……）

富士の表情が険しくなる。燃料ペレットが溶ける炉心溶融が目前だ。

それからしばらくの間、富士、菅原、野尻らは、炉圧、炉水位、格納容器圧力、放射線量などのデータを吟味しながら、プラントの状態について議論した。

「富士君、聞こえるかい？」

オフサイトセンターの菅原が富士に呼びかけた。

「はい、奥一、富士です」

「ドライウェルの圧力だとか、それ以外のパラメーター（各種の数値）とか、環境放射能も落ち着いてきたようだから、作業の再開を検討したらどうかと思いますけど、いかがですか？」

「はい。あのう、（現場から）上がって来て、今後できることを検討しておりましてですね……」

（人を出して大丈夫だろうか……？）

人命と危機対応の板挟みだ。

「一番大事なことは、三号機の（逆洗弁）ピットの水の補給でございますから、これを今、再開しようかと考えているところです」

ピットがカラになると注水が止まり、水を吸い上げている消防車のポンプも壊れる可能性がある。首都電力は、自衛隊ヘリによるピットへの給水の可能性も探っていた。奥一には一〇メートルの高低差がある海面から水を汲み上げる力（揚程《ようてい》）を持つポンプがないので、逆洗弁ピットの水だけが頼りである。

「了解しました。水が一番大事だと思いますので」

午前七時半過ぎ、富士は迷いながら作業の再開を指示した。

十円盤にあるピットとの高低差が少ない四円盤の物揚場《ものあげば》（船荷陸揚げ用の港湾施設）から取水すると決め、二台の消防車を直列に繋いでポンプの力を強くし、海水を汲み上げ始めた。

富士は、社員や作業員たちが現場に出て行く前に、円卓から立ち上り、彼らのところに行って労《ねぎら》い、励ました。

午前八時半、三号機の炉心損傷率は四〇パーセントに達した。

同じ頃――

首都電工業の原子力部に出向中の長野真は、都内の自宅マンションでネクタイを締め、出勤準備をしていた。

金曜日に地震と津波が発生したあと、会社に寝泊まりして、福島にいる社員の安否確認や怪我人の搬送指示、復旧作業用の資材調達などを行い、日曜日にいったん自宅に戻った。

居間の電話が鳴った。

「お父さん、会社から電話」

高校生の娘が呼んだ。

「はい、長野です」

受話器を受け取って答える。

「長野さん、お早うございます」

相手は、原子力・立地本部の人事担当者だった。

「実は、奥一に至急行って頂きたいんです」

「え、ええっ⁉」

一瞬、相手が何をいっているのか理解できない。

「長野さんに、電気の総まとめとして奥一に行って頂くことになりました。会社としての決定です」

有無をいわせぬ口調に、相当な議論と熟慮が背景にある気配が漂っていた。

「奥一の電気・計装制御は復旧の要です。しかし、人手不足で全員疲弊し切っている状態です。今、人海戦術でバッテリーを中操に運んで、結線して、弁を開閉するというような作業をやってますが、ものすごい負荷で、今も、柏越《はくえつ》（柏崎越後原発）から追加の応援が五人現地に向っています。そういう難しい状況なので、ベテランの長野さんにチームの総指揮を執ってもらいたいのです。ついては、奥一の現状についてご説明したいので、至急本店に来て頂けますか」

「そうですか……。分かりました」

長野は、青ざめた顔で受話器を置いた。

青天の霹靂《へきれき》だったが、奥一は自分を育ててくれた愛着のあるプラントであり、行くことを拒否しようとは思わなかった。ただ、現実のこととして実感が湧かなかった。

震災四日目の都内は、依然多くの店が閉まっていて、公共交通も大半がマヒしていた。南東の方角の空は、京葉工業地帯で爆発したガスタンクが吐き出す黒煙で不穏な灰黒色に染まっていた。

長野は、内幸町の本店に向うべく、タクシー乗り場の長蛇の列に並んだ。


同じ頃――

奥羽第一原発の富士祥夫は、再び官邸からの要請に悩まされていた。

「富士所長。ちょっとすいません」

オフサイトセンターの社員がテレビ会議システムで呼びかけた。

「ちょっと一点お願いがあるんですが、あの、経産副大臣から要望なんですが、一号機と三号機のトレンドを比較しながら状況を把握したいので、今、そちらで作って頂いている三号機のドライウェルの圧力のトレンドのグラフがありますよね？」

「え、そんなもの作ってるの？」

「はい、今、作ってます」

奥一の技術班の班員が答えた。

「それの一号機バージョンも作って頂きたいんですけど、同じ時間軸で」

（はー、注水が続けられるかどうかの瀬戸際で資料作りかよ……）

経産副大臣は七十歳という高齢の元ＮＨＫ記者で民主党の衆議院議員である。

「奥一広報班です。えっと、今、あのう、三号機の格納容器圧力異常上昇が原災法十五条一項に該当するということで、プレス発表文を用意しております。ところが保安院から、あの、まだ絶対に発表するなと止められている状況です。一方で、福島県のほうから、九時から関係部長会議をマスコミ公開でやりたいので、それまでにこのプレス文を発表してほしいといわれておりまして、本店のほうで、調整をお願いできないでしょうか？」

「何、国と県の間に入って、調整しろっていうの？」

本店の野尻常務が訊く。

「はあ、何とか」

「いや、だから、事業者としては、本件は今、原子力災害対策特別措置法にもとづいた国の指揮権がうんと強い話になってるんで……」

　野尻は悩ましげ。

「じゃあ、まず官邸に、県がこんなことといってますって、告げ口してみましょう」

　本店の広報担当者が引き取った。

　その後、原子力安全・保安院に打診したところ、やはり絶対に発表するなということだった。どうしようもなくて途方に暮れていたところ、どこかから話が漏れてNHKのニュースで流れ、今度は福島県民から「県民の安全に関わる話をなぜ隠していたのか⁉」と怒りを買った。

「資材班、資材班、資材班。おい、資材班！」

　本店の対策本部にいる青い作業服姿の社長が呼んだ。現社長（第十一代）は資材畑出身で、一九九〇年代の電力一部自由化の時代に企画畑の現会長の命を受け、資材調達改革を断行してトップの座を射止めた人物だ。震災発生時には平日でありながら妻と秘書を連れて奈良観光をしていて、交通麻痺で翌日まで本店に戻れないという失態を演じた。

「資材班、社長がお呼びです。社長が資材班をお呼びです」

本店の担当者が慌てていった。

「今の奥一のガソリン等々の調達状況はどうなってる？」

計測用の機器、自動車、作業機械等はガソリンで動いており、消防車用の軽油と並んで、奥一の生命線だ。富士は「食糧よりも、（注水用の）水、ガソリン、軽油を」と本店に訴えていた。

「はい、ガソリンと軽油はですね、政府調達分も含めて、小名浜コールセンターに到着しておりまして、目下の課題は、そこから奥一に届けるトラックと、奥一サイトで降ろすクレーンがないことでございます」

小名浜コールセンターは、奥一から南に五〇キロメートル強のところにある首都電力の火力発電用石炭の貯蔵場所で、今回の事故対応のために物資の中継基地になっている。

「奥二です。これから二〇〇リットルのドラム缶二本のガソリンと水中ポンプ一台を奥一の近くの受け渡し場所まで輸送するところです」

奥二の所長がいった。横浜国立大学工学部大学院卒で、入社は富士より三年次下。電気の専門家で、頭がカミソリのように切れ、「情」の富士とはある意味対照的な人物だ。今回、奥二も危ない状況だったが、長さ九キロメートルの電気ケーブルを人海戦術で一気に敷設し、SR弁を開き、低圧系で原子炉に注水して、早々と危機を回避した。

「奥一のサイトの中まで入ってって、積み荷を降ろせないの？」

　オフサイトセンターの菅原副社長が訊いた。

「すいません。うちのユニックが奥一に行くと、(放射能で）汚染されて二度と奥二に戻って来れなくなりますので」

　ユニックは、運転席の後ろに積み降ろし用の大型クレーンを備えたトラックである。

「そんなことないだろ？　タイヤだけ外したらいいんじゃないの？」

　菅原は元々原子力の安全屋（事故進展予測係）で、放射線管理には詳しくない。奥一の敷地内は多量の放射線で地面だけでなく大気も汚染されており、タイヤを交換するだけでは不十分だ。

「あのう、昨日もローソン、三角屋《さんかくや》のローソンのところで受け渡しをしていますので、奥一サイドは分かってると思います」

　国道六号沿いに三角屋交差点があり、そばにローソン双葉大熊店がある。奥一からの距離は約三キロメートルである。

「奥一にトラックを運転できるのが十人はいるから、オシャカにしてもいいトラックを何台か用意したら？」

　大井フェローがいった。

「ところで、その水中ポンプって、何？　海水汲み上げ用？」

「四号機の燃料プールの冷却に使うポンプです」

第一復旧班長の八木英司が答えた。「不幸中の幸いで、四号機のプールの横の原子炉ウェル（原子炉上部にある竪穴型プール）とＤＳピット（機器仮置きピット）に大量の水があったんで、それを燃料プールに入れて混ぜて冷やすためのポンプです。当面それでしのいで、もし濾過水に余裕が出たら、ＤＤ／ＦＰ（ディーゼル駆動消火ポンプ）で入れようと思ってます」

「えーっと、すいません。奥一の富士です」

午前十時少し前、富士がいった。「あのー、こちらでですね、一番今時間がかかってるのが、現場と緊対（緊急時対策本部）との連絡で、トランシーバーを今使ってるんですが、これバッテリーが上がってきて、急激に使いづらくなってきてます。そんで、できれば、トランシーバーをできる限り多く、なおかつ長距離に使える機種を調達頂きたいんですけれども」

「了解しました。ちょっと資材班、よろしいですか？　性能の一番いいやつを」

本店の大井フェローが引き取った。

間もなく、技術班のマイクの声が響いた。

「えー、十時十分現在の三号機のパラメーター（各種数値）をお知らせ致します」

その声に富士の顔が緊張する。作業再開を指示したものの、二号機、三号機とも水素爆発の可能性があり、薄氷を踏む思いだった。

ブローアウトパネルを何とか開けようと、本店と知恵を絞ったが、機械ドリル等は火花が出て水素に引火する可能性があるので使えないという結論になった。火花が出ない手段ということで、ウォータージェット装置を発注したが、すぐには届かない。

「水位計のA、マイナス一六〇〇（ミリメートル）、水位計B、マイナス二〇〇〇、炉圧A、〇・三二七メガパスカル、炉圧B、〇・三三四メガパスカル、ドライウェル圧力、五一五キロパスカル、サプチャン（圧力抑制室）圧力、四九五キロパスカル……」

（格納容器圧がまた上がりだしたか……。現場に人を出していて、大丈夫だろうか？）

長野真がようやく拾ったタクシーで内幸町に着いたのは、午前十一時少し前だった。途中、計画停電実施でデパートや飲食店の多くがシャッターを下ろし、バス停には長蛇の列ができていた。動いている私鉄やJRの駅では入場制限がされ、駅員がマイクで「運行していますが乗客を捌きされません」とアナウンスし、人々は諦め顔で列に並び、携帯電話で職場や家に連絡していた。

首都電力本店の空気は、いつにない緊張感でぴんと張りつめていた。

「ご苦労様です」

事故対策本部がある二階の会議室で、職員四人が長野を迎えた。

「長野さんには明朝一番に、ヘリコプターで福島まで飛んで頂くということで準備をしています」

中年の社員は、睡眠不足で目が充血し、どす黒い隈ができていた。

「飛ぶのは僕だけですか？」

銀縁眼鏡の、緻密で生真面目そうな顔で訊く。

「あと運転と広報の取りまとめの人を一人ずつ予定しています」

長野はうなずく。

「それじゃ、奥一の現状について、ご説明致します。消去法で、問題の少ないほうからいきます」

そういって手元の資料に視線を落とす。

「五号機と六号機は、六号機の空冷式非常用ディーゼル発電機と高圧用配電盤が生きていたので、何とか電気の供給ができています」

空冷式非常用ディーゼル発電機は宮田匠が所長、富士が第一発電部長のときに入れたものだ。

「ただ、外部電源喪失で熱交換器が動かないので、水温が少しずつ上がってきてて、温度計と警報でプールの状態を監視しているところです」
五、六号機は、夜の森一、二号線から電気を引いていたが、二つの線が共用していた鉄塔が倒壊し、外部電源を失った。
「四号機のほうは、定期検査中で運転はしていなかったんですが、全電源喪失で、やはり使用済み燃料プールの温度が八十四度くらいまで上がってきています。早急に電源を確保して、FPCで水を循環させる必要があります」

FPC（燃料プール冷却浄化材系）は燃料プールの熱を海に逃がすシステムである。

「一号機は、今、三号機を優先するということで、注水がいったん止まってますが、炉水位、炉圧、ドライウェルとサプチャン圧、CAMS（格納容器雰囲気モニター）等から判断して、炉心損傷が五五パーセントから進んでなくて、一応、安定した状態で、できるだけ早く注水を再開する予定です」

長野は話を聞きながら手帖にメモを取っていく。

「二号機はRCICが動いてかろうじて冷却を続けてますが、炉圧が五・三メガ（パスカル）から五・四、五・五とじわじわ上がってきてて、RCICもいつ止まるか分からないので、注水準備を進めています。それで今、一番心配なのが、格納容器圧力が急上昇している三号機で……」

そのとき、会議室の外の廊下を大勢がどやどやと通り過ぎた。足音に不穏な気配があり、「爆発？」「今、ニュースで……」という会話の断片が耳に飛び込んできた。

「ちょっと、様子を見たほうがよさそうですね」

本店の担当者たちが落ち着かない表情で立ち上がり、長野もあとに続いた。

近くの部屋にあったテレビの周囲に社員たちが集まっていた。

「……先ほど、十一時一分頃、首都電力奥羽第一原子力発電所三号機で大きな爆発が起きました」

アナウンサーの声に続いて、奥羽第一原発の遠景が映し出された。

薄青色の空と海を背景に聳える三本の排気筒の下に、一～四号機と思しい原子炉建屋が四つ並んでいた。

次の瞬間、無音の画面の中で、建屋の一つがオレンジ色の閃光に包まれ、濃い灰色の煙が地上付近から巨大な怪物のように猛烈な勢いで湧き起った。

（格納容器が、吹っ飛んだのか⁉）

長野は慄然となった。原子炉建屋の一つが、姿を消したかのように見えた。

濃い灰色の煙は、一二〇メートルある排気筒の数倍の高さまで上昇して奥一全体を包み、その一部が、土砂が崩れ落ちるように地上に降り注いだ。まるで黒い怪物が、長い首を下に伸ばしながら発電所に襲いかかっているようだった。

（あれは恐らく、建屋のコンクリート壁が空中に飛ばされたあと、落下しているのだ……）

全身の肌が粟立《あわだ》ち足ががくがくとした。

多重防護の最後の砦である原子炉建屋の壁は、厚さ一・五メートル前後の鉄筋コンクリート製だ。もし下で作業している人間がいたら、ひとたまりもない。

（これは、一号機の爆発の数倍のすさまじさだ……）


同じ頃——

奥羽第一原発の緊急時対策室は恐慌状態に陥っていた。

「さ、三号機の、三号機のパラメーター、至急取ってくれ！　それと、各班、現場に出てた人間の安否を大至急確認して！」

複数の死者が出たはずだという自責の念に苛《さいな》まれながら、富士祥夫は指示を飛ばした。

午前十一時二十七分、総務班の担当者の悲痛な声が響いた。

「総務班です。今、四十名くらいが行方不明です。現状で分かっているのは、一名が脇腹を押さえてうずくまっていると。ほかは見あたりません」

(何とか助かっていてくれ！　この俺の命と引き換えででも！)

富士は疲労と衝撃で身も心もぼろぼろだった。

一方、三号機のデータは炉圧、格納容器圧力とも通常圧力で、中性子線も検出されず、圧力容器、格納容器とも健全性に問題は生じていなかった。爆発は一号機同様、建屋に充満した水素の引火によるものと考えられた。

現場はコンクリートの瓦礫の山と化した。物揚場から逆洗弁ピットを経て、一〜三号機のタービン建屋の注水口まで延々と敷設されたホースも損傷し、放射線量も上がって、容易に近づけなくなった。免震重要棟も爆風で出入り口の扉などが歪み、放射線量が上昇した。

やがて、社員や下請け企業の作業員、自衛隊員たちが緊急時対策室に倒れ込むように戻って来たり、免震重要棟一階の緊急医務室に担架で担ぎ込まれた。白い防護服を血で染めている者もいた。モスグリーンのヘルメットに防護服姿の自衛隊員は、頸椎に鞭打ちのような怪我をしていた。

「……当面安全だって、いったじゃないですか！」

防護服の上から粉塵をかぶって真っ白になり、命からがら逃げて来た復旧班の班員が顔を引きつらせて上司に食ってかかっていた。

「すまなかった！　でも、本当に、よく無事に……帰って、来てくれて、……うっ、ううう
っ」

五十歳の第二復旧班長は涙をぼろぼろこぼした。

そばで、現場から戻って来た別の社員が床にうずくまり、膝を抱えて蒼白な顔で震えていた。

「すいませーん、どなたか手を貸して下さーい！　今、下に怪我人が運び込まれて来てまーす」

医療班の女性社員が叫ぶと、灰色のスウェットシャツや青いジャンパー姿の男たち数人が立ち上がった。カッターで怪我人の服を切って応急措置を施し、手や足の骨が折れている者は、紐やハンカチで段ボールや雑誌を縛り付け、骨折箇所を固定する。

広報班は本店でも奥一でも、官邸、保安院、県、地元自治体、マスコミなどに対する報告、発表、状況説明に追われ、蜂の巣を突ついたような騒ぎになった。

「悪いけどよ、こんなときに悪いけどよ、頼むわ」

十二時四十分頃、二、三号機の注水ラインの復旧作業のために再び現場に出ていかなくてはならない班員たちに、富士が懇願した。

「本部長、すいません。あのう、先ほどの爆風で、電源車がたぶん……」

復旧班員の一人がいった。

「うん、たぶん飛ばされてるなあ」

「それで気になるのは、電源車がごろんと転がって、軽油が漏れて、間違って火がボンと出るのが嫌だなと。それで、あの、なるべく早いタイミングで見て来たいと思ってるんですが」

「はいはい、了解。気を付けてな」

富士は、部下の献身的な仕事ぶりに涙が出そうになる。

爆発の恐怖で萎縮する者がいる一方、多くの社員たちがなお身を挺して使命を果たそうとしていた。

それから間もなく、悪い報せがもたらされた。

「技術班からです。えっと、二号機の水位の低下が大きくなってます。十二時のデータと比べると、ワイド（大幅）でオーバースケール（計測上限超）だったのが（TAFの上）一二〇〇（ミリ）まで下がりました。今の予測だと、四時ぐらいにTAF到達の可能性があります」

予想を超える長時間にわたって働き、二号機を冷やし続けてきたRCIC（原子炉隔離時冷却系）がついに停止したようで、午後四時頃にはTAF到達と予想された。

（ついに、来たか……）

富士は、人と作業を二号機に集中させることにした。

「皆さん、聞いて下さい。今、二号機の水位の低下が確認されました。評価の結果、十六時にTAFに到達する可能性があり、これからのトレンド次第では、さらに早まる可能性もあります」

ざわつく室内に富士の声が響き渡る。

「今、十三時四分なので、所定の作業、要するに二号機の注水ラインの敷設、補修、（逆洗弁）ピットへの給水の維持、これに全力を挙げる。目標は十五時。いい？　それからSR弁を開《かい》したあとの作業に支障がないよう、中操まわりの色んな計器類を至急点検すること」

午後一時十七分、本店の大井フェローがいった。

「あの、今ちょっと、官邸から電話があって、復旧をとにかく急げってことで、まあ、当然なんだけども、もう線量のことも構わないで、五〇〇ミリまでいいからやれって、そういう指示がありました」

「そんな、無茶な！」

富士が表情を強張らせる。

二号機に関して危機感を共有してくれるのはいいが、五〇〇ミリシーベルトというのはやりすぎだ。

その後、首都電力本店と原子力安全・保安院が調整し、労働安全衛生法の電離放射線障害防止規則に特例を設け、一時的に二五〇ミリシーベルトを限度とすることで決着した。

一方、三号機の爆発では、奇跡的に死者は出ず、命にかかわる重傷者もいなかった。爆発したとき、ちょうどタービン建屋内で作業をやっていたため、多くの作業員が屋内にいたことが幸いした。負傷者は、首都電力四人、下請け企業三人、自衛隊四人の合計十一人だった。

富士は、「仏様のご加護としか考えられない！」と涙を浮かべた。

「富士さん、今、現場から帰って来た放管員《ほうかんいん》（放射線管理員）が、三号機の（逆洗弁）ピットの周りの線量が四〇〇から五〇〇ミリシーベルトだっていってます」

午後二時半頃、八木英司がマイクでいった。

「うわっ！」

富士が驚愕する。

新たな累積被曝線量限度の二五〇ミリシーベルトでも、三十〜四十分で使い切ってしまう。

「ピット周辺が、空から降ってきた三号機のリアクタービルの瓦礫の山で、要はこれが高線量の原因です。撤去するのに、平《ひら》ブルが要ります」

平ブルは、瓦礫を水平に押して片付けることができる通常のブルドーザーのこと。

「そんで、水源はあんの、水源は？」

「ピットの水ですか？」

「そう、ピットの中の水」

「十分あるそうです」

「十分ある？　オーケー！　じゃあ、本店に平ブル（の調達）頼もう」

富士は本店に平ブルの調達を頼むと同時に、爆発で破損した注水ラインの復旧と、三号機の逆洗弁ピットを経由せずに物揚場から直接一〜三号機に給水するラインの設置を急がせた。

爆発で消防車も何台か壊れたが、富士はこの日、付近の自治体や自衛隊から消防車八台(うち二台は梯子車）をかき集めていたので支障はなかった。

「おおっと、また地震や！」

午後三時過ぎ、緊急時対策室が大きな横揺れに見舞われた。

「結構でかいな。津波、大丈夫か？」

富士は現場の作業員たちが気になる。もし津波の可能性があれば、引き揚げさせなくてはならない。

「あのー、また今ですね、結構大きな地震がきたんで、津波の可能性があるかどうか、ちょっと本店さんのほうで、調べてもらえませんか？」

テレビ会議システムに向って呼びかけた。

「はい、了解」

本店会議室の中央に陣取った社長が返事をした。

首都電力は、社員の寝泊まり用に本社近辺のホテルの部屋七百室を長期で押さえ、社長も常時対策本部に詰めている。

「おい、すぐに情報収集、共有化して」

社長は本店の情報班に命じる。

「あっ、今、今、今、テレビのニュースで若干の海面変動って出ましたんで、大丈夫だと思います」

プラズマディスプレイのテレビニュースを見て富士がいった。

それから間もなく、富士が再びテレビ会議システムに向って呼びかけた。

「すみません、本部長富士です。皆さん、あのー、本店と緊対室の皆さん。わたしがばーっと色々お願いしてるもんで、あのう、かなり浮き足立った状態になってきてます。ちょっと落ち着きましょう。で、やること整理してっ、各人の仕事を明確にしてっ、無駄な動きをしないようにやっていきましょう」

一語一語区切りながら、印象付けるように話す。

「じゃ、一回ここで、全員で深呼吸して、冷静になりましょう。息を吸ってー、吐いてー、吸ってー、吐いてー。……はい。じゃあ、これで一回整理してっ。現場に行く人、検討する人、手分けして段取りよくやりましょう」

午後三時半頃、二号機への注水ラインが何とか出来上がった。その報せが入ったのは、本店の大井フェロー、富士、各班の班長や担当者の話し声がテレビ会議上で入り乱れているときだった。

「えーっと、物揚場から海水が、一本のラインで三号機のリバーシング・バルブ（逆洗弁）・ピットに入ってます」

復旧班の現場責任者がマイクでいった。

「えっ？」

本店の大井フェローが声を漏らす。

「入ってんの？」

と富士。

「もう動いてるのね？」

大井が念を押す。

「入ってます」

復旧班の男が答えた。

「有難う！　で、何リッターぐらい入ってるんだっけ？」

「七〇〇リッター・パー・ミニット（毎分七〇〇リットル）です」

「オーケー！」

「そうすると、二号機の注水ラインは動かせそうな状況になってきたってことだね？　あと動かせない理由は何？」

大井が訊いた。

「いや、だからもう動かせますよ」

「ベントは？　いつでも、もうベントもオーケーなのね？」

「えー、ベントにつきましては……」

復旧班の男が話し始めたが、他の班が別の問題を指摘し、本店の大井が細かい質問をし、それに複数の人間が答えて、再び議論が入り乱れる。

「ちょっと待って、ちょっと待って！」

富士が割って入る。「ちょっと、ややこしいこと……もうさあ、色んな心配あるけどさあ、話ややこしくなるから」

悩ましげにいった。

「もういっぺん整理するよっ。だから、物揚場からの海水ラインは（逆洗弁）ピットまで来て、七〇〇リッター・パー・ミニットで、ちゃんと中に水を出してます。これでいいね？責任者、いいっていいってくれ」

「はい、合ってます」

復旧班の現場責任者が答えた。

テレビ会議の画面の本店では、青い作業服姿の会長と社長もじっと目の前のパソコンの画面を見詰め、奥羽第二原発の会議室では何人もの社員が立って動いている。

「それでぇ、ピットから、このピットの水を汲み込む、二号機の消火ポンプっていうか、消防車だな。消防車と、ラインはもう構成されてて、エンジンもかけられててぇ、スタンバイ状態だと？」

「えっと、それについては、今、どうなって……」

現場作業と関係のない人間が、復旧班の人間に訊きかける。

「だから訊く奴が違う！　責任者が答えろってんだよ、だから！」

富士が怒りを爆発させた。

「どアホ！　ったく。わけの分かんない奴、訊くな！　そんなもん！」

事故発生から丸三日が経ち、ほとんど寝ていない富士は苛立っていた。

しかし、次の瞬間、自分たちは「クルー」であって、個人の集団であってはならないと思い直す。

「えーと、だから、そこはぁ、復旧班で確認してくれて、オーケーということで、オーケーでいいね？」

気を取り直し、穏やかな口調で確認を求める。

「はい、それでいいです」

「それでぇ、バックアップ用の、あの何だ、濾過水のラインのほうは、逆洗弁ピット近くのぉ、消火栓まで来てるけれども、消火栓からピットまでが、今、あー、行けないと？」

「ピットまで流す予定だったんですが、そこに今、自衛隊の散水車二台が邪魔してまして」

復旧班員が緊張して早口で説明する。「これはバックホーン（パワーショベルに似た重機）で片づけられるかなということで、今進めています」

「はい、了解」

「富士君、そうするとベントも大丈夫ってことだね？」

本店の大井フェローが訊いた。

「ベントはまだです」

復旧班の人間が答えた。

「それがネックになってるわけ？」

「ベントの電源の復旧が必要です」

二号機は、三日間にわたってＲＣＩＣの水源に使われていた格納容器下部の圧力抑制室《サプレッション・チェンバー》内の水が摂氏百四十九度の高温になり、圧力抑制室も四九〇キロパスカルの高圧になっていた。原子炉に注水するためにはＳＲ弁を開いて炉内を減圧しなくてはならないが、原子炉の水蒸気が圧力抑制室に流れ込むと、温度と圧力をさらに上昇させ、格納容器を破損させる可能性がある。そのため、まず圧力抑制室のベントを行う必要があった。

午後四時十分過ぎ、官邸から富士の携帯に電話がかかってきた。

「富士さん、二号機には、まだ水が入ってないんですね？」

電話の主は、首相補佐官を務める三十九歳の民主党議員だった。三和総研（現・三菱ＵＦＪリサーチ＆コンサルティング）出身の長身の男前で、アナウンサーの山本モナと不倫キス写真を撮られたことがあるが、事態に対処する姿勢や話し方は常に冷静で、一定の信頼は置ける。

「そうなんです」

富士が悩ましげにいった。

「さっきベントライン上のＡＯ弁を開ける操作をしたんですが、空気圧が足りなくて、開状態にならなくて、再度トライしているところです」

「もう燃料棒が剝き出してるんじゃないかって、こっちでは心配してるんですが」

補佐官の声が真剣な響きを帯びる。

「いえ、まだそこまではいってません。先ほど計算したところでは、TAF到達は午後五時半くらいの見込みです。まあ、あと一時間十五分くらいしかないといえば、ないわけですけど」

「ちょっと代わります」

受話器の向こうで、携帯電話を手渡す気配がした。

「富士君、二号機に注水しなきゃいかんよ！　冷却機能が止まってるんだろ⁉　とにかくすぐ注水だよ、注水っ！」

年輩の男が女のような甲高い声で喚《わめ》き散らし始めた。

(誰だ、このおやじは？　名乗りもしないで)

富士は眉間に縦皺を寄せた。

「いや、ですから、サプチャン（圧力抑制室）が高温・高圧になってますから、まずベントをしてからでないと……」

富士は、相手が誰か分からないまま説明する。

「サプチャンには水があるじゃないか！　ＳＲ弁を開けば、水蒸気はサプチャンで冷やされるだろ！　とにかく注水だ、注水！」

（これ、度を失った原子力安全委員長か……？）

白髪まじりの元東大教授の眠そうな顔が思い浮かぶ。

「もちろんサプチャンには水があります。ただ水が相当な高温になっていて、水蒸気が凝固するかどうか分からない状態ですから……」

万一原子炉から出た水蒸気で格納容器圧が高まって破損したら、放射能が全部外に出てしまう。

「そんなこたあ分かってる！　きみのいうことぐらい分かってるんだ！　だからそれが大丈夫かって訊いてるんだよ！」

（訊いてねえだろ！　はあ～、こりゃ完全に頭に血が上ってるわ。おおかたいらち〈短気〉の首相に怒鳴られでもしたんだろ）

「ベントラインの構築なんか二の次でいいから、とにかく炉注を急ぐんだ、炉注を！　もう時間がないだろ、時間がっ！」

原子力安全委員長はひたすら喚き散らす。

「すいません、先生。もう一度状況を確認しますんで、ちょっとお待ち下さい」

まともな議論ができないので、話をいったん中断した。

「えっと、皆さん、聞いて。本店さんも聞いて下さい」

富士はテレビ会議システムに向って呼びかけた。

「今、原子力安全委員長から電話がかかっておりまして、格納容器のベントラインを生かすより、注水を先にすべきじゃないかと。要するに、炉を減圧すると水が入って行くんだから、そんなの待たないで、一刻も早く水を入れるべきだというご意見なんですが、これに関して、ちょっと安全屋さん、それでいいかしら？」

（いいわけないいんだけどな……）

ため息をつきたい気分で、技術班の事故進展予測担当者にふった。

「サプチャンの水温が百三十度を超えていますので、蒸気がSR弁を介してサプチャンに落ちても、おそらく凝縮しないと思います」

解析担当者がマイクで答えた。「結局、SR弁だけ噴いて（蒸気を排出して）、水がそれだけお釜（炉）から減って、かつ減圧もできないいんじゃないかと恐れています」

「すいません、先生」

富士がへりくだって携帯電話で話しかける声が、テレビ会議で流れる。「今、安全屋に訊きましたらですね、サプチャンの温度がもう百三十度を超えてるんですよ、はい。ですからまずＰＣＶ（格納容器）ベントをして、ＰＣＶの圧を抜いて、サプチャンの水温を下げてから……」

しばらく富士が原子力安全委員長と議論し、電話を終えたあと、テレビ会議システムで社内の議論となった。

「富士所長、原子力安全委員長のおっしゃる方式でやって下さい」

午後四時二十分過ぎ、会議に参加していた社長が唐突にいった。

「え、えっ？　……は、はい」

社長は事務系の資材畑で、原子力に関してはまったくの素人だ。海外の投資家説明会で無知を曝《さら》け出す失態を何度も演じており、今行われている議論の内容も理解できているとは思えない。

「それでやって下さい」

社長は念を押すように繰り返す。

「はい。……あれ、あのう、今、本店の社長の指示が出ましたけど、菅原、ほっ、本部長、大丈夫ですか？」

富士は、菅原に助け船を求めた。

しかし菅原は、オフサイトセンターの持ち場を本店の野尻と交代するために、ヘリコプターで東京に向っているところだった。

夜七時すぎ——

内幸町の本店で打ち合わせを終えて帰宅した長野真は、都内のマンションの自室で机に向い、電気スタンドの明かりの下で、万一のときのために遺書を書いていた。

奥羽第一原発では、依然として二号機に水が入らず、格納容器の圧力も上昇しているが、明朝のヘリコプターでの出発に変更はない。

〈……銀行預金の通帳と印鑑は一緒に同封しておきます。それ以外に、首都電力の株券が……〉

足元には、身の回り品を詰めたボストンバッグが置かれていた。奥羽第一原発の緊急時対策室には余分なスペースもないので、持ち物は最小限度にしたが、寒い床の上で寝ることになるので、携帯用のアルミの防寒シートを入れた。

テレビでは三号機爆発の映像が繰り返し流され、発電所が最大の危機を迎えていることが知れ渡っていた。もし二号機の格納容器が壊れれば、中の放射性廃棄物が撒き散らされ、敷地内の人間は確実に死ぬ。

　長野の妻は、内心の心配を表には出さず、淡々と夕食を作ってくれた。明朝も淡々と送り出してくれるはずだ。高校生の娘は「お父さん、特攻隊みたい」と心配するより呆れていた。

〈……今まで、有難う。思っていたより少し早く行くことになりましたが、技術者として悔いはありません。二人で、強く、幸せに生きてくれることを願っています。真〉

　遺書を書き終えると、預金通帳、印鑑と一緒に封筒に入れ、机の一番下の引出しにそっとしまった。


　同じ頃――

　奥羽第一原発の緊急時対策室の円卓では、富士祥夫が怒りを爆発させていた。

「死ぬんだぞ、俺たち！　真剣にやってるのかよ⁉」

　海水を汲み上げる二台の消防車のうち一台の燃料が切れ、注水が停止していた。二日前に一号機の注水が始まって以来、富士が、燃料を絶対切らすなと再三注意喚起していたにもかかわらず、長時間エンジンをかけたまま待機状態にしていたのが原因だった。

　所内のタンクローリーが瓦礫《がれき》を踏んでパンクして動かないので、慌てた自衛消防隊員がポリタンクに軽油を入れ、消防車に向っているところだった。軽油はほぼ底を尽き、外から届くまであと二時間はかかる。

「すいません、奥一さん、今ちょっと話していいですか？」

大熊町のオフサイトセンターの担当者がテレビ会議システムで呼びかけた。「今、二号機には消防車を直列に繋いで物揚場から直接入れられるようにしたわけですよね、水を？　それだったら、むしろ逆洗弁ピットの掃除だとか、道路の掃除なんかをやるよりも、一号機と三号機も同じようなやり方ができないのかという問い合わせが保安院からきてるんですけども」

「うん。富士さん、聞こえるかい？」

本店に戻った菅原副社長も呼びかける。「聞こえるかい？　おーい」

「き、聞こえますけどね、ちょっと今、あの、今のポイント、ちょっと今、質問に答える余力、よりょ、余裕はないんですけどね」

富士は燃料切れ対策以外にも、複数の別の指示を出すのに忙しくて手が離せない。

「余裕がない？　ななな、何で？」

富士の動揺が菅原に伝染した。

「ちょっとあの、あの、菅原さん……」

富士は何とか答えようとする。

「菅原さーん、こっちでお答えしまーす」

　第一復旧班長の八木英司が割って入った。「先ほどの爆発で、ポンプが三台壊れたんで、使えるポンプと新しく入れたポンプを分けて、注水ラインをシンプルにしました。二号機には、物揚場から二台のポンプをとおして、一台は二号機に直接、もう一台はリバーシングバルブ（逆洗弁）ピットに注水します。一号機のほうは、三台ポンプを使っていたのが爆発で二台ぶっ壊れてしまったので、二号機同様、物揚場から直接入れるようにラインを引き直しました。そもそも一号機は物揚場から近いですし」

「ちょっと待って、ちょっと待って。そうすると、一号機はポンプ一台で物揚場から入れようとしているのだな？」

　菅原は先ほどヘリコプターでオフサイトセンターから本店に移動したので、その間の状況がまだ摑めていない。

「今、そういうふうに敷設してます」

「オーケー。二号機は二台？」

「二号機は、ポンプ（消防車）をシリーズ（直列）にして、二つめのポンプのラインをブランチ（分岐）して、二号機とリバーシングバルブピットに送水します」

「分かった、分かった。そうすると三号機はないんだな、水が？」

「三号機は、四号機の放水口から海水を入れる予定だったんですが、爆発で駄目んなって、二号機のラインと、それから濾過水タンクから入れようとしているところです」

「そういう意味では、重機を持って行って、逆洗ピットや道路を清掃するというより、むしろ今いった方向に変えるということですね？」

オフサイトセンターの担当者が確認する。

「そうです。そういうことです」

「分かった、分かった」

菅原がいった。「やろうとしていることは分かったので、そうするとさ、ポンプがぶっ壊れて、ポンプが足んねえんだろ？」

「ええ、こわ、壊れたといえば壊れてるんで、余裕があれば欲しいです」

富士がいつもの鼻にかかった大きな声で答えた。

「余裕があれば欲しいよな。ポンプは消防自動車でいいのか？」

「それがいいです」

奥一の現場では、消防車はいくら台数があってもいいと考えていた。

「分かった。それじゃ、大容量の消防自動車かき集めて持ってけばいいんだな？」

「あの、あまりでかいポンプじゃなくて、ほどほどのサイズので」

「すいません、技術班ですけども、えーっと、二号機の状態ですが、十八時二十二分ぐらいに燃料がすべて剝き出しになってるんじゃないかと想定しています」

富士が腕時計に視線を落とすと、ちょうど一時間前のことだ。

「そうしますと、そこから約二時間で燃料が完全に溶融し、さらに二時間でRPV（reactor pressure vessel ＝原子炉圧力容器）が損傷ということで、二十二時すぎぐらいには、RPVが抜ける（穴が開く）可能性があるというような危機的状況です」

社長の指示でSR弁を開けたが、富士たちが危惧したとおりあまり水が入らず、注水も停止したため原子炉内の水位だけが下がるという最悪の事態になった。

「入ってないわけ、要は？」

「かもしんない」

テレビ会議システムに奥一の社員二人が囁きを交わす声が低く入る。

「入ってない。入ってないし、ベントも効いてないし」

「駄目じゃん」

「最後、最後、これかい。最後、これかい」

（これは、本当に死ぬかもしれないな……）

富士の全身にじっとりと汗が噴き出る。

「もしもし、本店、聞こえます？」

大熊町のオフサイトセンターに移った野尻常務が呼んだ。

「はいはい」

本店の菅原副社長が答える。

「これ、国とか関係者に情報伝えておいたほうがいいと思います」

「うん、そうだね」

「それとあのー、退避基準というようなことを、そろそろ考えておかないといけないんじゃないでしょうか。中操なんかに居続けることができるかどうかとか、どっかで判断しないと」

各中操は原子炉建屋に隣接しているので爆発や放射線の直撃を受ける。一方、運転員が退避すると、弁の開閉作業や各種数値の読み取り作業ができなくなるので、退避には大きな決断を要する。

「分かった。それ、やろう」

菅原がいった。「今、緊対って、何人ぐらいいるんだっけ？」

「三百人くらいいます」

奥一の総務班長が答えた。「免震棟全体で社員が七百人、（下請け）企業さんの作業員が百五十人くらいです」

「SR弁は、また閉じちゃったんだよね？」

「SR弁のほうは、再度開ける手筈が整って、スタンバッてます。PCV（格納容器）ベントは、引き続き努力中です」

第一発電班長が答えた。

「んで、クリティカル（重大問題）になっているのは何なんだ？　エアかDC（直流電源）か？」

「エアはボンベに圧力があるのを確認しましたので、電気的なほうだと思っておりますので、DCのほうを一生懸命やっております」

「DCをやってるんだ。早く開けないとさ、格納容器の圧力が上がってきたときに、一号や三号と違って、どこがぶっ壊れるか分かんなくなるんだからさ。早くベントしないと、ヨウ素なんかが上から一杯出てきちゃうってことになるんだよ、これ」

「全力でやります、はい」

格納容器のベントラインのAO弁が、大弁も、バイパス用の小弁も開かず、中央操作室では、バッテリーの接続位置を変えたり、配線をし直したり、小弁に送り込む空気圧を変えたり、ありとあらゆる試みを続けていた。

「一号機と三号機は動きましたか、ポンプ？」

本店の大井フェローが訊いた。

「まだ動いてません」

「そうすると、三つ炉心溶融……」

大井が呻《うめ》き、緊急時対策室に重苦しい沈黙が広がった。

三つの原子炉が溶融し、格納容器が壊れて放射性物質が撒き散らされれば、他の原子炉や使用済み燃料プール、奥羽第二原発、さらには女川原発や茨城県の東海第二原発にも近づけなくなり、それらすべてが溶融し、東日本は死の土地と化す。

富士は円卓から立ち上がり、緊急時対策室の外の廊下に向った。

「皆さん、有難うございました」

黒いスウェットシャツ姿の富士は、廊下にいた下請け企業の作業員たちに頭を下げた。

「色々対策を練りましたが、状況はいい方向に向きません。皆さんが自らの判断でここを出て行くことを止《と》めません。準備ができましたら、入口のドアを開けさせます」

廊下にすわったり、壁によりかかったりしていた数十人は、その言葉にじっと耳を傾ける。

震災前、時間があるとふらりと下請け企業の事務所に現れ、お茶を飲んで世間話をしながら、下請けの仕事に細やかな気遣いをする富士に、作業員たちも親しみと敬意を感じていた。

「途中、道路が陥没しているところもありますので、十分気を付けて退避して下さい。……皆さん、本当に今まで有難うございました」

　富士は長身を折り曲げ、深々と頭を下げた。下請け企業の作業員たちは、その姿を無言で見詰めたり、目礼したりする。

　下請け企業の人々が帰り始めるのを視界の隅で捉えながら、富士は、総務班副班長の女性社員を呼んだ。

「今後、状況次第で、社員が退避する可能性があるから、運転と補修に関係のない社員の人数を確認して、バスの台数と燃料、それからバスを運転できる大型免許を持ってる社員が何人いるか調べてくれるか」

　免震重要棟の社員たちの中には、復旧に関するスキルがなく、ただ取り残されて、床や会議室に小さな空きスペースを必死で探し、疲れ切ってうずくまっているだけの者たちも大勢いた。

「分かりました。ただちに確認します」

　事故発生以来、免震重要棟で働いている五十代の女性社員は化粧がすっかり落ち、汗と埃にまみれて、畑仕事から帰って来た農家の女性のようだった。

「そんで、何かあったらすぐ出発できるよう、バスを表にスタンバイさせといて」

同じ頃、古閑年春は永田町の首相官邸五階の一室で「もう打つ手がない……」とうな垂れ、首相補佐官から「あなたは官邸における首都電力の代表者でしょう？　うな垂れていないで、何か考えて下さい」と叱咤されても、ぐったりとして何の反応も示さなかった。

午後十一時三十六分、テレビ会議システムで、本店に詰めている顧問が吼えるように声を荒らげた。

「おい、富士ぃ、ドライウェルベントできるんだったらさあ、もうすぐやれ、早くっ！」

富士より十歳年上の東大工学部卒で、奥羽第二原発所長の経験もある元副社長だ。富士が電事連に出向していたときは直属の上司である原子力部長だった。

「もう余計なこと考えるな！　こっちで全部責任取るから」

不機嫌さも露わにいい放つ。

(何で今頃顧問が出てくるわけ？　菅原さんと野尻さんと大井さんくらいで十分なのに……)

富士は心の中でぼやく。

「二号機、ドライウェル圧力七四〇キロパスカルです」

技術班員の声が響いた。

二号機は、いったんSR弁が二個開き、午後八時少し前から海水が炉に入り始め、一時ダウンスケール（計測下限以下）状態だった原子炉の水位は、午後九時半頃に、TAFマイナス三〇〇〇ミリメートルまで回復した。それでも燃料棒の大半は剝き出したままだ。消防車の水圧が弱いため、富士は二号機とほぼ同じ頃にラインが出来上って再開した三号機への注水を停止し、二号機だけに絞った。二号機と三号機は物揚場からの給水ラインが途中で分岐して注水しているので、三号機へのラインを閉じれば、二号機への注水が加圧される。しかし、再びSR弁が閉じてしまい、水位がまたダウンスケールした上、ドライウェル圧力が設計圧の一・五倍以上になった。

ここに至って、首都電力は格納容器を守るため、それまで躊躇してきたドライウェルベントも巳《や》むなしとの結論に至った。

「ドライウェルの小弁開けるっていうのは、それは格納容器の中のあれは、モノ（放射性廃棄物）は出ちゃうんですよ」

オフサイトセンターの野尻常務がいった。

「生《なま》蒸気が出ていきますからね」

奥一の技術班長がいった。

「だけど、開けなきゃ（格納容器が）過圧しちゃうんだから、開けるっきゃないんだよ」

本店の菅原副社長がいった。

「そう、もうこれもう、（格納容器が）ブレイク（破損）するのを、あとのこと考えないで、もうやるしかないですよ」

富士の言葉が焦りで乱れる。

「いや、開けるんだけど、風向きだけは見とかないと」

野尻がいった。放射性物質が海側に飛んでいくようにしたいのは全員共通の思いだ。

「風向きは、奥二のスタック（排気筒）のところで北風です」

本店の担当者がいった。「真南のほうに、奥二のほうに吹いていています」

それを聞いて富士たちは顔を顰《しか》めた。

奥一の南には大熊町、富岡町、楢葉町、広野町、そして人口約三十四万人のいわき市がある。

「べ、ベント、ベントって、どこの何をベントしたらいいの？」

奥一の担当者同士が話し合っている声がテレビ会議上で流れる。

「ドライウェルの小弁、小弁。ドライウェルベントの大っきいほうじゃないやつでしょ」

富士がアドバイスする。

「小弁でもいいよ。できるんだったら、すぐやってよ」

　本店の顧問は相変わらず不機嫌そうな声。「こっちは、だって、それやれっていったんだけど、現場からできないっていってきたんだから、この二、三時間」

「いや、それは違うバルブの話です」

　菅原副社長がいった。

　顧問がこの二、三時間開くのを待っていたのはウェットウェルベント・ラインのＡＯ弁の小弁で、今開けようとしているのはドライウェルベント・ラインのＡＯ弁の小弁である。

「違うんです。それまた別の」

　富士もいった。

「小弁ならできるの？」

「はい」

「ともかくドライウェルの……」

　と菅原。

「とにかく小弁でもいいから、早く開《ひら》け」

　顧問が太い声で念を押す。

「あれ小弁だけで、もう一弁は開いてんのかい？　ダブルで付いてるよなあ」

本店の大井が道でも尋ねるような調子で訊くので、富士はがくっときそうになる。

「あのう富士さん、ドライウェルぶっ壊したらまずいからさあ、早くドライウェルベントの小弁だけでも開けてくれよお」

歯の抜けたような声は、別の七十歳近い顧問であった。

首都電力退職後、青森県六ヶ所村の日本原燃の役員などを務めた、やや破天荒な性格の人物で、緻密さはともかく、エネルギーだけはあり、昭和六十四年正月の奥一・六号機の再循環ポンプの事故のときは本店で事態収拾に当った。

「はいはい、指示してます」

(誰や、こんな爺さん呼んだの?)

「小弁開いても、もう一弁あるからさあ、そっちは開《あ》いてるのかい?」

大井フェローが再び訊く。

「もう色々訊かないで下さい!」

さすがの富士もブチ切れた。

「ドライウェルベント、今開ける操作してますから、ディスターブしないで下さい!」

「まず小弁からいって、小弁駄目だったら、大弁いってみます」

復旧班の担当者がいった。

「小弁やれ、まず、早く」

　富士が叱咤する。
・約三十分後、日付が三月十五日に変わって間もなく、復旧班が二号機のドライウェルベント・ラインのＡＯ弁の小弁を開け、あとはラプチャーディスクが割れるだけになったと報告し、大熊町のオフサイトセンターにいる野尻らが一斉にガスマスクを装着した。しかし、数分後に、ＡＯ弁は再び閉じてしまった。
　その後もベントは成功せず、ドライウェル圧力は七四〇キロパスカルのまま、刻々と時間だけが過ぎていった。


　午前五時四十分頃、奥羽第一原発の緊急時対策本部の社員たちは、テレビ会議スクリーンの映像を見て、啞然となった。

「……撤退したら、首都電力は一〇〇パーセント潰れる！　逃げてみたって、逃げ切れないぞ！」

　本店二階の事故対策本部に乗り込んで来た青い防災服姿の首相が仁王立ちになり、両手を振り回しながら吼えるように演説をしていた。

　向き合ったテーブルに、首都電力の会長、社長、役員らが雁首揃えてすわっていた。

「今、二号機を放棄すれば、奥羽第二やそれ以外の原発にも連鎖して、チェルノブイリの二倍から三倍のものが、十基、二十基と出てくる！」

（はあ〜？　誰が放棄するなんていったんだ？）

分割された画面の一つの大熊町のオフサイトセンターでは、白い防護服姿の野尻が椅子にすわり、憮然とした顔つきで画面を見詰めていた。

「これ、どうなってんだ？」

富士が隣りの副本部長（平常時はユニット所長）の一人に訊いた。

「いやあ、何なんですかねえ？　場合によっては必要最少人数を残して一時退避っていう話が、どっかでねじ曲がって、全面退避って伝わっちゃったんですかねえ？」

「何やってんだ、まったく」

富士はうんざりした顔。

「社長も官邸も現場の状況を把握してないから、こんな馬鹿と阿呆の絡み合いみたいなことになるんだ。……ったく、この忙しいときに！」

一方、画面の中の首相のボルテージはますます上がる。

「このままでは、日本は滅亡だ。撤退などあり得ない。六十歳以上の幹部連中は現地に行って死んだっていいんだ！　俺も行く！　会長も社長も覚悟を決めてやれ！」

先ほどまで復旧作業の話し合いや、各種指標の読み上げ、本店との打ち合わせなどで騒々しかった奥一の緊急時対策室は静まり返り、社員たちは「何いってんだ、こいつ」、「誰が逃げたんだよ」、「こっちは、マジで命かけてんだぞ」とつぶやきながら、画面を睨み付けていた。

「……俺はこんな大人数で話をするために来たんじゃない！　大事なことは五、六人で決めるもんだ。すぐに場所を変えろ！」

十分ほど喚《わめ》き散らし、首相はようやくテレビ会議の画面から消えた。

それから十五分ほどが経った午前六時すぎ、奥一技術班の担当者の声が室内に響いた。

「二号機、サプチャン圧力、ゼロになりました！」

「ええっ⁉」

富士ら円卓の幹部たちが愕然となる。

三〇〇キロパスカル前後で推移していた圧力抑制室の圧力がゼロになったというのだ。

（ゼロって真空だろ。そんなのあり得ないから、要はダウンスケールしたってことか？）

「ドライウェルは？」

「ドライウェル圧は七三〇キロ（パスカル）です」

「八木ちゃん、これどう思う？」

富士がマイクで訊いた。

「ドライウェル圧が残ってて、サプチャン圧がゼロって、普通考えられないですよ」

頰や顎に無精ひげが伸びた八木がいった。地震発生から三日と三分の二日が過ぎた。

「こういうときは保守的に考えるべきだと思いますが、そうすると、ドライウェル圧が間違ってて、サプチャン圧がゼロで、要は、ＰＣＶ（格納容器）に穴が開いたってことでしょう」

富士が険しい表情でうなずく。恐れていた事態がとうとう起きた。

そのとき、緊急時対策室が強い縦揺れに見舞われた。

「何だ、これ⁉」

「地震じゃないぞ、これ！」

全員が顔を引きつらせる。

中央操作室との直通電話が鳴った。

「本部長、三、四号機の中操で、爆発音を聞いたそうです」

受話器を握りしめたまま、第一発電班長がいった。

「爆発音⁉」

「はい。中操の外から、ぼんという音だそうです」

「これはやっぱり……二号機が爆発したな」

その言葉に八木がうなずいた。

富士は青ざめた顔でテレビ会議システムのほうを向く。

「本店さん、本店さん。今、二号機のサプチャンの圧力がゼロになって、直後に、爆発音と揺れがありました」

「本当⁉　それ、格納容器が壊れたってことじゃないか⁉」

菅原副社長の声が緊迫する。

「その可能性が高いと思います」

「ちょっと、これ、退避したほうがいいな」

紳士の菅原が珍しく舌打ちした。

「最低限の人員を残して退避します」

富士が宣言し、緊急時対策室の人の動きが慌ただしくなる。

テレビ会議のスクリーンの中では、本店の担当者たちが「ＮＩＳＡ（原子力安全・保安院）に連絡、連絡」、「誰が残るの、誰が？」と、慌てている。

「当面作業に必要のない人員は退避。残る人間は、班長が指名すること」

富士が指示を飛ばす。

「オフサイトセンターさん、聞こえますか?」

菅原副社長が呼びかけた。

「はい、聞こえます」

ガスマスクを手にした野尻常務が答える。

「そっちも退避したほうがいいと思うんだけど」

二号機から放射性物質が撒き散らされれば、五キロ離れたオフサイトセンターも無事では済まない。

「はい。予定どおり、県庁内に退避します」

福島県庁は奥羽第一原発から六〇キロメートル離れており、オフサイトセンターは庁舎五階に移転する手はずになっている。

第十三章　ノブレス・オブリージュ

1

奥羽第一原発の緊急時対策本部で、職員たちの退避が始まった三月十五日の早朝、長野真は新木場の東京ヘリポートにいた。江東区から東京湾に張り出した埋立地にある約一五万平方メートルの都営空港で、警視庁、東京消防庁、報道機関、民間各社などが使用している。

夜がようやく明けたところで、矩形の敷地の北側と西側に立ち並ぶ朱と白の縞模様の照明塔がオレンジ色の光を投げかけ、ヘリポートや格納庫に七、八機のヘリコプターが駐機されていた。

「……どうも揉めてるみたいだなあ」

ジャンパー姿で機内の座席についた二神照夫がいった。

「そうですねえ。パイロットは飛ぶ気があっても、会社のほうがストップをかけてるみたいですねえ」

強化ガラスの先の建物に視線を向けて長野がいった。

「二号機の状態が、かなり悪いらしいね」

長野の隣りにすわった、五十代後半のベテラン原発運転員がいった。富士とは付き合いの長い福島県の工業高校出の運転員で、富士が奥一の第一発電部長時代には一・二号機の副長として仕えた。

朝刊は各紙とも奥羽第一原発の危機を大きく報じ、「二号機炉心溶融」、「高濃度放射能放出」、「異常事態ドミノ」といった白抜きの大きな見出しが強い危機感を煽っていた。

三人は会社に指名され、ヘリで奥羽第一原発に向うところだった。

二神は、地元との人脈を買われ広報の要として、ベテラン運転員は、疲れが出てきた八木ら復旧班幹部のサポート役として指名された。

「せっかく早起きして来たのになあ」

二神が二重瞼の目を眠そうにしばたたかせる。

ヘリコプターは、首都電力が送電線の点検や資材輸送のために中部電力と共同出資で作った会社の所有機で、十五人乗りの大型である。

三人の後ろには、医師が一人と女性看護師三人が搭乗していた。新宿区信濃町にある首都電病院の職員で、怪我人や病人が収容されているJヴィレッジまで行く。

看護師たちは相当不安を抱いている様子で、表情は一様に暗い。

二十分ほど経ったとき、ヘリコプター会社の事務所から、青い制服姿の操縦士が風の中を足早に戻って来た。筋肉質な身体つきで、年齢は五十歳くらいである。

「いったん柏崎越後原発に行くことになりました」

操縦席横の乗降口から機内に入って来た操縦士がいった。

「柏崎に？」

「福島の現地は放射線量が高くて、C服を着ないと危険なんですが、奥一にも奥二にもC服がないんで、柏崎まで取りに行きます」

放射線管理区域はA、B、Cの三種類に分けられ、C服は最も汚染度の高い場所で着る。輸送がままならないため、奥一では人も物も極度に不足している。

「それじゃ、シートベルトの装着をお願いします」

操縦士の言葉に、長野らはシートベルトを締め、頭にヘッドセット（ヘッドフォーン型の騒音避け）を装着する。

操縦士がヘッドセットに付いたリップマイクで管制塔と交信しながら、計器盤のつまみをひねったり、スイッチを入れたりする。ウィーンと音を立ててプロペラが回転を始め、回転速度が上がって、激しく風を切る音に変わったところで、機はふわりと宙に浮き上がった。

オレンジ色のヘリコプターは徐々に地上を離れ、ヘリポート上空で機体を傾け、北西に進路を変える。青い東京湾は風で波立ち、豊洲や月島のマンション、公園、石油タンクなどが視界の中に現れては素早く消える。

街はようやく目覚める時刻だったが、ＪＲや地下鉄駅の入口付近には相変わらず長蛇の列ができていた。進行方向の右手彼方に、完成まであと九メートルの東京スカイツリーが周囲を圧するように聳えている。東京の街は、二、三階建ての民家を敷き詰めた大海原のようで、一度戦災で完全な焼野原になったことが実感される。あちらこちらに天を衝くように聳えるビル群の形で、あそこは大手町近辺、その先が飯田橋、やや左手は六本木ヒルズ周辺、左手彼方は新宿副都心という具合に分かる。

（富士さんは……）

眼下に広がる薄青色の東京の街を見下ろしながら、長野は思った。

（彼は今、生と死の瀬戸際にいる。数時間後には、自分も……）

ふと「ノブレス・オブリージュ（位高ければ、務め重し）」という言葉が思い浮かんだ。

入社間もない頃、若い運転員が入れたミルクの量が違うといって、当直長がコーヒーを床にぶちまけたとき、先輩が小声で、「ああいうことをしていても、いざというとき、当直長は真っ先に現場に飛び込んで行くんだ」といって、教えてくれた言葉だった。

ヘリコプターは高度約六〇〇メートルの上空から、皇居内宮殿の青銅色の屋根や、日本武道館の八角形の屋根、朝日を反射して輝くお濠などを左手に見下ろし、飛行を続けた。皇居の真上の飛行は特に禁止されてはいないが、どのパイロットも皇室に対する敬意から迂回する。

間もなく後楽園の白いビッグエッグ（東京ドーム）の上空を通過し、北へ向かって飛び続ける。

（今、山手線を越えたところか……）

眼下のビルの屋上に「大塚ろう学校」という緑地に黄色い大きな文字が見えた。右手の方角には太い荒川がヘリコプターと並行するように延び、東の地平線は灰色に霞んで、陸と空の区別がつかない。その彼方には黒々とした関東山地の山々が雲の上に浮かんでいた。

同じ頃——

奥羽第一原発免震重要棟の緊急時対策室の円卓で、富士祥夫が第一復旧班長の八木英司から報告を受けていた。

「……電気関係は二十五人か。やっぱり電気は多くなるんやな」

奥一に残る社員の名簿に視線を落として、富士がいった。

「電気は復旧の要ですからね」

富士同様、ほとんど寝ていない八木の両目の下には黒々とした隈ができ、無精ひげが伸びていた。

「この分でいくと、残るのは七十人てとこか」

室内では、あちらこちらで別れの言葉が交わされていた。生き延びる者たちと死ぬかもしれない者たちの、今生の別れである。「おふくろさんを悲しませるな」と退避を命じられる若手社員、「俺たちは地元の人たちに対する責任がある。頼む。残ってくれ」と説得される中堅社員、「必ず生きて再会しよう」と固く手を握り合う親友同士、「一緒に退避しましょう」という部下の言葉に、迷いながらも首を横に振る上司……。

「それじゃ、出発して下さい」

免震重要棟の外で、防護服姿の総務班副班長の女性社員がハンドルを握った男性社員に声をかけ、バスが出て行ったのを見届けると、自分が乗る乗用車へと向う。

社員たちを乗せたバスは、底冷えのする朝の寒気の中、一台、一台、敷地南西端にある正門を目指して出発する。百台近い自家用車も社員たちを乗せて出発して行く。

車の中から社員たちは、排気筒や建屋群を眺める。三つの原子炉建屋の最上階部分が骨組みだけの無残な姿を晒《さら》し、損傷が特にひどい三号機は、最上階の骨組みが叩き潰されたようで、下のほうの階は壁が吹き飛び、怖気《おぞけ》すらもよおさせる。見詰める社員たちの中には、しきりに涙を拭っている者もいた。

「あれっ？」

バスの窓から後方を振り返り、原子炉建屋のほうを眺めていた社員の一人が声を上げた。

「四号機って、爆発したんだっけ？」

「四号機？　違うだろ。二号機だろ」

隣りの席の社員がいった。

「定期検査中の四号機が爆発するわけないじゃんか」

「だよなあ……」

社員は不思議そうに首をかしげる。

「でもあれ見ろよ。二号機は無傷で、四号機の上のほうがぶっ飛んでるぜ」

「ええっ、そんな馬鹿な！」

隣りの席の社員が、一番南側に位置する四号機を見ると、確かに建屋上部の壁の大半が吹っ飛んで廃墟のようになっていた。一つ置いた隣りの二号機のほうは無傷で、建屋の壁の薄い青色に白い斑点模様もきれいに保たれている。

やがて五台のバスと乗用車による退避は滞《とどこお》りなく完了した。使われなかった一台のバスと会社所有のマイクロバスは免震重要棟前に最後の脱出手段として残され、キーは富士に渡された。

先ほどまで人で溢れ返っていた緊急時対策本部はがらんとなり、総務班、医療班、広報班などで働いていた女性社員たちも全員が退避した。

「みんな行っちゃったなあ」

円卓中央の席で室内を見回す富士の顔には、穏やかな微笑が浮かび、清々《すがすが》しささえ漂っていた。

しかし内心は、頼りとする技術者たちの多くが姿を消したので、心細かった。

「なんか腹減りましたね」

八木英司が笑った。

「おお、腹減ったなあ。なんか食おうよ」

それまで食事は一日にクラッカーの小袋一つ、少量の缶詰の牛肉や菓子パン、水一リットルだった。

男たちは、部屋のあちらこちらから菓子や、牛肉やフルーツの缶詰を探し出してきて食べ始めた。

（八木ちゃん……、最後はお前と二人だな）

富士は、煎餅《せんべい》の袋を開けて屈託なく笑いながら口に運ぶ八木の姿をじっと眺める。最後の最後は、残った約七十人も生きて帰し、気心の知れた八木と二人で死のうと考えていた。

「ちょっとすいませーん」

部屋の入り口で、原子炉に注水を続けている消防車に燃料を入れて戻って来た復旧班員が叫んだ。

注水を継続するには、定期的に消防車に軽油を補給する必要があり、交替で現場に行っていた。

「今見て来たんですけど、二号機は無傷で、爆発したのは四号機のようです」

「ええっ⁉　嘘だろ⁉」

「何で四号機が爆発するんだ⁉」

一同は狐につままれたような気分で、首をかしげた。

その後は、次から次へと悪い報せがもたらされた。前日の三号機の爆発の風圧で外れたと思われる二号機のブローアウトパネルの開口部から白煙が出ているのが目撃され、正門付近では、毎時一万一九三〇マイクロシーベルト（一一・九三ミリシーベルト）という事故発生後最高値の放射線量が検出された。

「四号機で火災が発生してます！」

午前九時半すぎ、現場から息せき切って戻って来た復旧班員が叫んだ。

「えっ、火災⁉」

一同が愕然とする。

「リアクタービル（原子炉建屋）の四階部分から、炎と煙が噴き出してます！」

「ぐ、ううっ……」

富士の喉から断末魔のようなうめき声が漏れる。

もはや消火活動に回せる人員も消防車もなく、現場の線量が高いので、本店や自衛隊の応援も期待できない。火の手が一つ上の階の燃料プールに達すれば、プールが焼け落ち、放射性物質が撒き散らされる。原子炉であれば圧力容器や格納容器が一応の壁になるが、密閉構造がない燃料プールは、ブレーキがまったくかからない。

（いよいよ、もう駄目か……）

死を覚悟した富士の脳裏を、年老いた父母の顔と、懐かしいふる里の空堀商店街や松屋町筋の風景がよぎった。

その頃——

　長野や二神を乗せたオレンジ色のヘリコプターは、群馬県前橋市に差しかかろうとしていた。

　右手前方二時の方角に、白いのこぎりのような赤城山（標高一八二八メートル）が姿を現わし、騒音避けのヘッドセットに内蔵されたスピーカーからは、航空自衛隊と交信している地元の警察の女性無線通信士の声が聞こえていた。

　間もなく、真正面に二〇〇〇メートル級の尖った純白の峰々が姿を現わした。群馬県と新潟県の県境に横たわる越後山脈だ。尾根伝いに、柏崎越後原発の電力を首都圏に送る送電系統の幹線を支える高圧鉄塔が新潟県の方角から点々と続いていた。

　ヘリコプターは低空の雲の下をかいくぐるように飛び、白い山肌がすぐ真下に迫ってくる。高圧鉄塔以外に見えるものは雪の斜面だけという一面の銀世界だ。

「こちらイーストジャパン・オーロラ」

　操縦士がヘリコプター会社の本社と交信を始め、ヘッドセットをつうじて長野らにも会話が聞こえる。イーストジャパン（東日本ヘリコプター）は社名で、オーロラは機の名前である。

「みなかみオペレーション、ノーマルです」

　ヘリは群馬県北部のみなかみ町上空を通過した。

「はい、了解」

新木場にある本社の運行管理担当者が答えた。

「あ、あれ、苗場のスキー場だな」

二神が右手の眼下を指差した。

筍山《たけのこやま》（一七八九メートル）、天丸木山《てんまるきやま》、向山《むこうやま》に挟まれた白い谷底に、ウエハースを横に並べたような苗場プリンスホテル、三十階建の高層マンション、急斜面のスキー場など、特徴のある風景が見えた。未曽有の震災時にもかかわらず、ゲレンデにはスキーを楽しんでいる人々がいた。

「なんか、ガスが出てきてますね」

長野が機の前方に視線を向ける。

一帯に濃霧が立ち込め、山々が煙幕を張られたように霞んできていた。

「あのー、今、苗場のスキー場の上空まで来たんですが、かなりガスが出てきてまして……」

操縦士が、ヘッドセットのリップマイクで会社と再び交信を始める。

「……ええ、そうです。これ以上進むのは、ちょっと」

機は速度を落とし、空中で待機状態《ホバリング》になる。

「……了解しました。では、沼田に向います」

それを聞いて、長野らは互いの顔を見合わせた。

機は空中で機体を斜めに倒し、山肌の雪に手で触れられそうなほど接近して素早く方向転換した。

その後、いったん高度を落とし、山の斜面を這い上《のぼ》るように高度を上げていく。眼下の間近に険しい雪山が迫り、それをふわりふわりと飛び越えて行くのは、孫悟空になって空を飛んでいるようだった。

間もなくヘリコプターは、二〇キロメートルほど離れた群馬県沼田市街の東のはずれにある専用ヘリポートの上空に来ると、旋回しながら高度を落とし、最後は地表を這うように位置を調節して、静かに着陸した。

ヘリポートは、国道一二〇号沿いの叢《くさむら》の中の、東西五〇メートル・南北三〇メートルほどの簡素な施設で、鉄パイプの柵で仕切られた一角に燃料のドラム缶が十個ほど置かれていた。付近はリンゴ園や畑である。首都電力がここにヘリポートを持っている理由の一つは、水力発電所を建設するために尾瀬地域の群馬県側の土地を取得したが、反対運動でとん挫し、その後、社会貢献の一環として自然保護活動や山小屋の経営を行うようになり、その活動にヘリを使用するためだ。

一行は機から降り、平屋の無人の事務所に向った。

「……二号機の格納容器に穴が開いた可能性があるらしくて、奥一では、必要最小限の人員を残して全員退避したそうです」

本店の事故対策本部と携帯電話で話し終えて、長野真がいった。

「格納容器に穴⁉」

二神とベテラン運転員は、愕然となる。

「ただ、四号機が爆発したっていう話もあって、情報収集をしながら、原因究明中だそうです」

「四号機が⁉　しかし、あれは検査で停止中だったんだろ？　そんなことあるのかなあ……？」

ベテラン運転員が首をかしげる。

結局、長野らは、いったん東京に引き返すことになった。

「ああ、よかった！　わたしたち、進んで福島に行くわけじゃなかったので」

ずっと暗い表情だった看護師の一人が、ほっとした顔になった。

一行は事務所を出て、ヘリコプターに戻る。

谷を隔てた先の赤城連峰には白い霧がかかり、麓《ふもと》の森林地帯しか見えない。

「なかなか最後のご奉公をさせてもらえないもんだな」

　ヘリコプターに向って歩きながら、二神が独りごちるようにいった。

「最後のご奉公って……」

　まだ死ぬと決まったわけじゃないでしょう、と長野はいいかける。

「俺は六月末で退職するんだ」

　心中を見透かしたように、二神がいった。

「え、そうなんですか？」

「昭和五十四年入社組は、役員でもない限り、外に出される歳だし、田舎の両親もだいぶ弱ってきてるんでなあ。種子島に戻って、半農半漁の暮らしをするのも悪くないと思って決めたよ」

　二神の言葉に長野はうなずく。

「まあ、今回の事故で、政官と電力会社の関係も変わるだろうから、俺みたいな人間はもう要らないだろ」

　同じ頃——
　富士祥夫は、奥一の緊急時対策室の円卓で思案に暮れていた。

「ドライウェル圧力が一五五キロ（パスカル）ねえ。……なんで下がったんだろうなあ？」

プラスチックボトルのミネラルウォーターをラッパ飲みし、手元のメモを見詰める。

前夜からずっと七〇〇キロパスカル台前半を維持していた二号機のドライウェル圧力が急激に低下したのだった。

「サプチャンに穴が開いて、そっから圧力が抜けたんなら、外の放射線量が上がらないとおかしいですからねえ」

円卓に腰かけた八木英司が、煎餅を齧りながら首をかしげる。

午前九時頃に毎時一万一九三〇マイクロシーベルトを観測した敷地内の放射線量は徐々に下がってきていた。

「そもそもサプチャンの圧力がゼロっていうのが怪しいよな」

「メーターが壊れて、針がスタックして（引っかかって）いる状態かもしれませんね」

「水は入ってんだろ？」

「入ってます。消防車の流量計とホースの脈動の両方で確認してますから」

富士がうなずく。

「すいませーん、今見て来たんですけど、四号機のリアクタービルの火災が消えてまーす」

外から帰って来た白い防護服姿の社員が叫んだ。

「えっ、ほんと⁉」

「なんか、自然鎮火したみたいです」

「ほんとかよー！」

一同の顔が喜びで輝く。火災で燃料プールが焼け落ちれば、放射能で全員が死ぬところだった。

「ただ、このままじゃ現状維持が精いっぱいで、じり貧ですよ」

第二復旧班長がいった。

喫緊の課題は、一〜三号機への注水のほか、電源の復旧と六つの燃料プールに対策を打つことだ。

「この陣容じゃ、作業をやろうとしても、すぐ線量がパンクしますからね」

八木英司がいった。

「そうやなあ。……状況もちょっと安定してきたみたいだから、少し呼び戻すか」

富士は目の前のＰＨＳを取り上げ、奥羽第二原発に退避した総務班副班長の女性社員に電話をかけ、グループマネージャーから帰って来るよう指示を出した。

いったん新木場の東京ヘリポートに戻ったヘリコプターは、午後の早い時刻に、茨城県日立市に向って飛び立った。

浦安市から房総半島南部にかけて広がる京葉工業地帯では、地震発生約三十分後にLPGタンクが倒壊して火災と爆発が起きたコスモ石油千葉製油所（千葉県市原市）から依然として黒煙が噴き上げられており、ヘリは黒い煙の上を突っ切った。

間もなく、ヘリコプターの正面左手に、霞ヶ浦の大きな茶色がかった湖面が現れた。そばにバブル時代に造られたゴルフ場がいくつもある。右手は鹿島臨海工業地帯で、住友金属（現・新日鉄住金）の溶鉱炉、白い石油タンク、紅白の縞模様の煙突、工場群などが広大な埋め立て地に展開し、航空障害灯がチカッチカッと規則正しく白い光を放っていた。

ヘリが高度約三〇〇メートルで鹿島灘沿いに北上を始めると、碇《いかり》形の堤防が約一キロメートル間隔で続く海岸に、白い浪が打ち寄せ、流されてきた瓦礫を翻弄していた。

長野真は、機内から地上を見下ろして慄然となった。

「これは、恐るべき事態ですね……」

海岸沿いの陸地は、津波が運んで来た海水に浸《ひた》され、黒々と光っていた。陸と海の境目がどこなのか、もはや分からない。延々と続く瓦礫と泥水の中には、流された瓦屋根の家々の二階部分も見える。水が引いた場所は、見るも無残に瓦礫やゴミで覆われ、漁船が腹を見せて転がっていた。家があったはずの場所は、まるで巨大なローラーでもかけられたかのように、きれいさっぱりと原っぱになり、コンクリートの基礎だけが遺跡のように残っている。ところどころで火災の白い煙が立ち昇り、家族を捜したり、作業をしている人々が蟻のように蠢《うごめ》いていた。

一方、西の内陸方面はまったくの無傷で、海岸付近の光景が現実のものだと信じられない。

「まさに、東日本壊滅だな……」

二神とベテラン運転員も眼下の光景を見ながら、ごくりと唾を呑む。

後ろにすわった首都電病院の女性看護師たちは暗い表情に戻っていた。

やがてヘリコプターは日立市の北にあるヘリポートに到着した。日立市は、約十九万人（つくば市に次いで県内第三位）の人口を擁する日立製作所の企業城下町で、東は太平洋に面し、西には雪を頂いた阿武隈高地と八溝山地の山々が間近に迫っている。

一行はタクシーに分乗して、約五五キロメートル北の福島県いわき市に向った。

途中のガソリンスタンドには数百メートルの給油待ちの車列ができ、商店はすべて閉まっていた。道を自衛隊のトラックが走り、上空を傷病者を搬送する自衛隊のヘリが飛んでいた。

いわき市内は、人々が避難して、火が消えたように人気《ひとけ》がなく、歩道の敷石が波打って飛び出し、古い建物の外壁は剝がれ落ちていた。チェックインしたビジネスホテルでは、水がないのでトイレは一回分しか流せないと告げられ、夕方と夜に震度三くらいの地震があった。

翌朝（三月十六日水曜日）――

長野ら一行は白い防護服に着替えていわき市のホテルを出発し、奥羽第二原発のバスで約二五キロメートル北にあるJヴィレッジに向った。

奥一事故の対応拠点となったJヴィレッジでは、ホテル棟である「センターハウス」の周りに、自衛隊の輸送用車両や装甲車、消防車、首都電力や下請け企業のバスなどが待機し、ヘルメットに防護服姿の人々が行き交っていた。

「奥二行きのバスが出まーす」

「使用済みのマスクはこちらにお願いしまーす」

ギリシャ神殿のような円柱が立ち並ぶ広いロビーには、ミネラルウォーターなどの段ボール箱が積み上げられ、首都電力の社員、下請け企業の作業員、自衛隊員などでごった返していた。

作業員たちは白い防護服姿で、床に段ボールを敷いて休んだり、放心したような表情ですわり込んでいる。

「それじゃ、わたしたちはここで失礼しますので」

首都電病院の医師と看護師たちが、長野ら三人に別れを告げた。彼らはJヴィレッジに元々ある医療棟で、奥一や奥二から運ばれてくる怪我人や病人の看護に当る。

「これ、よかったら使って下さい」

医師がUSBメモリーより一回り大きい線量計を差し出した。

「有難うございます」

こんな小さいの役に立つのかなと思いながら、長野は受け取って首にかけた。それが貴重なものであると気付くのは、物資不足で線量計の数も足りない奥一で働き始めてからのことだ。

「二神さん、足首のところ、少し巻いたほうがいいかもしれません」

医師と看護師たちが立ち去ったあと、長野が二神の足元を見ていった。

三人は床の上にすわり込み、ガムテープで防護服の足首の周りを巻く。

高い天井の窓から朝日が差し込み、二〇キロメートル離れた場所で未曽有の事故が起きていることが信じられなかった。

「長野さん！　二神さん！」

人ごみの中から女性の声がした。

長野が振り返ると、白い防護服姿の奥二の看護師・小野優子が立っていた。化粧気はないが、相変わらず桔梗のように凜としていた。

「皆さん、どうしてここにいるんです？」

小野は不思議そうな顔をした。

「これから奥一に行くんです、三人で」

長野は立ち上がり、二神とベテラン運転員を目で示す。

「会社からのご指名なんだよ」

二神が二重瞼の目で苦笑いしてみせる。福島勤務が長いので、小野とは顔なじみである。

「そうなんですか……。気を付けて下さい。緊対で働くんですか？」

「そうなると思います」

「緊対自体も線量が高くなってるので注意して下さいね。床には寝たりしないほうがいいと思います。内部被曝するので」

「マスクや防護服はかなり不足してるんですか？」

長野らが与えられたのは、ヨウ素が除去できないダスト（埃《ほこり》用）・マスクだった。

「運ぶ手段も人もないので、あらゆる物資が不足してます。チャコール（活性炭入り）・マスクは、現場に突入する人だけが使ってます」

「プラントは小康状態らしいですね？」

長野は昨夜と今朝、ホテルで本店と電話で話した。

「そうです。昨日の朝、いったん奥二に退避した人たちも、大部分が戻りました」

「小野さんは、ここで何してんの？」

二神が訊いた。

「磐城共立病院に運ぶ怪我人を搬送して来たんです。奥一には、今、医療従事者がいないので、全部奥二で対応してるんです」

小野は震災発生以来、他の看護師たちと一緒に奥二に泊まり込んで働いていた。奥二の体育館が奥一の職員の収容施設になり、怪我人や体調不良の社員や作業員たちが続々と運び込まれ、寝る暇もない状態である。傷病者が担ぎ込まれると、まず衣服を脱がせて線量をチェックしなければならないが、防護服の上からガムテープで密封して汗まみれになった足がものすごい臭気を発するので閉口した。

長野ら三人はバスで奥二に立ち寄り、所長らに挨拶をしてから、奥一に向った。奥二には、震災時に東京などに出張していて、発電所に戻れなくなった奥一の運転員たちもいた。途中の道は陥没している箇所が多く、車の影はまばらだった。

奥一の正門では、黄色いヘルメット、マスク、白い防護服姿の警備員たちが警備に当っていた。

構内に入るとすぐ「さくら通り」で、道の両側の見事な桜並木がつぼみをつけていた。原爆で焦土となった広島の地にいち早く夾竹桃《きょうちくとう》が咲き、のちに広島市の花に指定されたが、人の世界の事故や悲劇とはかかわりなく、自然はその営みを続ける。

バスは「ふれあい交差点」を右折し、「大熊通り」に入って、免震重要棟に向った。

三人は、免震重要棟の玄関で線量チェックを受け、汚染されたマスクや手袋を脱ぎ、二重、三重のガラス扉で仕切られた放射線管理エリアを抜け、階段を上がった。

緊急時対策室に入ると、煌々とした白い蛍光灯の光の下で、大勢の社員が仕事をしていた。

「あ〜ら、長野さんじゃ、あーりませんか！」

長野の姿を見て、円卓の富士祥夫が笑った。

「また、富士さん、古いギャグを」

長野は苦笑する。

吉本新喜劇のチャーリー浜のギャグで、平成三年の新語・流行語大賞である。

（もっと雰囲気暗いと思ったんだが……）

社員たちは本店ビルの中にでもいるように、整斉粛々と仕事をしていた。

（しかし、富士さん、恐ろしく老けたな……）

富士の顔は、痩せて頬がこけ、黒ずんで張りを失った皮膚には皺が深く刻まれ、暗闇の中からぬっと現れた老人のように見えた。富士だけでなく、緊急時対策本部の誰もが玉手箱でも開けたかのようにげっそりと痩せ、疲弊していた。

「おお、二神ぃ、よく来てくれたなあ！　広報はお前が頼りだぞ」

富士と二神は固い握手を交わした。

奥一の広報班は、記者発表文の作成や、県、地元自治体、役所等への対応で手が一杯で、住民や避難生活者への説明やお詫びができておらず、首都電力が地元で非難を浴びていることを富士は気に病んでいた。


奥一では、この日の早朝に、四号機の原子炉建屋の四階部分から再び火が出たり、三号機の原子炉建屋から白煙が出て、現場の作業員が一時退避するなど、相変わらず不安定な状態が続いていた。しかし、一〜三号機への注水は何とか続いており、焦点は、燃料プールへの対応に移りつつあった。

午前中、テレビ会議で、対応策が話し合われた。

「……あのう、申し上げようと思ったのは、燃料が水の中に入ってる分には、冷たい水が入っても、ハレーション等で燃料がこけない、いや、えっと、欠けないと思うんですがあ、まーんがいち、燃料の頭が出てると、そこに冷たい水が来ると、当然、破裂する可能性があります」

本店の事故対策本部技術班の担当者が、燃料プールへの注水について説明していた。

「はい、はい」

面白くなさそうに相槌を打つ富士の声が会議システムに流れる。

「そうすると、FPガス（fission products gas＝核分裂生成ガス）が放出するリスクもゼロじゃないですので、連続監視して、でぇー、そういう徴候があったら、速やかに退避させるっていう、そういう態勢、準備も必要かと思います」

「そ、そうなんだけど、そういう手順書をさ、ちゃんと本店で作っといてほしいのよ！」

富士は、何でも現場任せにする本店の態度に不満がうっ積していた。

「はい、あのう、了解しました」

「ないの、そういうもの？　だって、そういうものなしにさあ、うーん、ただ水入れりゃいいって、思ってたのかよ⁉」

突っかかっていく富士の剣幕に、テレビ会議参加者たちは声もない。

「まわ、周りで見てんだぜ、我々！　それでまた爆発したら、お前、死んじゃうんだぜ！」

プールの水が蒸発してなくなり、燃料棒が溶けると水素が発生し、爆発する危険がある。

「やるけどさあ、これ、もう、やらないといけないこと分かるけどさ、だったら真剣に、そんなもん作っといてくれよ！」

　事故が発生して五日間が過ぎ、精神的にも肉体的にも限界ぎりぎりだった。

「本店でまあ、しっかり手順書を準備しましょう」

　本店の菅原副社長がなだめるように割って入った。

「で、あのう、全体として見ると、やはり燃料プールに水を入れていくということの価値が大変にあると。だから、水を入れることについて、リスクをしっかり管理できる手順を本店で考えると、いうことにしたいと思います」

　やり取りを、広報班長になった二神がじっと聞いていた。

「富士さん、聞こえますかー？　富士さん？」

　首相補佐官が呼びかけた。

　のちに原子力問題の特命担当大臣になる男前の民主党議員だ。前日に首相が首都電力に乗り込んで政府との対策統合本部を設置して以来、首都電力本店に詰めていた。

「はっ、はいっ、どうも」

　富士が慌てて返事をする。常に正論で闘うが、社会や組織の秩序には忠実である。

「あのう、これは政府のほうとしても、リスクはどれが高いのかっていうのを見た上で、下からのホースでやるのが最もリスクが少ないだろうって判断をして、やってもらってます」

「はい」

「ですから、このー、あのー、プロジェクトそのものについては、リスクはありますが、これ以上放置をすることは絶対にできませんので」

首相補佐官は念を押した。

その後、二神が関係機関への報告について話す。

「それじゃ、NISAと県のほうには、燃料プールへの注水は、地上からの放水と、自衛隊ヘリコプターによる空中からの放水の両方で準備を進めていること、それから、今朝の三号機のリアクタービル（原子炉建屋）の白い煙は、燃料プールの水が蒸発したものと考えられるということで報告します」

二神は、長年原子力に関わってきたので、議論はすんなり頭に入っていた。

一方、長野真は、出入口に近い復旧班電気グループのテーブルで、打ち合わせを始めていた。

「……メガリング（絶縁抵抗測定）したら、予備変MC（配電盤）から延びてる地中ケーブルに損傷があるのが分かりまして」

担当者の一人が説明をしていた。

奥羽第一原発内には予備変電所があり、そこまで外部電源はきている。

「瓦礫の撤去は、どんな進み具合？」

銀縁眼鏡をかけた長野が訊く。他の社員たちと違って、まだ顔も服装も汚れていない。
一、二号機のそばに仮設の配電盤を設置し、予備変電所から一・五キロメートルの電気ケーブルを引こうとしていたが、そのためには瓦礫の撤去が必要だ。
「今、栃本さんが中心でやってくれてて、ハザマも今日、到着予定なので、明日以降はかなり進むと思います」

多くの下請け企業が尻込みする中、栃本重機という地元企業の五十代の専務が放射線量の高さを物ともせずにショベルカーを駆使して、瓦礫の撤去や水の運搬に縦横無尽の活躍をしていた。また、現場から逃げないことを社是とする間組も、ショベルカーやトレーラーのベテラン操作員七人をこの日奥一に送り込み、瓦礫の撤去や道路の修復作業に当る予定だ。そのほか、日立GEニュークリア・エナジー、日立プラントテクノロジー、日本原子力防護システムといった協力企業の社員や作業員が事故後の早い段階から応援に駆け付けていた。

「予備変電所の遮断器が問題なんだよな？」

変電所には落雷や接触事故のとき送電線や発電機を保護するために、電流を止める遮断器が設置されている。これが今回の地震で故障し、開かなくなった。

「こっちのほうは、小型発電機でオイルポンプを起動して、開閉に必要な油圧を回復させる予定で作業してます」

「オッケー。そうすると、SFP（spent fuel pool＝使用済み燃料プール）の注水作業で一日か二日退避させられても、あと四日くらいで外部電源は復旧できそうだな」

長野は、奥二の建設の電気関係や奥一の第一発電部長を経験しているので、頭の中に発電所の電気系統が刷り込まれていて、理解は速い。

「それで、三、四号機は、明日から工務部がやってくれると」
三、四号機の電源回復は、移動用電源盤を三、四号機の超高圧開閉所のそばに設置して、大熊三号線に接続する計画だが、現場の線量が高くて協力企業もなかなかやってくれないので、明日から本店工務部が来て、首都電工業と一緒に作業に入る。
「ちょっと余震もありますので、時々作業が中断してますけど、まあ、あと五、六日でできるかなと」

担当者の言葉に長野がうなずく。

「それから、注水用のポンプなんですが、本店が、タービン建屋の地下にあるやつが使えないかって訊いてきてまして」

「タービン建屋の地下のポンプ？　そりゃ、無理だろう」

長野は驚いた表情。「だって、タービン建屋はみんな津波を被《かぶ》ってるし、地下には汚染水も流れ込んでるんだろ？」

　原子炉に注入した海水がどこかから漏れ、タービン建屋に流れ込んでいると本店で聞いていた。

「そうなんです。それでも本店は、現場に行って確認してくれっていってきてまして」

　電気グループの班員たちは困り果てた顔。

「だったら僕が話すよ。そもそもタービン建屋の地下なんて線量が高くて近づけないし、ポンプはずっと汚染水に浸かってて、とても使えるような代物じゃないんだから」

　長野の言葉に班員たちは、ほっとした顔つきになった。

　タービン建屋地下では、首都電工業の社員たちが汚染水と知らずに入って被曝していた。

「ところで、班長、電気の話じゃないんですが、トイレ、何とかなりませんかねえ？　もう使えませんよ」

　班員の一人が顔をしかめる。

「うーん、確かに……」

　水がないので、免震重要棟のトイレは汚物が盛り上がっている状態だ。食事が水とクラッカーくらいで、出るものもあまり出ないので、社員たちはなるべく使わないようにしている。小便器のほうは、疲労困憊した男たちの血尿でいつも真赤だった。

「分かった。富士さんに話そう」

長野は立ち上り、テレビ会議をやっている最中の富士のところに行く。

富士はプラズマディスプレイに向って、奥一は食料が尽きてきて「兵糧攻め」状態だと訴え、柏崎越後原発の所長が「チョコレートとかゼリーとか、買える物全部買って、明朝届けます」といい、本店側も「おにぎり八百個用意します」と話していた。

「……トイレなあ。仮設トイレの設置を本店に頼んでるんだけど、まだ来ないんだよな」

長野から話を聞いて、富士が悩ましげにいった。

「えー、ちょっとトイレ、何とかしなきゃいけないんだけど、これ、どこの班が担当かな？」

富士がマイクで訊く。

「復旧班か？」

「ちょ、ちょ、ちょっと待って下さい！」

ヘリコプターでやって来たベテラン運転員と打ち合わせをしていた第一復旧班長の八木英司が慌てた。

「そりゃ、総務の責任でしょ」

「そうか、そういえばそうだなあ。おい、総務班、悪いけどさ、トイレ何とかしてくれ」

「はーい、分かりましたー」

総務班の班員たちが、バケツを持って立ち上がった。

しばらくして長野がトイレに行ってみると、どこかに汚物を捨てて来たらしく、何とか使える状態になっていた。


深夜――

蛍光灯が煌々と灯る奥一の緊急時対策室で、室内の全員が、壁のプラズマディスプレイに視線を釘づけにしていた。

画面には、地上からかなり高い場所にある建屋の上に、叩き潰したような鉄骨の残骸が覆い被《かぶ》さり、その下からもうもうと白煙が噴き上がっている様子が至近距離から映し出されていた。

午後四時頃、首都電力の社員が自衛隊のヘリコプターに乗って撮影した三号機の原子炉建屋の動画だった。

「すげえな！　まるで蒸気機関車じゃない」

「これ、水蒸気だろ？　燃料棒、溶けてないかな？」

「早く水入れないと、やばいぜ、これ」

各班のテーブルの班員や、室内じゅうに立った社員たちが危機感を露《あら》わに言葉を交わし、富士ら幹部たちは、円卓の席で画面をじっと見詰めていた。

「それでは、四号機の映像のほうにいきます」

撮影をした社員の声が流れ、映像が変わった。

「うーん……」

室内から呻《うめ》きともため息ともつかぬ声が漏れる。

四号機は、三号機ほど爆発の衝撃は強くなかったようで、四階部分の骨組はだいたい残っていた。南側の壁は吹き飛んでいて、そこから燃料プールの上にある燃料運搬用の緑色の大型クレーンが垣間見え、建屋の内部から蒸気が立ち昇っていた。

「次が、四号機のリアクタービルの真上から撮影した映像です」

レンズの焦点が合う前の、暗闇でライトが二つちらちらしているような映像が一瞬浮かび、次の瞬間、至近距離で写した燃料プールの映像に変わった。

「おおーっ！」

「わーっ！」

室内から一斉にどよめきと歓声が湧き起こった。

「水があるじゃん！」

「あるよ、あるよ！」

全員が満面の笑みで、顔を見合わせた。

薄い緑色の映像は、水の中に無数の鉄格子が沈み、そこに燃料棒が収められている様子を映し出していた。確かに水であることは、映像がゆらめき、少量の泡やゴミが漂っていることで分かる。

四号機の使用済み燃料プールには取り出されたばかりで高い崩壊熱を発する使用済み燃料千三百三十一本を含む千五百二十五本もの燃料棒が保管されており、共用プールを含む奥一の七つの燃料プールの中では最も発熱量が高く、誰もが心配していた。

「ちょっとさ、もう一回、今の映してくれるかな」

富士がテレビ会議システムに向っていった。

「了解しました」

担当者が答え、六秒ほどの映像が再び最初から繰り返され、全員が食い入るように見つめる。

「水流があるなあ」

富士が画面に視線をやったままつぶやく。

水中のゴミや泡がかなりの速度で移動しており、水が動いているのが分かる。

「水は循環してないんだろ？」

「電源ないですからね」

八木が答えた。「たぶん（使用済み）燃料の崩壊熱で水流が生じてるんでしょう」

八木の言葉に富士はうなずく。

「あと、ＦＰＣ系（fuel pool cooling system＝使用済み燃料プール冷却浄化設備）の逆止《ぎゃくし》弁《べん》のあたりが明らかに潰れてますね。あれ直さないと駄目ですね」

ＦＰＣ系は、使用済み燃料プールの冷却と水質維持のための設備で、循環ポンプ、熱交換器、濾過脱塩装置からなる。

（あいつの目、マサイ族か⁉）

瞬時に故障個所を見抜いた八木に、富士は舌を巻いた。


翌日（三月十七日木曜日）――

午前九時半すぎ、緊急時対策室で、再び全員がプラズマディスプレイの画面を見詰めていた。

自衛隊のヘリコプターによる燃料プールへの水の投下が行われるところで、ＮＨＫが実況中継をしていた。

晴れ渡った青空を背景に、白い排気筒と三、四号機の原子炉建屋が映し出されていた。放射能で近づけないため、三〇キロメートル以上離れた場所から最大八十四倍ズームのカメラで撮影されており、かなり不鮮明で、気流の影響のせいか画面が陽炎のように揺れていた。

午前九時四十八分、画面左手に大型ヘリコプターの黒い影が現れた。陸上自衛隊第一ヘリコプター団（千葉県木更津市）所属のＣＨ―47輸送用ヘリで、仙台沖で取水した七・五トンの海水を入れた巨大なバケツをワイヤーでぶら下げていた。

四号機の使用済み燃料プールには水があることが分かったので、投下は三号機に対して行われる。

機体前部と後部にそれぞれ回転翼を持つ全長約三〇メートルの大型ヘリコプターは放射能を警戒し、地上一〇〇メートルくらいの高度で三号機の原子炉建屋の上まで来ると、バケツの水を落とした。

水は空中で銀色の長い帯となって広がり、高さ約四五メートルの三号機建屋とその南側に降り注いだ。

「あれぇー？　あんまり入ってないんじゃねえ？」

「北風が強いみたいだなあ」

「もうちょい高度下げんと、命中せんだろ」

二機目は画面の右側から現れたが、三号機の上空に到達するかなり前から水を落とし始め、水田の農薬散布のようになってしまった。

三機目は、かなり低い位置から落としたが、空中でホバリング（停止）しないままやったのと強い北風の影響で、建屋上空で水が霧吹きのようになった。

四機目は地上一五〇メートルくらいの高いところから投下したため、水はまったく入らなかった。

「こら、あかん。セミのしょんべんや」

富士が疲れた表情で、円卓の上に肘をつき、両手で顔を覆った。

そのままの姿勢でしばらく動かない。

「富士さん、大丈夫ですか？」

八木が心配して声をかけた。

大きな身体がぐらりと揺れ、どうとばかりに円卓の上に突っ伏した。

「富士さん！」

「本部長！」

「誰か、担架！　担架、持って来てくれ！」

医療班員たちが慌てて担架を運び込み、完全に意識を失ってだらりとした富士を乗せ、駐車場の乗用車へと運ぶ。

富士は、奥羽第二原発の「ビジターズホール」に運び込まれた。

見学者用の建物だが、十二日の一号機爆発で多数の負傷者が運び込まれて以来、展示用スペースに簡易ベッドが並べられ、傷病者用の処置室になっていた。

「富士さん！　どうしたんですか⁉」

白い防護服姿でガーゼのマスクをした小野優子が驚いた顔をした。

「さっき、緊対《きんたい》で倒れたんです」

ガスマスクを顔から外して、髭面の八木英司がいった。

奥一周辺は放射線量が高いので、外に出るときは、ガスマスクに防護服の完全装備が必要だ。

「相当衰弱してますね」

小野が脈を取りながら、痛ましそうにいった。意識を失った富士の顔は土色に痩せ衰えていた。

「事故発生以来、ほとんど不眠不休ですからね」

八木自身も頬がこけ、尖った険しい顔つきになっていた。

奥二の産業医が慌ててやって来て、富士の身体を診《み》始めた。

「過労に睡眠不足、それに脱水症状だね」

心配そうに見守る八木や奥一の医療班員を見上げて、年輩の男性医師がいった。

「小野さん、点滴を」

「はい」

似たような症状で担ぎ込まれる社員たちが多く、水分や塩分のほか、ビタミン剤や栄養分を点滴で補給していた。

「あ、あれ……？　ここは？」

富士がゆっくりと目を開け、医師や小野の顔を見て不思議そうな表情をした。

「富士さん、これから点滴しますからね。寝てていいですよ」

「あっ、小野さん。あっ、そうか……」

倒れて応急処置室に担ぎ込まれたことを理解した様子。

小野が富士のスウェットシャツの袖をまくり、点滴用の注射針を刺した瞬間、大いびきをかいて眠り始めた。

小野は注射針を抜いて絆創膏を貼ると、ベッドのそばに脱ぎ捨てられた白い防護服に視線をやった。右胸と背中に太い黒のマジックで「首都電　富士」と名前が書かれていた。

（大きな背中のこの名前を見て、どれだけ多くの人たちが勇気づけられたことだろう……）

「富士さんがいるから、俺たちは頑張れる」という言葉を、何人もの社員や作業員たちから聞かされた。

小野はこみ上げてくる涙を堪《こら》え、愛《いと》おしむような手つきで白い防護服を畳んだ。

富士が目覚めたのは夕方だった。

「小野さん、目ぇ覚めたよ」

ベッドの上で半身を起して富士が照れたように笑った。

「具合はいかがですか？」

白い防護服姿の小野がそばに屈みこんで心配そうに訊く。

「うん、おかげさまで、ゆっくり寝て、良くなったわ。……さあ、張り切ってまた仕事しよう」

ベッドから降り、そばに畳んで置かれていた白い防護服を着始める。

小野は心配だったが、現場が指揮官の富士を必要としていることを痛いほど知っていたので、何もいわなかった。

「せっかくなんで、（奥二の）所長に挨拶に行きたいんだけど、その前にちょっと体育館に寄れるかな。うち（奥一）の連中をだいぶ受け入れてもらってるんで、どんな具合か見ておきたいと思って」

「分かりました」

小野は、防護服を着終えた富士を自分の乗用車に乗せた。

「小野さんもシャワーとか浴びてないんでしょ？」

敷地の南寄りにある体育館に向かう車の助手席で富士が訊いた。

「ええ。被曝した人の除染用の水ですら不足しているような状況ですからね。あと二、三日したら木戸川から水を引いて、何とかシャワーだけは浴びられるようになるみたいですけど」

水道法では飲み水に使うのでなければ、川から水を引くことができる。

「うわっ、これは……！」

体育館の中に一歩入って、富士は顔をしかめた。

暖房もない体育館で、百人以上が段ボール紙を敷き、防護服姿のままで新聞紙にくるまって寝たり休んだりしていた。体調不良者や怪我人、交代で寝に来ている社員たちだった。

「毛布もないんか……！　橋の下のホームレス以下やな、まったく」

富士が愕然とした表情でいった。

「Jヴィレッジで止まって、ここまで来ないんですよ」

輸送手段がないので、バッテリーなど緊急に必要な資器材ですら、なかなか届かない。消防車が届けられたときも、放射能を恐れて敷地内に入ってこず、門の付近に置きっぱなしにされるので、首都電力の社員たちが出向いて運転して持って来ていた。

「とにかく毛布やな。本店にいって、なるべく早く運び込んでもらうわ。この季節、雪も降るし」

富士の言葉に小野はうなずく。浜通りは、最低気温が連日零下三、四度という寒さである。

「それと奥一の高田さんていう若い社員の方のことなんですけど……」

「高田君て、三十歳くらいの？」

地元福島県出身の社員で、緊急時対策本部では医療班に所属している。

「こないだ用事でこっちに来たとき、『津波で母親が行方不明になってるけど、上司から休暇がもらえなくて、捜しに行けない』って悩んでました。母一人、子一人で育ったそうで、すごく辛《つら》そうでした」

「そうなんか……」

富士自身、両親には特に大事に育てられたので、気持ちはよく分かる。

「分かった。上司に話して、休暇を取れるようにしよう。俺が何とかするわ」

「本当ですか⁉　有難うございます！」

「行方不明の二人も、早く見つけてやらんとなあ」

富士は、四号機のタービン建屋の地下で行方不明になった二人の若い運転員の遺体が見つからないのをずっと気に病んでいた。

その晩、富士は、ようやく回線の具合がよくなったPHSで、東京にいる妻と宮崎県にいる両親に、事故発生以来、初めて電話をかけた。原子炉建屋が爆発する映像などを連日いやというほど見せられ、富士の身の上を案じていた家族たちは心の底から喜び、安堵した。


五日後（三月二十二日火曜日）――

奥羽第一原発の緊急時対策室が、初めて明るい声に包まれた。

「四号機、通電確認しました！」

午前十時三十五分、長野真の声がマイクで響くと、室内から拍手が湧き起った。

「長野君、有難う！　みんな、ご苦労さん」

富士も満面の笑みで拍手を送る。

前日に、二号機から白い煙、三号機から黒い煙が発生し、送電線からの接続作業がいったん中止された。しかし、この日の朝になって煙はほぼ収まり、午前七時頃から三、四号機への通電作業が、午前八時頃から一、二号機への通電作業が再開されていた。

すでに五号機は前日に外部電源が復旧し、六号機もこの日のうちに非常用ディーゼル発電機から外部電源に切り替えられる予定である。

「えーと、『キリン』の準備のほうはどうかな？」

「設置自体はあと一時間くらいで終わりそうですけど、注水準備にもうちょっとかかります」

八木英司がマイクで答えた。

「キリン」というのは、長いアームを持ち、五〇メートルを超える高さから注水できるコンクリートポンプ車のことで、四号機への注水のために設置しているところだった。本来、高層ビルなどの建設現場でコンクリートの注入に使うものだが、本店で使用済み燃料プールへの注水に使うことを思い付き、社員に操作方法を習得させて「キリン部隊」を編成し、奥一に派遣して来た。

夕方、キリンの準備が完了した。

「注水準備、完了しました。これから四号機使用済み燃料プールへの注水を開始します」

マイクで八木の声が響き渡った。

間もなく室内のプラズマディスプレイの一つに、カメラで撮影されている注水の様子が映し出され、室内の一同はじっと視線を注ぐ。

青い壁のあちらこちらが無残に剝がれ落ちた四号機の原子炉建屋が大写しになり、地上からまさにキリンの首のように赤いアームが伸びていた。ノズルの先端を原子炉建屋の天井部分の鉄骨に引っかけるようにして、ウォーン、ウォーンという低い機械音を立て、海水を使用済み燃料プールの中にざあざあと降り注ぎ始めた。

「うーん、これはいいねえ！」

富士が満足そうにいった。

ノズルの先端から、毎分約七七〇リットル（毎時約四六トン）の海水が滝のように落ち、地上では、ヘルメットにカッパ姿の社員たちが見守っていた。

「自衛隊のヘリも、消防庁の消防車も、機動隊の放水車も、ほとんど効かんかったけど、これなら水のロスはほとんどないな。本店もたまにはやるねえ！」

そのとき、第一発電班長が富士のそばにやって来た。

「本部長、行方不明の二人の遺体が見つかりました」

「ほんとか⁉　どこで見つかったんだ⁉」

四号機のタービン建屋の地下はまだ黒い海水に浸かっており、電源が復旧していなかったため、懐中電灯で地下一階から地上二階までの各階の捜索を続けていた。しかし、放射線量が高くて捜索時間が限られていることもあり、遺体はなかなか見つからず、どこかに流されて行ってしまったのではないかという意見も出ていた。

「一人は建屋の地下一階に溜まった水の中から、もう一人は地下一階の天井近くに引っかかってました。泥と重油で黒い塊になってて、最初は人と思わなかったんで、発見が遅れました」

「そうか……」

富士は重苦しい表情でうなずく。「すぐに降ろせるか？」

「いや、難しいと思います」

第一発電班長は首を振った。

「高いところにあるんで、どうやって降ろすか考えないといけませんし、現場の線量も高いんで、作業も交代交代になると思います」

「分かった。とにかくなるべく早く降ろせるよう努力してくれ。それから親族にはすぐ連絡するように」

第一発電班長はうなずいて、富士のそばを離れた。

午後一時、三号機でも外部からの通電が確認され、午後七時四十分頃には、六号機が非常用ディーゼル発電機から通常の外部電源に切り替えられた。一、二号機にも外部電源が通じ、これで一～六号機すべての外部電源が復旧した。

「おお、点いたぞ！」

「ひゃあー、明るい！」

午後十時四十三分、三、四号機の中央操作室の照明が点灯し、運転員たちが歓声を上げた。


三月三十一日木曜日――

福島県の浜通りでは、梅の開花が始まっていたが、日中の最高気温は十度に達しない肌寒い日々が続いていた。

この日、奥羽第一原発の敷地の南西寄りにある協力企業棟の一つに、四号機タービン建屋の地下で津波に呑まれて亡くなった二十一歳と二十四歳の運転員の遺体が運び込まれた。一人は青森県むつ市の工業高校卒、もう一人は福島県の高専卒の社員だった。死因は溺死ではなく、激しい水流に弾き飛ばされての多発性外傷による出血性ショック死で、身体中痣と骨折だらけだった。

「皆さん、ご苦労様です」

奥二の産業医や小野優子ら看護師、総務班の社員たちが待っていると、ガスマスクと防護服で完全武装した富士祥夫と、「副官」の八木英司がやって来て、頭を下げた。免震重要棟から協力企業棟までは約一キロメートルの距離があり、瓦礫をよけながら乗用車でやって来た。

富士と八木は、黒い塩化ビニールの遺体収納袋に収められた二人の遺体の前に立つと、合掌し、長い間、頭を垂れた。その姿は、津波の危険があったときに、安易に現場の確認に行かせてすまなかったと、詫びているように見えた。

「有難うございました。それじゃあ、運び出して下さい」

頭を上げ、マスク越しに富士がいった。やや充血した両目に、指揮官として部下を守れなかった無念さが滲んでいた。

2

四月中旬――
夕方、富士祥夫は、奥羽第一原発の職員約二十人と一緒に、原発から五〇キロメートルあまり南の小名浜港に停泊中の「海王丸II世」の船内にいた。全長約一一〇メートル、白く優美な船体に四本のマストを持つ、航海練習用の大型帆船で、大学の商船学科や商船高専の学生たちの訓練を行う独立行政法人航海訓練所が用船している。三月二十一日から小名浜港に来て、奥羽第一原発で働く人々や周辺の被災者に、温かい食事と寝場所を提供していた。首都電力は、バスで毎日二十人ほどの社員を送り込み、食事、入浴、船内のベッドで一泊をさせていた。つかの間の命の洗濯である。

「うわー、コーヒーって、こんなに美味かったんだなあ！」

船内の士官室兼食堂のテーブルで、震災発生以来初めてコーヒーを口にした富士が感嘆の声を上げた。

「おお、ほんとだ！　こりゃあ、身体に染みる！　命の水だ！」

グレーのスウェットシャツ姿の二神照夫も満面の笑みでカップを傾ける。コーヒーの苦みと香りが、黄金の輝きに感じられた。

周囲の社員たちも、驚きと喜びの表情でコーヒーをすすっていた。全員痩せて目がぎょろぎょろし、この一ヶ月で体重が五キロ～一〇キロ減っていた。

「プラントのほうも水と電気がとおって何とか落ち着いて、これからは汚染水との戦いだな」

顔に安堵感を漂わせ、二神がいった。

「うん。生きるか死ぬかの局面は過ぎたけど、むしろこれからのほうが大変だろう」

富士の言葉に二神がうなずく。

富士は「動物の名前を付けた作戦は成功する」と、巣作りのときダムを作るビーバーにちなんで、汚染水止め対策を「ビーバー作戦」と名付け、その後、漏出場所特定のための掘削作業が必要になると「モグラ作戦」に改名して取り組んでいた。

士官室兼食堂内には白いクロスをかけ、上から透明なビニールをかぶせた長テーブルがいくつかあり、肘掛のある椅子にもやはり白いクロスとビニールがかぶせられ、士官専用室らしい品格が漂っている。窓は丸窓である。

「一番大変だったのは、三月十四日から十五日にかけて、二号機が爆発するかもしれないってときか？」

「うむ。あんときはもう、圧は下がらん、水も入らんで、俺自身、脳みそが破裂しそうだったわ」

当時の苦悩が生々しく蘇り、顔をかすかに歪めてコーヒーをすする。

「しかも馬鹿社長が『原子力安全委員長のおっしゃる方式でやって下さい』とかいって、分かりもしないのに嘴《くちばし》突っ込んでくるし」

「確かに、あれはひどかったな」

「で、それでやったら、案の定、SR弁が開いても、なかなか水が入らない、PCV（格納容器）圧は上がるわ、燃料は損傷するわだろ。そら見たことか、だよな」

社長のみならず企画畑出身で「財界三兄弟」の会長（第十代社長）も、全関係者が頭を掻き雀らんばかりの思いで三号機の水素爆発対策を議論し合っていた三月十三日の夜に、「うん、水素の問題？　それはまあ、確率的に低いと思うよ。だからあのー、そんな話をしてね、国民を騒がせるのがいいかどうかは、まあ、首相判断だけど、記者会見でそれを訊かれたら俺は否定するよ」といって、富士や菅原を唖然とさせた。

「まあ、『めでたさも中くらいなりおらが春』やなあ」

富士は、事故対応の中で、いくつか犯した失敗を悔いていた。

そのうちの一つが、一号機のイソコン（非常用復水器）がてっきり動いていると思って、炉心のメルトダウンを許してしまったことだ。イソコンは、電源がなくても蒸気で動く非常用の原子炉冷却装置だが、電源が失われると放射性物質を外部に漏らさないように自動的に配管の弁が閉じ、動かなくなる構造になっていた。富士ら現場の幹部たちがそれに気づいたのが、電源喪失から約八時間も経ってからのことで、すでに燃料棒は剝き出しになり、水を入れれば即溶融する状態だった。また消防車による注水も、流量計とホースの脈動で確実に水が入っていると思っていたが、消火系のラインが他の複数の場所にも繫がっていたため、水の半分以上が原子炉以外の機器や系統に行っていた。電源が復旧したあと、富士たちはこれに気付き、慌てて途中に枝分かれしている配管の弁を閉じた。

「ところで四号機って、何で爆発したんだ？　定期検査中で、何も起きるはずないと思ってたら、いきなりドカーンだから、魂消たぜ」

「いやあ、ありゃあ、まさかだったよなあ」

富士の口調にも驚きがこもる。

「まだ確たることは分からんのやけど、本店の解析屋がいうには、三号機と四号機のベントライン（排気用配管）がつながってるから、十三日に三号機のベントをしたとき、水素を含むベントガスがそれを伝って四号機のほうに流れてって、排気ダクトなんかから漏れ出て、建屋の中に充満した可能性があるっていうんだ」

「ほーお、なるほど」

二神がうなずいたとき、航海士の一人が、風呂の用意ができたと告げた。

浴室は船の舳先近くにあり、前に行くほど狭くなっていた。壁に沿ってシャワーと蛇口が並び、風呂屋にあるようなプラスチック製の腰掛と洗面器が置いてある。湯船は矩形のステンレス製の小さなものだった。水は貴重なので、乗組員はシャワーは毎日浴びられるが、湯船に湯が張られるのは週三日程度だという。

首都電力の男たちがシャワーを浴びると、垢が山となって流れ落ちた。

「はあ〜っ、さっぱりした」

湯船に浸かって富士が笑った。「この湯船、豆腐屋の店先にある水槽みたいだな」

「ははっ、確かにそうだな」

　二神も笑う。

「俺の地元に空堀《からほり》商店街ゆうのがあってさ。子どもの頃、十円玉とか百円札を握り締めて、よく豆腐屋とか肉屋にお使いにいったもんだよ」

　空堀商店街は、松屋町筋から東側に折れて少し行ったところにある昔からの商店街で、緩やかな坂道の両側に商店が軒を連ねている。

「肉屋の店先でコロッケやメンチを揚げてるんやけど、それがええ匂いでなあ」

「俺らの子どもの頃は、よくお使いに行ったよなあ。俺の田舎じゃあ、コロッケが一個五円だったなあ」

　風呂上りの夕食は、先ほどの士官室兼食堂に用意されていた。メニューは、カレーライスと新鮮な野菜サラダだった。

　一同は、久しぶりの温かい米飯の食事に舌鼓を打った。これまで食事はほとんどクラッカーと水と少量の缶詰だけで、最近になってようやくおにぎりやカップラーメンを食べられるようになった。

「……しかし、うちの本店も、首都電病院も、つくづく冷たいよな」

　カレーライスを食べながら富士が思い出したようにいった。

「何かあったのか？」

　二神が、手にしたスプーンを止める。

「三月十二日の一号機の爆発で左腕を折った社員がいるんだけど、骨が折れたまま二日間くらいヒッチハイクして、東京に戻ったんだよ」

「骨が折れたまま、ヒッチハイク⁉」

　二神はぎょっとした顔つき。

「俺も最近聞いて驚いたんだけどさ、自衛消防隊長をやってた男で、最初、怪我してオフサイトセンターかどっかに車で運ばれて、そこで大野病院（福島県立大野病院）に行けっていわれて、行ったら医者が誰もいないもぬけの殻で、仕方ないから一人で郡山の病院に行ったら、応急手当だけはしてくれたけど、放射能汚染してるってんで受け入れを拒否されて、服もはぎ取られて福島で一泊して、次の日に折れた腕を抱えながら下着姿で夜道を一人で歩いていたら、しまむらって衣料品屋があるやろ？」

　埼玉県に本社がある全国的なカジュアル衣料品店で、福島県内に約四十の店舗を構えている。

「その店のおっさんが、あまりにも気の毒やゆうて、ジャンパーとか着る物をめぐんでくれて、家族とたまたま連絡がついて、福島空港から東京に帰る切符を手配してもらって、やっと東京に戻って首都電病院に行ったら、うちでは診られんから、千葉の放医研（千葉市稲毛区にある放射線医学総合研究所）に行けゆわれたそうや」

「ふーん」

「骨が折れて、血ぃ流したまんま、ヒッチハイクでたらい回しやで。もうちょっと何とかできんかったんかなあ」

富士の顔に憤りが滲む。

「その社員は、今、どうしてるんだ？」

「東京で治療を受けて、とりあえず本店で働いてる。いずれ福島に戻ってくると思うけどな」


夕食後、二人はタバコを吸うために海王丸II世から降りて、付近の埠頭に出た。

小名浜港は福島県最大の港で、九つの埠頭を持ち、石油タンク、貯炭場、石油化学製品貯蔵施設、クレーン、倉庫、海産物直売所、レストランなどが東西約六キロメートルにわたってあり、大型の貨物船や客船も停泊し、物流と観光の一大拠点である。今回の震災では、津波で港湾施設が水浸しになり、液状化現象であちらこちらに陥没ができていた。

「二神ぃ、やっぱり六月末で会社を辞めるのか？」

陽が落ちた暗い海を見ながら、お気に入りの「パーラメント」をふかして富士が訊いた。

沖合には船橋や甲板に灯を点した貨物船が二、三隻浮かんでいた。

「うん。お前には悪いが、両親もだいぶ弱ってきてるんでな」

夜の闇の中で、咥えたタバコの火を赤く光らせて二神がいった。

「そうか……。半農半漁で、民宿経営をやるのか？」

「まあ、そうだな。あとは回想録でも書くか」

「回想録？」

「ああ。『原発の裏街道を歩いた男の告白』とかタイトルを付けてな」

「うえっ、そりゃあ恐ろしい内容になりそうやな！」

苦笑して視線を向けると、二神は、残り少なくなった額の髪の毛を陸風になぶらせながら、タバコをふかしていた。

「この仕事をしてつくづく分かったのは、電力業は政治家とヤクザと建設会社のマネーマシンで、官僚の天下り先だということだ」

二神の口調にどこか思い詰めたような響きがあった。

（まさか、本気で回想録を書くつもりじゃないだろうな……？）

上空に視線を転じると、南の空のやや西寄りに「冬の大三角形」が赤や白に瞬《またた》いていた。

二人はそれぞれ物思いに耽りながら、タバコをふかし続けた。

「ふーっ……」

富士がため息でもつくように、強くタバコの煙を吐き出した。

「どうしたんだ？」

二神が視線を向ける。

「いや……津波のことを考えると、悔いても悔やみ切れんわ」

原子力設備管理部長だった三年前、一五・七メートルという津波の波高の試算を告げられ、堆積物調査をやったり、対策費の見積りや技術面の検討はしたが、具体的な対策は実施しなかった。

「あのとき、すぐに防潮堤を造るのは無理としても、非常用ＤＧ（ディーゼル発電機）だけでも高いところに移しといたら、今回みたいな大惨事は防げたんだが……」

部下から、非常用ＤＧを高い場所に移すべきだと何度か進言されたが、新潟県中越沖地震後の全社的コスト削減方針に鑑《かんが》み、一抹の不安を感じながらもすべてを却下した。

「そう気に病むな」

二神は慰めるようにいった。「あの頃は、来てもせいぜいチリ津波の三メートル程度っていうのが常識だったんだから」

「まあ、そうだけど……。しかし、女川や東海第二はちゃんと対策を打ったおかげで、助かってるわけだしなあ」

今回の震災で、東北電力の女川原発には一三メートルの津波が押し寄せたが、敷地が一四・八メートルの高さにあったため、直撃を免れた。同原発は震度六弱の激震を受け、地盤が一メートル沈下し、タービン建屋で火災が発生し、五回線ある外部からの送電線のうち四回線が三十時間にわたって使えなくなったりしたが、原子炉は自動停止し、冷却機能も保たれた。

一方、日本原子力発電の東海第二原発は、地震調査研究推進本部のレポートにもとづいて波高一二・二メートルの津波を前提に、盛り土や、非常用ディーゼル発電機冷却用海水ポンプの設置場所の防水工事等の対策を段階的に実施していた。今回の震災では、五・四メートルの津波が防水工事未完了箇所から入り、海水ポンプ一台が故障したが、防水工事が終わっていた残る二台を使ってディーゼル発電機を運転し、無事冷温停止した。

「技術に携わる者として、平井弥之助さん（東北電力元副社長）みたいな謙虚さが足りんかったわ」

富士の痩せた顔に苦渋が滲んだ。

そのとき、すぐそばで声がした。

「すいません、あのー、奥羽第一原発の富士所長でしょうか？」

声のほうを見ると、メモとペンを手にした新聞記者だった。

「おっ、富士所長がいるぞ！」

「富士所長、今、奥一はどういう状況なんでしょうか？」

富士だと知って、ほかの記者やマスコミ関係者たちも続々と集まって来た。

「うへっ、逃げろ！」

二人は慌てて海王丸II世のほうに駆け出す。

「富士所長ぉー！」

「コメントお願いしまーす！」

記者たちは叫びながら追いかけて来た。


電源の復旧や「キリン部隊」による使用済み燃料プールへの注水で、奥羽第一原発がようやく最悪の状態を脱してからも、本店担当者の評論家的な態度や官邸や経産省の無理解のために富士の苦労は絶えなかった。富士は現場で働く者たちの声を代弁し、時には猛然と反論し、時にはユーモアで笑わせ、自分たちの要求をとおしながら、やるべきことを一つ一つこなしていった。

一号機の格納容器内に窒素を注入して水素の濃度を低くしたいと本店技術班がテレビ会議で提案したとき、富士は「再度の爆発を防ぐための窒素封入（注入）の重要性は分かるが、何が起きるか予想もつかないことをやるのは反対だ。もし格納容器に損傷があって、窒素封入で中が陰圧になったら、空気が入って爆発する可能性がある。また現場の作業員たちが、窒素封入で押し出された放射性物質を含むガスを浴びることになる」と強い口調で反対意見を述べ、「それでも窒素封入をやれというなら、俺たちは免震棟から一歩も出ない！」と啖呵を切った。

翌朝のテレビ会議では、富士は真っ黒なサングラスをかけて現れ、腕組みをしたまま画面を睨み付けた。サングラスは緊急時対策室の蛍光灯の強い光から目を守るためによくかけていたものだったが、その異様な姿に参加者全員が声を失った。慌てた本店は技術担当者を奥一に派遣して、富士と技術的な問題点を詰め、何とか窒素注入の同意を取り付けた。一方、この一件が『週刊文春』で「首都電力奥羽第一原発の反乱」という見出しで報じられると、富士は翌朝のテレビ会議で「えー、わたくしは反乱など致しておりません」と切り出し、全参加者の爆笑を誘った。

国会議員に対しても遠慮はなく、国土交通大臣の経験もある衆議院三回連続当選の首相補佐官が、四号機の使用済み燃料プールの耐震補強工事をするよう要望したときは、「現場は線量が高くて人が近づけない。あんた、作業員に死ねというのか！」と声を荒らげた。そして反論しながらも妥協点を探し、「補佐官、小さな隙間がありますから、ロボットを入れて瓦礫を取り除くことから始めます」といって納得させた。

高線量下で作業する現場の交代要員を送ってこない本店に苛立ち、「免震重要棟から作業員を現場に送るのは、神風特攻隊を送り出すような気持ち。零戦もあまりない。今日飛んで行った零戦はもう燃料（被曝限度）が残っていない。ほかの零戦も燃料がない」と訴えたこともあった。

五月になると、一号機への海水注入問題がにわかにクローズアップされ、日本中の関心を集めた。

きっかけは、首都電力が地震発生時の状況に関して五月十六日に発表した報告書で、三月十二日の午後七時二十五分から午後八時二十分まで海水注入が中断したと書かれていた。メディアが「首都電力が海水注入を政府に報告したところ、『そんな話は聞いていない！』と首相が激怒し、注入を中断させた」と報じたため、一気に政治問題化した。

「富士さん、今、ＮＨＫのニュースで海水注入の話やってますよ」

円卓の八木英司がマイクでいったのは、五月二十二日日曜日のことだった。

「えっ、ほんと？」

黒いVネックの半袖スウェットシャツ姿の富士が驚く。

総務班の担当者がプラズマディスプレイの一つにNHKの放送を映し出した。

「……自民党の――政務調査会長は、滋賀県大津市で講演し、首都電力奥羽第一原子力発電所の一号機で、地震発生の翌日に原子炉を冷やすための海水の注入を一時間近く中断していたことについて、明日から始まる衆議院の東日本大震災に関する復興特別委員会の質疑などで、政府に対して経緯などの説明を求めていくと話しました」

アナウンサーの声とともに、むくみ気味の顔に鋭い目つきの五十代半ばの政調会長が、演壇で講演をしている様子がディスプレイに映し出された。

「この中で、――政務調査会長は『総理大臣の指示で海水注入が五十五分間遅れたのであれば、責任は極めて重大だ。専門家でもないのに、あらゆることに口を出すのが正しいリーダーではない。明日から始まる審議の中で質《ただ》さなければいけない』と述べました」

（あちゃー！　なんか大事《おおごと》になってきちゃったなあ……）

当時、富士の指示にしたがって現場に注水停止の指示を出さなかった防火・防災管理者のほうを見ると、どうしましょうとでもいいたげな、落ち着きのない視線を返してきた。

翌日（五月二十三日）――

衆議院の東日本大震災復興特別委員会で、野党・自民党の総裁が質問に立った。弁護士出身の二世代議士で、生真面目だが線の細さも感じさせる六十代半ばの人物である。

「……先週末から、（奥羽第一原発）一号機への海水注入をめぐって、総理の指示で中断したのではないかという報道がございます。この経緯に関して伺いたいと思います」

知性を強調するような細いフレームの銀縁眼鏡をかけた自民党総裁は、海水注入の時系列を書いたパネルを示す。

「色々政府のほうで発表された中で、三月十二日の十八時に、官邸で総理を含めて話し合いが持たれたということでありますが、これがどういう位置づけで、何を議題としたものであったのか、伺いたいと思います」

額のほぼ中央にほくろがある東工大卒の首相が立ち上がり、答弁席の前に立つ。

「この時点では、あー、それまでの状況も踏まえて、えー、海水注入に当って、どのようなことを考えなくてはならないか、えー、いわゆる再臨界という懸念もありましたので、そういったことも含めて、集まった皆さんに検討をお願いしました」

渋みのある声で慎重に言葉を選びながら答えた。

「報道によりますと、この話し合いで、原子力安全委員長が、再臨界の可能性を指摘されたという報道がございました。このような進言といいますか、意見具申が実際にあったんでしょうか？」

参考人席から、白髪まじりの眠そうな顔の原子力安全委員長が立ち上がった。

「総理のほうからは、海水を注入することの問題をすべて洗い出してくれという指示がございました。わたしのほうからは、海水を注入すると、塩が析出《せきしゅつ》して流路がふさがれる可能性ですとか、腐食の問題ですとか、色々申し上げました。そのときたぶん総理からだったと思うんですが、再臨界について気にしなくてもいいのかというご質問がありましたので、可能性はゼロではないと申し上げました」

元東大教授は、女性のようなかん高い声でいった。

「海水注入はすべきではないとおっしゃったんでしょうか？」

自民党総裁が強い視線を原子力安全委員長に向ける。

「わたしのほうからは、この十八時の話し合いよりもずっと前から、格納容器だけは守って下さい、そのためには炉心に水を入れることが必要です、真水がないんだったら、海水で結構ですので、とにかく注水を続けて下さいと、ずっと申し上げておりました」

原子力安全委員長は、「原子力安全委員長が再臨界の危険性があるといった」という政府発表に対して憤慨し、わざわざ官邸に出向いて抗議し、発言内容を「再臨界の可能性はゼロではない」に変えさせていた。

「先日、政府と首都電力の統合対策室で記者会見が開かれましたときに、十九時過ぎから実際に注入が始まっていたにもかかわらず、官邸で議論されている最中だから、十九時二十五分に海水注入をいったん中止したとおっしゃっているわけです」

ダークスーツに黄色いネクタイの自民党総裁は、手元の資料に視線を落としながら話す。

「なぜわたしがこのことを強く申し上げるかといいますと、要するに、この奥羽第一原発をどう処理していくかということは、世界中が注目しているわけです。しかるに、原子力安全委員長の発言内容もころころと訂正され、海水注入の経緯についても首都電力と政府の説明がくい違っている。これはいったいどういうことなんでしょうか？」

インテリ顔の自民党総裁は強い口調で畳みかけた。

「えー、ですから、えー、その三月十二日の状況を申し上げますと、十八時の時点でこういった問題点について検討をお願いし、十九時四十分の時点でご報告を頂き、それにもとづいて海水注入の指示を出したと。十九時過ぎからの海水注入が行われていたことは、その時点で、わたしなり、官房長官、副長官のところには報告は上がっておりませんでしたので、当然ながら、報告も上がっていないことに対して、やめろとかやめるなとかいうはずもありません」

首相はあらかじめ打ち合わせた時系列に沿って逃げを打つ。

「今のご説明、わたしにはまったく納得できません。なにかストーリーを捏造しているんではないか。許しがたいですよ、これは」

自民党総裁は追及の手を緩めず、質疑は長時間になりそうな様相を呈してきた。

メディアも一斉に、〈「首相激怒」で海水注入55分中断〉（産経新聞）、〈首都電独断か官邸指示か、海水注入中断で迷走〉（日経新聞）、〈注水中断　首相を追及へ　自民総裁「初動遅れなら人災」〉（読売新聞）などと報じ、原子力安全委員長も民放の取材に答え、「海水注入中断はけしからん話ですよ。誰がそうしたのか、絶対に原因究明するべきです」と語気強く語った。


翌日（五月二十四日）――

富士は、本店の菅原正紀副社長兼原子力・立地本部長に電話をかけた。

「菅原さん、あのー、今問題になっている一号機への海水注入中断の問題なんですけれど……」

富士は、免震重要棟の廊下の隅で、携帯電話を耳に当てていった。

「あれ、実は、中断してないんです」

「えっ、それどういうこと⁉」

内幸町の本店にいる菅原が、面食らったように訊く。

「あのときですねえ、テレビ会議では、いったん注水停止の指示を出したような格好になってますけど、実際は、現場の連中に『絶対に注水を中止するな』っていい含めて、継続させてたんです」

「ほんと⁉　どうしてそんなことしたの？」

「そりゃあだって、あそこは、水入れるしかないじゃないですか。中止するなんて、論理的根拠も何もないし、余震も続いていて、いったん止めると再開できないリスクもあったんですから」

再度の水素爆発があれば、ホースやポンプが損傷を受け、長時間の注水停止を余儀なくされる状況だった。

「まあ……そうだねえ」

富士の説明に納得しながらも、菅原は驚きが覚めやらぬ口調。

「この問題で、首相が辞任にでも追い込まれれば、わたしも気分がいいんですけど、下手にこの話がどっかから漏れて、『首都電力はまた嘘をついた』ってバッシングされたりしたら最悪ですよ」

　富士は、緊急事態のさなかにヘリでやって来て緊対室を汚染したり、官邸からしょっちゅうおかしな指示を出して現場を混乱させた首相に対して嫌悪感しか持っていない。

「二十七日からIAEA（国際原子力機関）の調査団も来ますから、国際的教訓にするためにも正確な事実を公表すべきだと思います」

「そうだねえ……。早急に記者発表をして、訂正するか」

「すんません」

　富士は携帯電話を握り締めたまま頭を下げた。会見で菅原が謝罪すると思うと、申し訳なかった。


　五月二十六日、首都電力は、「奥羽第一原子力発電所一号機への海水注入に関する時系列について」というプレスリリースを行い、「当社の官邸派遣者から『官邸では海水注入について首相の了解が得られていない』との連絡があり、本店本部と発電所の協議の結果、いったん注水を停止することとしたが、発電所長の判断で注水を継続した」と発表した。

〈第一原発への海水注入、実は継続　首都電所長が判断〉（共同通信ニュース）
〈海水注入中断なし　政府・現場、深すぎる溝　官邸満足げ〉（産経新聞）
〈注水中断訂正　「首都電信用できない」被災者ら怒りの声〉（読売新聞）

思いがけない好材料で民主党政権は窮地を脱し、自民党は切歯扼腕《せっしやくわん》し、首都電力は釈明に追われ、評論家たちは富士の決断の功罪を論じた。

そうした中、富士に対する国民の注目が集まり、新聞や雑誌に「独断で注水継続の富士所長とは～大阪出身の親分肌、本店とも再三衝突」、「日本の命運を握る富士祥夫という男」といったタイトルの人物特集記事が多数組まれ、一躍有名人となった。

首都電力は広報部をつうじて、命令に背いたことに関して何らかの処分が社内で検討されているると述べた。しかし首相は、注入継続の判断は正しく、処分は不要との認識を示し、世論も、「処分されるべきは、現場との意思疎通もなく、官邸の顔色を窺うばかりの社長以下、本店の幹部ではないか」と富士を擁護した。

六月上旬――

富士は本店に出頭し、首都電力の社長の前に立って頭《こうべ》を垂れた。

った。

「富士所長、あなたを口頭注意処分とします」

慶応大学経済学部卒で資材畑の第十一代社長が、社長室の大きなデスクにすわったままいった。

人事措置には当たらない、最も軽い処分であった。

「申し訳ございませんでした」

神妙な顔つきで頭を下げる富士を、菅原副社長がそばで見守っていた。

「会社としては、あなたの海水注入継続は正しかったと判断し、報告が不適切であったという点についてのみ処分することにしました」

命令違反に会社としてけじめをつける必要性と、官邸の意向や富士擁護の世論とのバランスを考えた及び腰の処分だった。

「今後、このようなことがないように、重々注意して、職務に精励して下さい」

そういって社長は、処分通知書を差し出した。

「このたびは本当に申し訳ございませんでした」

富士は神妙な表情で通知書を受け取り、頭を下げた。

顔を上げて社長の顔を一瞥すると、かつてロンドンの投資家説明会で、お前ら海外投資家は馬鹿なのか、という態度を取った傲慢さは影をひそめ、小さくしょんぼりしているように見えた。五月上旬には福島県で避難生活を送っている人々の前で土下座をして罵声を浴び、六月の株主総会で退任することが決まっている。赤坂に所有していた時価一億円超のタワーマンションは、損害賠償訴訟に備えるため、三月中に売却したという噂である。


社長室を辞したあと、富士は菅原副社長の部屋に立ち寄った。

「だいぶ顔色がよくなったね。体重も少しは戻ったかな？」

菅原が、副社長室のソファーで、富士を見ながらいつものまったりした口調でいった。

「はい、おかげさまで」

スーツ姿の富士は微笑した。

一時げっそりと肉が落ちた顔は、かなり元に戻り、皮膚も艶を取り戻してきていた。放射能汚染を避けるため、頭髪は短く刈られ、ぺたりと撫でつけられている。

「まあ、あなたとは毎日テレビ会議で話してるから、今さらかもしれないけど、本店に対して特に強く要望したいというようなことはあるかな？」

そういって菅原は自分の湯呑の蓋を取り、富士にも飲むよう勧めた。

「一つ特にお願いしたいのは、現場の社員の心のケアです」

富士は、湯呑を置いたままいった。

「心のケア？」

「はい。奥一と奥二で働く社員の八割以上が、家族や自宅を失ったり、住居が避難指示区域内にあった被災者です。彼らは、家族と連絡も取れず、行方不明の肉親を捜しに行くこともできないまま、不眠不休で事故の収拾に当ってきました」

緑茶をすすって菅原がうなずく。

「風呂にも入れず、暖房もない奥二の体育館で新聞紙にくるまって寝て、津波や水素爆発のフラッシュバックや、家族や同僚が亡くなった悲しみで、ＰＴＳＤ（心的外傷後ストレス障害）を患った社員も少なくありません」

「そうだろうね……」

「首都電力の社員と分かると、避難所で罵られたり、道でペットボトルを投げつけられたり、入居したアパートの扉に『ここから出て行け』と張り紙された者もいます」

菅原は重苦しい表情でうなずく。

「被災地には、心のケアの支援チームがいくつも派遣されてますが、我々のいる場所は放射線量が高く、新たな事故に巻き込まれる懸念もあって、ほとんど誰も来てくれません。かろうじて、愛媛大学や防衛医科大学の先生たちが、ボランティアに近い形で何度か来てくれただけです」

医師たちは社員たちとの面接を行い、その結果にもとづいて、富士はストレスの高い社員の負荷の軽減や配置換えなどをしていた。

「分かった。それは社として取り組もう。社員の心身のケアは、今後の復興の鍵でもあるから」

菅原は富士の目を見ていった。

「まあ、僕の副社長の任期もあと三週間くらいだけど、辞めてからも、しっかりサポートしましょう」

現経営陣は六月末で辞任し、菅原は顧問になる。新社長には、企画畑出身の常務が内定している。

「よろしくお願いします」

富士は、深々と頭を下げた。

「これからの僕の人生は、まあ、贖罪《しょくざい》一色だよ」

菅原は、地震発生当日、新木場のヘリポートに走って行く途中に液状化した道路に足をとられて砂と泥まみれになったズボンを今も洗わずに自宅で保管していた。

経営陣に対しては、株主や被災者から損害賠償訴訟が提起されることも予想されている。

富士は、青い作業服姿で避難民たちに土下座をする社長らの姿を見たとき、首都電力がもはや昔の首都電力ではないことを痛いほど実感した。

「日本の未来のために、夢の原子力エネルギーを開発するはずだったんだが……」


夕方――

富士は、東京駅八重洲南口から歩いて数分の鍛冶橋駐車場から首都電力の大型バスに乗った。

ＪＲ常磐線の一部が不通になっていることもあり、首都電力は東京と奥羽第一、第二原発との間を往復するバスを毎日出すようになっていた。往路の乗客は、福島に向う本店の社員や、休暇や打ち合わせで上京していた福島勤務の社員たちだ。

（……報告が不適切っていうけど、じゃあ、どのタイミングで報告しろっていうのかね？）

富士はバスの席で処分通知書をじっと見つめた。

（海水注入の継続直後に報告したら止められるに決まってるし、しばらく経ってからだと、「なんでそういうことをしたんだ⁉」って大騒ぎになって、復旧作業どころじゃなくなっただろうし）

結局は会社の体面が第一で、処分などというものは所詮そういうものかもしれないと思う。

コンビニのビニール袋からおにぎりを取り出し、頬張った。

傾いてきた太陽が、ＪＲの高架線路の向こうの東京国際フォーラムのガラスの方舟《はこぶね》のような建物を淡いオレンジ色に染めていた。夏至まであと二週間ほどだ。

（最近、なんか物が食べづらいなあ……）

おにぎりを呑み下しにくかったので、缶コーヒーで流し込んだ。

コンビニで買った週刊誌を鞄の中から取り出し、ぱらぱらとめくり始める。内容は、相変わらず大震災がらみが多く、皇太子と雅子妃の宮城県の被災地訪問や、首都圏の放射能汚染に関する記事が載っていた。


〈経産省美人職員を弄ぶ原発対応スポークスマン〉


（ん？　なんだ？）

二ページの見開き一杯に大きなタイトルが躍っていた。

タイトル脇の顔写真に見覚えがあった。

（こりゃ、ＮＩＳＡのスポークスマンのおっさんやんけ！）

原子力安全・保安院のスポークスマンとしてテレビでお馴染みの、経済産業省の審議官であった。鬘《かつら》に広い額、銀縁眼鏡をかけた浅黒い顔の官僚だ。「役人の恥さらし……」というキャプションが付けられていた。

〈首都電力が奥羽第一原発の事故収束に向けた工程表を発表したこの日、審議官は白い麻のジャケットという洒落た服装で、午後十一時という遅い時刻に虎ノ門のホテルオークラの「オーキッドバー」に姿を現した。カウンターで待っていたのは、二十代後半と思しい清楚な雰囲気の女性だった……〉

記事は、東大法学部と国費でハーバード・ロースクールを出た五十代半ばの審議官が、一年前から経済産業省の女性職員を愛人とし、この日は、米国大使館近くの暗がりの中で強引に唇を奪い、普段は、カラオケルームをラブホテル代わりに使っているという内容で、記者の直撃を受けて激しく動揺した本人の様子も書かれていた。

(な、何だ、これは……！　俺たちが現場で身体張ってるときに、役人どもはいったい何をやってるんや⁉)

怒りを通り越して、啞然となった。

今般の事故対応では、東京大学で経済を専攻したのになぜか原子力・安全保安院の院長に収まっていた別の経産官僚も、首相の質問に満足に答えられずにどやし付けられ、心が折れて、職責を放棄して官邸を逃げ出していた。同保安院自体も、必死で事故対応をしている現場に余計な報告を求めてきたり、事態が報告と違う方向に動くと文句をいってきたりするだけの存在だった。

その後、件《くだん》の審議官は、経産大臣から厳重注意処分を受け、スポークスマン役を更迭された。さらに、省内での別のセクハラ事件も明らかになって停職一ヶ月の処分を受け、処分明けに、同省の福島除染推進チームの次長になった。しかし社民党議員から「こんな人物が除染を担当して、福島の皆さんが信頼すると思いますか」と国会で追及され、福島には行かず、二年後に同省を去り、自動車部品メーカーに天下った。

一方、原子力安全・保安院長のほうは、事故発生の五ヶ月後に早期勧奨退職で辞任した。

首都電力は、国民的英雄となった富士を前面に押し立てて広報活動を行うようになり、八月中旬には、「奥羽第一原子力発電所　現場からの報告」という六分間の動画を制作・公開した。白い防護服姿の富士が冒頭で、「このたびは、わたくしどもの事故によりまして、多大なるご迷惑をおかけ致しておりますことを深くお詫び申し上げます」と深々と頭を下げ、「先月、奥羽第一原発の復旧は『ステップ・ワン』の安定冷却を達成し、現在は『ステップ・ツー』の冷温停止に取り組んでいます」と説明。「本日は、発電所の近況につきまして、皆様にご紹介をしたいと存じます」と述べたあと、作業・線量管理の様子や作業員の働きぶりについての産業医のコメントが映像で紹介され、協力企業の建設会社や日立GEニュークリア・エナジー社のスタッフが、汚染除去用貯槽タンクの設置、使用済み燃料プール冷却循環システムの設置、一号機原子炉建屋のカバーリング作業などについて説明し、冷温停止と安定化に向けて着実に進んでいることを印象づける内容だった。

3

十月――

地球温暖化で、富士が首都電力に入社した頃に比べると紅葉の時期は遅く、奥羽第一原発付近の林はまだ青々としていた。

奥羽第一原発では、一号機の原子炉建屋を覆うポリエステル製のカバーが設置され、一～三号機の原子炉圧力容器底部の温度も事故後初めて摂氏百度を下回った。冷却水が沸騰しなくなり、蒸気とともに外へ漏れる放射性物質の量が大幅に減るので、冷温停止へ向けて一歩前進であった。

富士は、「福島の人たちが俺たちを見てるんだぞ。この土地をきれいにして福島の人たちに返さないといけないんだよ、俺たちは」と口癖のように話していた。

一方、原発事故の賠償支払いも始まり、初年度の費用は最大で三兆六千四百三十億円と見積られ、電気料金の引き上げや柏崎越後原発の再稼働がないと、首都電力は債務超過に陥る状況だった。


ある日、長野真が免震重要棟のトイレに行くと、誰かが大便用の個室でゲーゲーと嘔吐していた。

(誰だ？　二日酔いか？)

長野は小用をしながら、個室の声に耳を澄ませた。

嘔吐はかなりの重症のようで、並の二日酔いとは違うように感じられた。

「もしもし、どうされました？」

長野は心配になって、個室のドアをノックした。

「あっ、いやいや、何でもないです」

扉の向こうから、鼻にかかった独特の太い声が答え、すぐに誰か分かった。

「富士さん！　大丈夫ですか⁉」

呼びかけると、個室の中で水を流す音がして扉が開き、青い作業服姿の富士がゆらりと姿を現した。

「おお、長野か。すまん、心配かけて」

ハンカチで口元を拭いながら微笑んだが、顔色は蒼白だった。

「どうしたんですか⁉　どっか悪いんですか⁉」

「うーん、ちょっと前からなんか調子悪いんや。食べ物が喉につっかえるみたいな感じがして。タバコも昔みたいに美味くないし」

「病院は行かれたんですか？」

「いや、まだ……」

「早く行ったほうがいいですよ」

「うん。ちょうど来週、定期健診だから、いっぺんちゃんと調べてもらうわ」

身体の変調を自覚しているらしく、真剣な表情でうなずいた。

4

十二月——

富士祥夫は、新宿区信濃町にある慶応義塾大学病院で抗がん剤治療を受けていた。

十一月の健康診断でステージⅢの食道がんと分かり、すぐに入院して精密検査と一回目の抗がん剤治療を受け、十二月一日付で奥羽第一原発所長職を後任者に譲った。

十二月九日には、奥羽第一原発の緊急時対策室を訪れ、青い作業服の上に白の防護服姿で数百人の職員を前に離任の挨拶をした。自分の病状や、奥一を離れる無念の想いを述べ、最後に、かたわらに立った奥一総務部長の薄い頭髪を引き合いに出して、「すでにわたしは一回目の抗がん剤治療を受けましたが、まだ頭の毛は抜けておりません。彼よりも、がん治療を受けているわたしのほうが毛があるはずです！」と冗談を飛ばした。

慶応義塾大学病院は、ＪＲ信濃町駅前にあり、脇に花屋がある正門を入ると広い駐車場で、左手奥にスターバックスコーヒーや「百花百兆」というレストランがある。正面奥の二号棟は白亜の十一階建てで、大学病院らしい威厳を感じさせる。

富士はＶＩＰ待遇で、二号棟の背後に建つ三号館の特別室に入院していた。部屋は艶やかな木の内装で、応接セット、シャワー、トイレ、キッチン、冷蔵庫、机などが備え付けられ、高級ホテル並みである。

「……ちょっと茶色くなったかなあ、この血管」

富士が注射針の刺さった左手の静脈を指で触りながらいった。

ベッド脇の点滴用スタンドにぶら下がった抗がん剤の薬液の袋から細いチューブが延びて、注射針に繋がっていた。

「大丈夫？」

ベッド脇に椅子を持って来てすわった由梨が心配そうに富士を見詰める。

「まあ、二回目だから、ちょっとは慣れたよ。昔と違って、今は吐き気なんかを抑える薬もたくさん使ってくれるから、思ったほどはしんどくないわ」

部屋の壁には、女子サッカーのなでしこジャパンの青いユニフォームがお守りに飾られていた。かつて首都電力の女子サッカーチームに所属して奥一で働き、日本代表に選ばれた選手にもらったユニフォームだった。

ドアがノックされた。

「やあ、パパ、どう？」

私立大学経済学部の大学院に通う三男がドアを開けて顔を出した。富士に似て長身だが、顔は今風の甘いマスクである。

「うん、今、敵の陣地を攻撃して、戦線を絞り込んでるところだ」

ベッドの上で上半身を起こした富士が微笑した。

抗がん剤の投与を何度か受け、患部を小さくして切除手術を受ける予定である。

「ところでパパ、気になる記事を見つけたんだけど、この二神さんて、パパの同期の種子島の民宿の人だよね？」

三男はデイパックの中からｉＰａｄを取り出し、富士に見せた。

九・七インチの画面に視線をやると、ある全国紙の電子版の記事だった。


〈原発の裏街道を歩いた男の告白〉


（な、何だ、これは……⁉）

かつて二神が冗談めかして話していたタイトルだ。

記事は二神の経歴と、「もう原発のことで嘘はつきたくない」と告白に踏み切った経緯で始まり、自分が関与した様々な裏金作りや政界工作の実態が、関係者の実名入りで赤裸々に語られていた。その中には、富士も検察に事情聴取をされた、名古屋の中堅ゼネコン・岩水建設を使って二億四千万円の裏金を作った、奥一・一号機の原子炉建屋補修案件も含まれていた。

（こんなこと話して、大丈夫か、あいつ……？）

記事を一読して、富士は愕然とする思いだった。

「もんじゅ」の西村成生動燃元次長に限らず、原発がらみでは不審死や自殺が多い。原発反対派の運動家やジャーナリストが、ひき逃げされたり、何者かに刺されたり、猟銃が暴発したり、動機不明の自殺をしたりという事件は枚挙にいとまがない。電力会社から支払われる工事費が、五重、六重の下請け構造の中でピンハネされ、作業員の手取りが七〜十分の一になってしまうことに象徴されるように、原発は巨大な利権で、社会の裏表の様々な勢力が絡んでいる。原発推進に都合の悪い人々の不審死の少なからぬ部分が、裏社会が手を下したものだという説は根強い。

（もうちょっと穏当な告発の仕方はなかったのか……？）

今は種子島に帰り、半農半漁で民宿経営をしている男の顔を思い浮かべ、自問した。

翌年（平成二十四年）二月上旬、富士祥夫は慶応義塾大学病院で食道がんの摘出手術を受けた。肋骨を一本外して患部を切除し、胃を吊り上げて残った食道に繋げるという、十時間近い大手術だった。その後、体内に残っている可能性があるがん細胞を叩くために再び抗がん剤治療を行い、徐々に体力を回復していった。

同年七月下旬――

熱帯夜明けの東京は、午前八時には気温が三十度を超える蒸し暑い日だった。

この日の未明、ロンドン五輪女子サッカー一次リーグで、なでしこジャパンがカナダを二対一で下し、日本中を沸かせた。

病院を退院し、自宅療養中の富士は、八木英司と一緒に銀座の天ぷら屋を訪れた。

「……うーん、いい匂いや」

玄関の引き戸をカラカラと開け、涼しい店内から漂ってくる匂いに富士が鼻をひくひくさせた。

昼時の銀座の店は、買い物客や地元の常連らしい人々で賑わっていた。床が黒い石のタイル張りの店内にはテーブル席が十ほど配置されている。

「天ぷらがいい匂いに感じられるっていうのは、だいぶ回復した証拠ですね」

すらりとした身体に、紺色のスーツをまとった八木が笑った。

奥羽第一原発で線量を限度一杯まで浴びた八木は、子会社の首都電工業の原子力部に転じ、奥一の後方支援的な業務に携わっている。

「そうなんや。抗がん剤やってたときは、天ぷらの匂いなんか嗅いだら、むっとなって吐きそうだったわ」

髪が抜けてネギ坊主のような頭になり、体重も一五キログラムくらい減ってスリムになった富士がいった。

「しかし、この店は、ようクーラーが効いて、涼しくてええなあ。やっぱり電気のある暮らしはええもんやね」

富士がにっこりした。

奥羽第一原発事故の影響で、日本は一時原発の稼働がゼロになったが、七月に入って関西電力の大飯原発三号機と四号機が再起動し、電力不足が懸念される中でフル稼働している。

「あのう、失礼ですが、奥羽第一原発の所長だった富士さんでしょうか？」

二人がテーブル席にすわったとき、客の一人がやって来た。

「ええ、そうです。富士です」

紺色の半袖シャツにグレーのチノパン姿の富士は、愛想よくいった。

「やはり、そうでしたか。今は病気で療養されていると聞いておりますが、日本を救って下さいまして、本当に有難うございました。頑張って下さい」

見知らぬ中年男性は、感激の面持ちで富士に握手を求めたあと一礼し、自分のテーブルに戻って行った。

「富士さん、すっかりセレブですね」

八木が笑った。

「俺、日本一有名なサラリーマンだからさ、ははっ。もう酔っぱらって、駅のベンチで寝たりもできんわ」

富士は、メディアのインタビューにも時々応じるようになっていた。主な動機は、事故の教訓を今後に生かすことと、現場の作業や待遇の改善だった。

「最近、福島には行ったの？」

運ばれてきた熱い緑茶をすすって、富士が訊いた。

「二週間ほど前に行きましたよ」

「どんな感じ？」

「半径二〇キロの避難区域は野生の王国状態ですよ」

「えっ、野生の王国状態？」

「ええ。飼われていた犬、猫、牛、馬、豚、ダチョウなんかが逃げ出して、路上をうろついてるんですよ。食べ物もあんまりないから、みんな痩せて、道端で餓死してるのも多いですよ」

「そうか……、動物にまで迷惑かけちまって……。早く身体治して、現場に復帰したいなあ」

富士は、やるせない表情でため息をつく。

「国会事故調の報告書は、結構厳しい内容でしたね」

八木がいった。

去る七月五日に国会の首都電力奥羽原子力発電所事故調査委員会が最終報告書をまとめ、衆参両院議長に提出した。「事故は自然災害でなく、明らかに人災だ」と明記し、「何回も対策を打つ機会があったにもかかわらず、歴代の規制当局と首都電経営陣が安全対策を取らなかった」と断じた。また、事故の直接の原因は津波であるとする首都電力の説明に疑問を投げかけ、「安全上重要な機器の地震による損傷はないとは確定的にはいえない」とした。

「まあ、反省すべきは、真摯に反省しないとなあ」

富士の言葉に八木はうなずく。

「ところで、八木ちゃんさあ……」

緑茶の湯呑みをテーブルに戻して、富士がいった。

「俺、なんか死にそうな気がするわ」

「ええっ⁉　藪から棒に何をいい出すんですか⁉　……体調でも、よくないんですか？」

「いや、そうじゃないんだけどさ……」

富士はどこか愉快そうに苦笑した。

「三号機の爆発で誰も死ななかっただろ？　あれ、俺の命と引き換えだったんじゃないかって、なんかそんな気がするんだ」

　八木は眉根に皺を寄せる。

「あのとき四十何人亡くなってたら、俺死のう、腹切ろうって、本気で思ったんだ。で、彼らを助けてくれるんなら、俺の命と引き換えでいいって、仏様に必死で祈ったんだよ」

「……」

「あんな凄い爆発で、死者が出なくて、致命的な重傷者もいなかったっていうのは、どう考えても奇跡だぜ。俺は仏様のご加護としか思えないんだよな」

「ったく！　なーに、スピリチュアルなこといってんですか！　病気で弱気になったんじゃないすか？」

　八木は富士の言葉を一蹴するようにいった。

「だいたい今死なれたら、僕を含めて、麻雀で毟《むし》られた分を取り返せない人間が続出するじゃないですか！」

「ははっ。それは、俺が長生きしても、君たちには一生無理だね」

　憎まれ口を叩かれ、八木は嬉しそうに苦笑した。

「ところで富士さん……」

緑茶をすすって、八木が声を潜めるようにいった。

「一週間くらい前から、二神照夫さんが行方不明っていうの、聞きました？」

「二神が、行方不明⁉」

「漁に出たまま、帰らないらしいんです」

「まさか！　ほんとかよ⁉」

「しかもそれが、風もない好天の日で、馬毛島《まげしま》とかいう島があるらしいんですけど……」

「ああ、あるある。使用済み核燃料の最終処分場とか中間貯蔵施設を造るって話があった、小さい島やな」

奥二のユニット所長時代に、二神の民宿のテラスから眺めたことがあった。

「その馬毛島の近くにトビウオ漁に出たらしいんですが、船ごと姿を消して、警察が何日間も海上を捜索をしても、手がかりがまったく摑めないそうなんです」

「それは、しかし……、誰かに船ごと連れ去られたとか、っていうことなのかな？」

八木は小さく首を振った。

「今のところ、事件であることを疑わせる情報はないらしいです……」

「うーん、いったいどういうことなんだ、しかし？　船ごと消えるなんて……」

富士は、何が起きたのか想像もつかず、悩ましげに顔を曇らせる。

「ちょっとトイレ、行ってくるわ」

富士は立ち上がり、店の奥のほうに行った。

間もなく天ぷら定食が運ばれて来た。

八木は箸をつけずに、しばらく待ったが、富士がなかなか戻って来ないので、様子を見に立ち上がった。

トイレの個室に行ってみると、ドアが半開きで、紺色の半袖シャツにグレーのチノパン姿の大男が、便座を抱えるようにして倒れていた。

「富士さん⁉ ……すいません！ 救急車、救急車を呼んで下さい！」

店内に八木の叫びがこだました。

5

十ヶ月後（平成二十五年五月下旬）――

東京は初夏らしいさわやかな日だった。

信濃町の慶応義塾大学病院では、二号棟の正面左手にある大きな泰山木《たいさんぼく》が若葉を繁らせ、木蓮《もくれん》に似た白い花を咲かせていた。

仙台の大学で教授として津波の研究を続けている長田俊明は、金甌《きんおう》小学校の同級生二人と、富士祥夫の見舞いに訪れた。

「……すごいとこやなあ。やっぱりＶＩＰなんやなあ」

三号館の特別病室前の受付エリアのソファーにすわり、立派な受付デスクを眺めながら同級生の一人がつぶやいた。金甌小学校から上町中学校、府立高津高校を経て関西の大学を卒業し、機械メーカーに勤めている野口という男だった。

「今や国民的ヒーローやから、大事にされてるんやろなあ」

長田は富士の病状が気がかりだった。前日に見舞う予定だったが、体調が悪いと連絡が入り、一日延期になった。前年七月に銀座の天ぷら屋で脳出血を起こして倒れた富士は、近くの聖路加国際病院で手術を受け、その後も二度の開頭手術を受けたほか、食道がんの転移もあるという話だった。

「しかし、富士がこんな目に遭うてるのに、首都電力の前の会長や社長は家族と海外に高飛びして、優雅に暮らしてるらしいなあ。会長はドバイの高級マンション暮らしやて」

野口の言葉に、長田たちはやるせない表情でうなずいた。

「長田さん、皆さん」

病室の方角の廊下から、落ち着いた色あいの薄手のカーディガンに膝丈スカート姿の由梨夫人が現れ、三人を呼んだ。黒髪を後ろで一まとめにした端整な顔に、苦悩の影が漂っていた。

高級ホテルのような豪華で広々とした個室の病室に入ると、柔らかい素材のグレーの医療帽をかぶり、ベッドの上で上半身を起こした富士祥夫が待っていた。

「おお、ひ、久しぶりやなあ！」

三人の姿を見た富士が微笑んだ。脳出血で右脳が損傷を受けたため、左半身が麻痺し、言葉も話しづらそうだった。

「富士……」

長田はその姿に衝撃を受け、咄嗟に言葉が出なかった。

かつてはゴルフ焼けし、首都電力の執行役員らしい威圧感すらあった風貌が、すっかり白く小さくなり、俗世間の垢をすべて洗い落した仏様のような顔つきになっていた。

「今日は、お前の子分、連れてきたで」

長田が気を取り直し、男女の元同級生を紹介した。二人とも金甌小学校時代に、勉強もできて親分肌の富士について回るようにしていつも一緒に遊んでいた。

「おお、久しぶりやぁ。な、何年ぶりかなあ？」

「富士君、四十六年ぶりやよ。小学校卒業して以来やから」

今も瓦屋町《かわらやまち》に住んでいる女性がいった。

「今日は、小学校の卒業アルバム持ってきたで」

富士の家でよくレーシングカーをやっていた野口が、鞄《かばん》の中から古いアルバムを取り出した。

「ははは、俺も、用意しとったよ」

富士は、ベッドのそばのサイドボードから同じアルバムを取り出して開いた。

「うわあー、懐かしい！　これ伊勢の修学旅行やねぇ！」

女性がアルバムを見て歓声を上げた。小学六年秋の一泊二日の修学旅行は伊勢の二見浦にある「いろは館」という旅館に泊まり、伊勢神宮や夫婦岩を見た。アルバムには、校庭で組体操をやっている白い帽子に運動着姿の富士の写真や、低学年のとき遠足で行った大阪市内の公園で大きな口を開けて弁当をパクつく坊主頭の富士、高津公園の朝の清掃奉仕をやっている級友たち、六年生になって眼鏡をかけ始めた頃の制服姿の富士の写真などが収められていた。

「富士君のお母さん、優しい人やったね。わたし、よう憶えてるわ。うちに来て『祥夫と遊んでやってね』って、ようゆうてはったわ」

「あ、それ、俺ん家《とこ》でもゆうてはった」

野口が笑った。「祥夫は一人っ子で寂しがるからゆうて、うちの親にお菓子を手土産に持って来はって」

「は、ははは、お袋にはかなわねえ」

富士は照れ笑いした。

「富士、あれ何か書いてるんか？」

部屋の隅のライティングデスクの上に置かれた大学ノートと鉛筆に視線をやって長田が訊いた。

「うん。震災が起きてか、からの、発電所の記録を、書き残そう思てな」

富士は呂律の回りにくい口でいった。

「そうか。そらあ、貴重な記録やわ。お前にしか書けんもんな」

「け、けど、思い出すと、な、泣けてきて……なかなか、書けんわ」

病気の影響で富士は涙もろくなっていた。それでなくとも、首都電力や協力企業の人々が、爆発や津波の危険を顧みず、寒風吹きすさぶ瓦礫だらけの現場に何度も飛び出して行った勇気と責任感に心打たれていた。彼らの努力で、奥一は事故発生から九ヶ月後の十二月に冷温停止を達成した。

「富士もさあ、ゆっくり身体治してさぁ、いつか仕事に復帰せえよ」

野口が励ますようにいった。

「そうや。富士君しか知らんこと、一杯あるねんから」

女性も励ます。

「う、うん。会社からも、そ、そないにいわれてんねん。顧問みたいな形でええから、復帰して欲しいって」

富士の肩書は執行役員のままである。

「お、大阪にも行きたいなあ。イカ焼きも、タコ焼きも、食いたいし」

「来たらええやん。みんな待ってるよ」

女性がいった。

「で、でも、か、身体が不自由やから……」

「そんなん、車椅子で来たらええやん。奥さんに押してもろて。家族みんなで来たらええやん」

野口が励ます。

「うん、そやなあ……。道頓堀とか、こ、高津宮のお祭りとか、地蔵盆とか、懐かしいなあ」

富士は目に涙をためて、しみじみといった。

高津宮の祭りは毎年七月十七、十八日に、地蔵盆は八月二十三、二十四日に開かれる。

「じ、地蔵盆の頃には、何とか帰れるように、なりたいなあ」

「うん。富士、帰って来いよ。同級生集めて、待ってるし」

三人は三十分ほどで見舞いを終えて退出した。

建物の出口まで見送りに来た由梨夫人に長田が「早くよくなるよう、祈ってます」という と、夫人は「有難うございます」と頭を下げたが、表情に憂いがあった。

三人の同級生は、暗い予感を抱かされたが、互いに口にはしなかった。


翌月——

自民党商工族のドンといわれ、衆議院副議長も務めた「東北の坂本竜馬」は、海上保安庁の白い巡視船の甲板で海風に吹かれながら双眼鏡を覗いていた。

英国とフランスからプルトニウムを輸送する際の護衛艦として建造された巡視船は、全長一五〇メートル。四基の機関銃を装備し、二機のヘリコプターを搭載している。

「ほう、きれいに残《のご》っとるねえ」

丸い二つのレンズの中に、海岸沿いに突き出した奥羽第二原発の姿がくっきりと捉えられていた。

白い原子炉建屋が無傷で四つ並び、背後に高い排気筒が一基聳えている。

彼方は、阿武隈高地に連なる富岡町や大熊町の丘陵地帯で、地平線上に薄い綿雲が浮かんでいた。

「ありを使《つが》えないっていうのは、まあ、もったいない話《はなス》ですなあ」

八十歳になり、政界のご意見番的存在となった議員は、お馴染みの東北訛りでいった。

「はい。これだけの施設を使わない手はございません。我々としては、時機を見て、再稼働に持っていきたいと考えております」

大きな顔に細縁の眼鏡をかけた目つきの鋭い男が答えた。東大法学部を出て通産省に入り、エネルギー行政の中枢を歩んできた剛腕官僚だった。資源エネルギー庁の原子力政策課長だった七年前には、「原子力立国計画」をまとめ、世界中に原発を輸出する政策を提唱した。前年十二月の衆議院総選挙で自民党が大勝した直後に官邸入りし、原発輸出や再稼働の青写真を描いている。ただし、電力業界からの評判は悪く、「出世のために電力業界を利用する男」と陰口を叩かれている。

「まあ、世論もなかなか厳しいから、焦んねでやっことだな、焦んねでな」

風になぶられる白髪頭を手で撫でつけながら、議員は老人性の染みのある顔でにんまりと笑った。

「スかス、こうやって比べっと、奥一《おぐいッ》のほうは汚染水が大変だっつうのが、よぐ分かるな」

先ほど視察した奥羽第一原発は、南北二・三キロメートル、東西一・二キロメートルの敷地の大部分が、汚染水タンクで埋め尽くされ、風景がまったく違っていた。

「オリンピック招致問題もあっことだし、早急に解決しねど駄目だな、あっツのほうは」

二〇二〇年の五輪開催国は、九月七日にアルゼンチンの首都ブエノスアイレスで開かれるIOC（国際オリンピック委員会）総会の投票で決定される。

「ところで先生、奥羽第一原発の所長だった富士祥夫が危篤状態だという話は、お耳に入っておりますでしょうか？」

剛腕官僚が、銀縁眼鏡の油断のない目つきで訊いた。

「富士？　あの海水注入を独断《どくだん》で継続スた所長かね？」

「はい。食道がんの手術を受けたあと、脳出血で倒れて、三回手術を受けたそうですが、その間に身体が弱って、がんが全身に転移したようです」

富士は元々高血圧だったが、原発事故以来降圧剤を飲んでいなかった上、抗がん剤の副作用で血管も傷み、脳出血を起こす条件が揃っていた。

「そうが……。そりは、気の毒なことでスなあ」

議員が小さくため息をつく。

「スかス、海水注入を独断で五十五分間継続したっツうのも、あんまし効果はねがったんだよな？」

「はい、炉心溶融を防ぐという意味では。一号機はイソコンが動かなくて、前日の真夜中頃には原子炉の水が完全に空になって、燃料棒が全部高熱で剝き出し状態でしたので、水を入れた時点で、燃料被覆管のジルコニウムと水が化学反応を起こして、即、炉心溶融しました」

「ふむ……。んで、二号機も三号機も、溶けたんだべ？」

「二号機は、三号機が爆発したあとに九時間ぐらい注水が止まって、炉心溶融。三号機のほうは、十三日の午前二時四十四分にＨＰＣＩ（高圧注水系）が停まってからベント（減圧）に手間取って、注水するまでに六時間強を要して、炉心溶融です」

「要は、溶けっツまったあどに水をかけだと」

「まあ、溶けたあとでもデブリ（溶融物）が崩壊熱を発し続けて、ほっておくと格納容器の下のコンクリートや鉄筋を溶かして放射性物質を外界に撒き散らしますから、冷やして水没させることは必要です。それに彼らがサイトに踏み留まってベントや電気の復旧をしていなければ、原子炉は六つとも爆発して、燃料プールも全部溶融していたと思います」

「なるほど……。ところでその食道がんっつうのは、事故のせいなのかね？」

「放射線の影響は不明ですが、事故後のストレスが影響していたのは間違いがないかと存じます。むろん、そういったことを首都電力が認めたりするはずもございませんが」

議員はうなずく。

「まあ、国策推進のためには、犠牲もしょうねなぁ」

「おっしゃるとおりかと」

「原子力発電とプルトニウムの技術《ぎじゅつ》、そしてそれをミサイルに転用すったためのロケット開発は、我が国の外交・安全保障政策上、重要だもんなあ」

議員が一〇〇メートルほど先の奥二を愛《め》でるように眺めていった。

日本の原子力政策は、資源確保のためだけでなく、その気になれば九十日以内に核兵器を保有できる「ニュークリア・レディ（nuclear ready）」（核準備国）の状態を維持するために推し進められて来た。


翌月（七月）上旬――

東京は最高気温が三十五・三度で、二日連続の猛暑日となった。

この日、奥羽第一原発事故を教訓にした原子力発電所の新たな規制基準が施行され、北海道、関西、四国、九州の電力会社四社が、原子力規制委員会に再稼働を申請した。同委員会が入居している六本木一丁目の地上二十階建てのビルの前には、午前九時前から各地の反原発団体のメンバーを中心に八十人ほどの人々が集まり、再稼働反対を訴える横断幕を掲げ、抗議の声を上げた。

慶応義塾大学病院では、特別室の富士祥夫を、宮崎県から上京してきた両親が見舞った。食道を原発巣とするがん細胞は、肺に転移し、肝臓にこぶし大の腫瘍を作り、太ももに肉腫も作っていた。肉が落ちて縮んだ顔は老人のようで、身体は枯れ木のように痩せていた。

富士は、数日前から、幼い頃の話や昔話をしきりとするようになっていた。肺の機能低下で血中酸素濃度が下がり、通常の記憶を主《つかさど》っている脳の海馬が機能しないため、それを補おうと、古い記憶を収めている側頭葉が働いているからだった。

「祥夫。しっかり」

酸素マスクで荒い呼吸をする富士に、ベッドサイドから両親が呼びかけた。

富士はゆっくりと目を開けた。

ともに八十歳を過ぎた両親は、息子の心を読み取ろうとするかのように、じっと富士を見詰める。

意識が混濁したり、眠ったりしていることが多いので、今、はっきり意識があるのかないのか、両親には分からなかった。

「か……かあ……さん」

酸素マスク越しに、声を振り絞るように富士がいった。

「祥夫」

年老いた母親が、涙を浮かべて息子を見詰める。一人っ子の富士を宝物のように慈《いつく》しんで育てた母親である。

「と、う……さん」

「祥夫！」

地元で新商品や営業の企画会社を経営するかたわら、富士を阪神タイガースの試合や「なんば花月」に連れて行ってくれた優しい父親だった。

富士の両目から涙が流れ落ちた。

「さき、だつ……不孝、を……」

両親は、嗚咽をこらえながら、息子を見詰める。

「赦して……く、だ……さい」

「祥夫！」

息子を抱きしめることもできず、年老いた両親は、ただ涙を流すだけだった。

その日の深夜、容体が急変し、翌日午前十一時過ぎ、富士祥夫は五十八年あまりの生涯を閉じた。

新聞各紙は一面や社会面で、その死を報じた。

「富士元所長が死去　奥羽第一原発事故で現場を指揮」

〈首都電力奥羽第一原発事故発生時の所長で、事故収束作業の陣頭指揮をとった富士祥夫さんが九日午前十一時過ぎ、食道がんのため都内の病院で死去した。五十八歳だった。葬儀の日取りは未定。（▼35面＝極限状態、原発と闘う）三月十一日の東日本大震災で過酷事故が起きた後、九ヶ月にわたり現場を指揮した。首都電力上層部から原子炉を冷やす海水の注入停止を命じられたが、テレビ会議では中断したように見せかけ、独自の判断で注水を続行した。一方、政府の事故調査委員会の報告書では、原子力設備管理部長を務めていた二〇〇八年に、大津波の試算結果を知りながら対策を取らなかったと批判された。食道がんの療養のため二〇一一年十一月に入院し、翌年七月には脳出血で緊急手術を受けた。首都電力によると、富士さんの原発事故後の被曝量は約七〇ミリシーベルトで、作業員の被曝限度である一

〇〇ミリシーベルト（五年間）の範囲内。食道がんは発症まで五年以上かかるとされ、病気との関係はないとしている。〉

エピローグ

八月二十三日金曜日――

東京の天候は不安定で、不快な湿気が去らず、気温は午前中から三十度を超えた。

地下鉄千代田線乃木坂駅の売店には早い時刻から夕刊紙が並べられ、前日に新宿区の高層マンションから飛び降り自殺した歌手・藤圭子の死を報じる大きな見出しが躍っていた。

正午を過ぎた頃から、黒いスーツや黒いワンピース姿の人々が地下一階にある改札口から現れ、五番出口に向かって長い階段を黙々と上り始めた。人々は、地上出口を出ると、一〇〇メートルほど先にある青山葬儀所を目指し、都道三一九号沿いの歩道を北の方角に向って歩いてゆく。

葬儀所の石造りの正門までやって来ると、脇に白地に黒い文字の看板が立てられていた。

〈故富士祥夫　お別れの会　首都電力株式会社〉

白い口髭の東京工業大学名誉教授・一ノ瀬京助は、しばしその文字を見詰めた。

黒い服の参列者の列が、ゆるやかなスロープの先にある緑色の屋根の葬儀所まで伸びていた。

駐車スペースには黒塗りのセダンがずらりと並び、大小の脚立に乗った報道カメラマンたちが、運転手付きの車から降りる政府閣僚や財界要人に向ってレンズを向けていた。

参列者たちは指示に従って五列に並び、口数も少なく、時おりハンカチで首筋を拭ったり、扇子で顔をあおいだりしながら、式場への順番を待つ。

約三千坪の敷地に植えられた桜、ケヤキ、クスノキなどの梢では、アブラゼミやミンミンゼミが、富士祥夫との別れを惜しむかのように声を限りに鳴いていた。

「……汚染水、やっぱり海にも漏れてるみたいだなあ」

一ノ瀬のそばに並んでいた男が、スマートフォンの画面を見ながら、独りごちるようにいった。

「海にも？」

男の妻と思しい黒いワンピースの女が訊く。

たそうだ」
「発電所の近くの海水のトリチウム（三重水素）の濃度が、一週間で八倍から十五倍になっ

　一昨年十二月の政府の事故収束宣言とは裏腹に、奥羽第一原発では、汚染水という新たな問題が生じていた。放射性物質に汚染された水が一日四〇〇トンのペースで増え、一部は貯蔵タンクから漏れ、地下水とともに海に流出している。

「富士さんも、『汚染水が処理できないまま頑張れよといわれても、頑張りようがない』ってテレビ会議で怒ってたよ」

　その言葉を聞きながら、一ノ瀬が頭上を見上げると、空は灰色のスモッグに覆われ、太陽はどこにも見えなかった。

（富士君。きみは星になって、この空のどこかから、僕らを見下ろしているのか……）

　インターネット上には、「そういう中で、ぎりぎりみんなやってんだからさあ、そんなきれいごといったって、できないものはできないんだよ！」、「本店、本店、大変です！　三号機、たぶん水蒸気だと思う、爆発が今起こりました！」といったテレビ会議の声が今も生々しく残されている。

　二十分あまり並んで、一ノ瀬は平屋の葬儀所の受付に辿り着いた。

　そこから右手に進み、案内や警備の人々の間を抜け、トイレの先を左折すると、オープ

ン・エアーの四角い中庭と回廊が現れた。東南アジアやインドの寺院の回廊を思わせる、厳かな雰囲気の場所である。

その先に天井の高いホールがあり、黒いスーツ姿の帝都典礼の女性社員が入口の左右に立ち、人々に白いカーネーションの花を一輪ずつ手渡していた。

大勢の頭の向こうに、約五千本の白百合と青い花で飾られた祭壇の中央に置かれた富士祥夫の遺影が見えた。

（本当は、こんな若い歳で死ぬはずじゃなかったんだが……）

一ノ瀬は、役目を終えた富士を、神が無理やり天に召したような気がした。

大きな遺影の前に進み出ると、写真の富士は、首都電力の青い作業服姿で、眼鏡をかけた顔で微笑みかけていた。すぐ下の壇に戒名が記された位牌が置かれ、さらに下の壇に、弔電と弔辞、タイガース・ファンだった富士が愛用したメガホンやサングラス等の遺品が置かれていた。

いつ撮影されたか分からない遺影は、どこか寂しげな表情で、一ノ瀬を見下ろしていた。陽だまりの中で佇んでいるような顔は、原発事故当時、一八四センチの長身をフード付きの白い防護服に包み、ぐっと顎を引き締めた闘う男の姿とは打って変わった穏やかなものだった。

一ノ瀬は、祭壇にカーネーションを捧げ、手を合わせて遺影に深々とお辞儀をした。献花を終えた人々の列は、祭壇の右横に立った遺族らに挨拶をし、ホールから退出する。喪主の小柄な由梨夫人は、頭髪はきちんと整えていたが、さすがに夫を失った悲しみは相当な様子で、顔色は白く、やつれていた。

ホールから出た人々は、再び回廊のある中庭を経て、受付があるのとは反対側から建物の外に出る。途中、首都電力の社員が、参列者一人一人に会葬の礼状を手渡していた。

一ノ瀬が葬儀所の建物をあとにし、ゆるやかなスロープを正門のほうへと歩いていくと、背広姿の宮田匠が、二人の記者の取材に答えて、富士の思い出を話していた。

同じ頃――

大阪も朝から三十度を超える真夏日で、木々の梢でクマゼミやアブラゼミが盛んに鳴いていた。

空堀商店街付近にある十六の地蔵尊では、地蔵盆の行事が行われているところだった。道路脇や路地の小さな祠《ほこら》の中に納められている地蔵尊は、先祖代々受け継がれてきたもの、明治時代や戦前に人々が金を出し合って作ったもの、戦争中に飛んで来た首から上だけの地蔵菩薩像を祀《まつ》ったものなど様々で、個人、町内会有志、隣組などが維持・管理している。

それぞれの地蔵尊のそばに、行事用のテントが設《しつら》えられ、赤、桃色、緑など、色鮮やかな文字や絵柄の提灯が飾り付けられていた。テントの下には茣蓙《ござ》が敷かれ、お供え物の台と長椅子が置かれ、子どもたちに配るお菓子の袋がたくさん用意されていた。

大きな提灯には地蔵尊の名前が書かれ、小さな提灯には健やかな成長を願って、地元の子どもたちの名前や年齢が書かれている。地蔵菩薩は子どもの守り神として信仰されている。

「……もう、だいたい全部できたかなあ」

地蔵尊の一つのそばのテントの下で、松屋町筋の菓子問屋から買ってきたチョコレート、キャラメル、駄菓子などを透明なビニール袋に詰めながら半袖シャツの長田俊明がいった。

「そやね。みんなでやると早いね」

隣組のメンバーとしてこの地蔵尊の世話をしている同級生の女性がハンカチで顔の汗を拭う。去る五月に、長田と一緒に慶応義塾大学病院の富士を見舞った女性であった。

目の前の段ボール箱に、袋詰めされたお菓子がきれいに収められていた。

「今回、十人以上集まったもんなあ。こんなん、小学校卒業以来初めてやで」

地元で洋服の仕立屋を継いだ同級生の男がいった。瓦屋町に店があり、昔、富士の父親もスーツを作っていた。

五十九歳になる同級生たちは、今年、声を掛け合い、富士の供養を兼ねて地蔵盆に集まった。

「富士君が、呼んでくれたんよ、きっと」

「そやな。あいつは昔から親分やから」

「福島の事故んときも、いらち（短気）の総理大臣に一歩も退かんかったんは、富士だけらしいで」

「さすがは俺らの親分や」

「今日は東京でお別れの会やってるそうやから、どっちにいるんやろなあ」

「さあ。でもあっちが終わったら、こっちに来るやろ」

「あいつもなあ、お地蔵さんに護《まも》ってもらわんならんし」

機械メーカーに勤めている野口という同級生の男の言葉に、一同は一瞬しんみりとなった。

親より先に亡くなった子どもたちが、三途の川の賽の河原で両親や兄弟たちを懐かしんで石を積み上げると鬼がやって来て、それを崩してしまう。それを哀れんだ地蔵菩薩が、子どもたちを抱いて錫杖《しゃくじょう》の柄に取り付かせ、親の代わりとなって護るといわれている。

「そろそろ提灯、灯《とも》そうか」

夕陽が射し、あたりを極楽浄土のような光で染め始めていた。

提灯に灯が入ると、風景は一層幻想的になり、夭逝《ようせい》した子どもたちの魂が還って来ているように見えた。

近所の人々がやって来て、地蔵尊にお参りをし、熨斗《のし》袋に入れた奉納金や、熨斗紙を付けた菓子箱などを供える。子どもたちがお参りに来ると、長田たちは、「お地蔵さんの御利益があるようにね」といって、菓子を詰めた袋を手渡す。小学生や幼稚園児のほか、若い母親に手を引かれたよちよち歩きの子や、父親に抱かれて眠っている赤ん坊もやって来る。そのまま莫蓙の上で宿題をやったり、ゲームをしたりする子どもたちもいる。近所の地蔵尊では、スーパーボールすくいや数珠回し、盆踊りをやっているところもあった。

やがて陽が落ち、あたりの路地は暗くなった。

間もなく、首に紫の輪袈裟をかけた年輩の婦人たちがやって来て莫蓙の上に正座し、鈴をチリン、チリンと鳴らしながら、地蔵和讃（ご詠歌の一種）を詠唱し始めた。

〽　これはこの世のことならず　死出の山路の裾野なる　賽の河原の物語
　聞くにつけても哀れなり　二つや三つや四つ五つ　十にも足らぬおさなごが

気温はまだ三十度以上あり、長田らは婦人たちの後ろにすわり、団扇《うちわ》であおいでやる。

〽　娑婆と冥土はほど遠し　我を冥土の父母と　思うて明け暮れ頼めよと
　幼き者を御衣の　もすその内にかき入れて　哀れみたまうぞ有難き……

地蔵和讃を聞きながら、長田俊明は、今、富士祥夫の魂は、この空堀に還って来ているだろうかと思った。

〈完〉

主要参考文献

『朝日新聞「吉田調書報道」は誤報ではない―隠された原発情報との闘い』海渡雄一・河合弘之＋原発事故情報公開原告団・弁護団著、彩流社、二〇一五年五月
『いちえふ　福島第一原子力発電所労働記1』竜田一人著、講談社、二〇一四年四月
『恵値流技四方山噺』青木成文著、㈳日本電気協会新聞部、一九九三年十一月
『「女川原発」　地域とともに』渡部行著、東洋経済新報社、一九九九年五月
『女川原発はなぜ助かったのか』小野智美著、朝日新聞WEB新書、二〇一二年四月
『街道をゆく8　熊野・古座街道、種子島みち　ほか』司馬遼太郎著、朝日文庫、一九九一年三月
『カウントダウン・メルトダウン』上下巻、船橋洋一著、文藝春秋、二〇一三年三月
『隠される原子力・核の真実―原子力の専門家が原発に反対するわけ』小出裕章著、創史社、二〇一一年二月
『火原協会講座⑮　やさしい原子力発電』㈳火力原子力発電技術協会編修、同、一九九七年九月
『関西電力五十年史』関西電力五十年史編纂事務局編纂、関西電力、二〇〇二年三月

『関西電力　原子力エネルギーのパイオニア』大野誠治著、ティビーエス・ブリタニカ、一九九〇年九月
『軽水炉発電所のあらまし』㈶原子力安全研究協会実務テキスト編集委員会、同、二〇〇九年八月
『気仙沼に消えた姉を追って』生島淳著、文藝春秋、二〇一一年十一月
『検証　東電原発トラブル隠し』原子力資料情報室著、岩波ブックレットNO・582、二〇一一年六月
『検証　東電テレビ会議』朝日新聞社（奥山俊宏、小此木潔、木村英昭、杉本崇）著、朝日新聞出版、二〇一二年十二月
『原子力発電所の事故・トラブル　分析と教訓』二見常夫著、丸善出版、二〇一二年五月
『原子力発電設備維持に係る技術基準について』原子力発電設備維持に係る技術基準等検討委員会編、㈶発電設備技術検査協会、一九九六年三月
『原子力ポケット用語集』電気新聞編、㈳日本電気協会新聞部、二〇〇六年二月
『原子力ムラの陰謀』今西憲之＋週刊朝日取材班著、朝日新聞出版、二〇一三年八月
『原子炉時限爆弾　大地震におびえる日本列島』広瀬隆著、ダイヤモンド社、二〇一一年四月

『原発広告』本間龍著、亜紀書房、二〇一三年十月
『原発再稼働の深い闇』一ノ宮美成・小出裕章・鈴木智彦・広瀬隆ほか著、宝島社新書、二〇一二年九月
『原発ジプシー［増補改訂版］被曝下請け労働者の記録』堀江邦夫著、現代書館、二〇一一年五月
『原発訴訟』海渡雄一著、岩波新書、二〇一一年十一月
『原発と裁判官　なぜ司法は「メルトダウン」を許したのか』磯村健太郎・山口栄二著、朝日新聞出版、二〇一三年三月
『原発の現場　東電福島第一原発とその周辺』朝日新聞いわき支局編、朝日ソノラマ、一九八〇年七月
『原発の深い闇2』別冊宝島1821号、宝島社、二〇一一年十一月
『原発ホワイトアウト』若杉冽著、講談社、二〇一三年十一月
『原発メルトダウンへの道　原子力政策研究会100時間の証言』NHK　ETV特集取材班著、新潮社、二〇一三年十一月
『原発利権を追う　電力をめぐるカネと権力の構造』朝日新聞特別報道部著、朝日新聞出版、二〇一四年九月

『原発労働記』堀江邦夫著、講談社文庫、二〇一一年六月
『原発を終わらせる』石橋克彦編、岩波新書、二〇一一年七月
『考証　福島原子力事故　炉心溶融・水素爆発はどう起こったか』石川迪夫著、日本電気協会新聞部、二〇一四年三月
『古代クレタ文明　エーゲ文明の謎』ハンス・パルス著、関楠生・小川超訳、佑学社、一九八六年五月
『国会事故調　報告書』東京電力福島原子力発電所事故調査委員会著、徳間書店、二〇一二年九月
『三陸海岸大津波』吉村昭著、文春文庫、二〇一二年七月
『地蔵信仰』速水侑著、はなわ新書、二〇一二年二月
『死の淵を見た男　吉田昌郎と福島第一原発の五〇〇日』門田隆将著、ＰＨＰ研究所、二〇一三年一月
『写真で見る　種子島の自然』尾形之善著、たましだ舎、二〇一〇年二月
『証言　斑目春樹　原子力安全委員会は何を間違えたのか？』岡本孝司著、新潮社、二〇一二年十一月
『週刊昭和』（第1号〜第40号）朝日新聞出版、二〇〇八年十二月〜二〇〇九年九月

『昭和・平成　現代史年表（増補版）』神田文人・小林英夫編、小学館、二〇〇九年三月
『新版　原子力の社会史　その日本的展開』吉岡斉著、朝日新聞出版、二〇一一年十月
『政府事故調　最終報告書』東京電力福島原子力発電所における事故調査・検証委員会著、メディアランド、二〇一二年十月
『政府事故調　中間報告書』東京電力福島原子力発電所における事故調査・検証委員会著、メディアランド、二〇一二年十月
『戦後値段史年表』週刊朝日編、朝日文庫、二〇一〇年七月
『漕魂　堀内寿郎』堀内寿郎先生記念事業会「漕魂」編集委員会編、堀内寿郎先生記念事業会、一九八一年六月
『知事抹殺　つくられた福島県汚職事件』佐藤栄佐久著、平凡社、二〇一一年四月
『電子ブック版　日本大百科全書』小学館編著、ソニー、一九九六年三月
『東京工業大学端艇部１００年史』蔵前漕艇倶楽部編、同、二〇〇一年十一月
『東京大学漕艇部百年史　下巻』百年史編集委員会編、東京大学淡青会事務局、一九九二年七月
『「東京電力」研究　排除の系譜』斎藤貴男著、講談社、二〇一二年五月
『東京電力三十年史』東京電力社史編集委員会編纂、東京電力、一九八三年

『東京電力・帝国の暗黒』恩田勝亘著、七つ森書館、二〇〇七年十一月
『東電帝国　その失敗の本質』志村嘉一郎著、文春新書、二〇一一年六月
『東北大学漕艇部百年史』東北大学漕艇部百周年記念事業会百年史部会編、東北大学漕艇部百周年記念事業会、二〇〇三年十一月
『二十歳の原点』高野悦子著、新潮文庫、二〇一二年五月
『日本原子力発電三十年史』30周年記念事業企画委員会編、日本原子力発電、一九八九年三月
『日本原電の挑戦　原子力パイオニアの使命』渡部行著、扶桑社、二〇〇四年五月
『日本はなぜ、「基地」と「原発」を止められないのか』矢部宏治著、集英社インターナショナル、二〇一四年十一月
『日本万国博覧会　パビリオン制服図鑑』大橋博之編著、河出書房新社、二〇一〇年六月
『年表　昭和・平成史』中村政則・森武麿編、岩波ブックレット、二〇一三年六月
『破壊力学』小林英男著、共立出版、一九九三年四月
『発電用原子力設備規格維持規格（2002年改訂版）』㈳日本機械学会編、同、二〇〇二年十月
『反原発へのいやがらせ全記録　原子力ムラの品性を嗤う』海渡雄一編、明石書店、二〇一

四年一月
『東日本大震災を分析する1　地震・津波のメカニズムと被害の実態』平川新・今村文彦・東北大学災害科学国際研究所編著、明石書店、二〇一三年六月
『東日本大震災を分析する2　震災と人間・まち・記録』平川新・今村文彦・東北大学災害科学国際研究所編著、明石書店、二〇一三年六月
『樋口健二写真集　原発』樋口健二著、三一書房、一九九六年七月
『ビッグマンスペシャル　激動の昭和を見る①～④』石川貴之・高林祐志編集、世界文化社、二〇〇五年七、八月
『ビデオは語る　福島原発　緊迫の3日間』東京新聞原発取材班編、東京新聞、二〇一四年五月
『ヒトラーのオリンピックに挑んだ若者たち　ボートに託した夢』ダニエル・ジェイムズ・ブラウン著、森内薫訳、早川書房、二〇一四年九月
『〝福島原発〟ある技術者の証言　原発と40年間共生してきた技術者が見た福島の真実』名嘉幸照著、光文社、二〇一四年三月
『福島原発事故　タイムライン2011―2012』宮﨑知己・木村英昭・小林剛著、福島原発事故記録チーム編、岩波書店、二〇一三年九月

『福島原発事故　東電テレビ会議49時間の記録』福島原発事故記録チーム編、宮﨑知己・木村英昭解説、岩波書店、二〇一三年九月
『福島原発事故独立検証委員会　調査・検証報告書』福島原発事故独立検証委員会著、ディスカヴァー・トゥエンティワン、二〇一二年三月
『福島原発の真実』佐藤栄佐久著、平凡社新書、二〇一一年六月
『福島原発の闇』堀江邦夫・文、水木しげる・絵、朝日新聞出版、二〇一一年九月
『福島第一原発事故　7つの謎』NHKスペシャル『メルトダウン』取材班著、講談社現代新書、二〇一五年一月
『福島第一原発収束作業日記　3・11からの700日』ハッピー著、河出書房新社、二〇一三年十一月
『フクシマの真実と内部被曝　元東電原発技術者・内科医が語る』小野俊一著、七桃舎、二〇一三年一月
『馬毛島、宝の島―豊かな自然、歴史と乱開発―』馬毛島環境問題対策編集委員会編著、南方新社、二〇一〇年九月
『まっぷる情報版⑦　福島　会津・磐梯・吾妻・郡山・いわき』昭文社、二〇〇二年
『メルトダウン　ドキュメント福島第一原発事故』大鹿靖明著、講談社、二〇一二年二月

『メルトダウン　連鎖の真相』NHKスペシャル『メルトダウン』取材班著、講談社、二〇一三年六月
『物語　講談社の100年　第五巻』講談社社史編纂室編纂、講談社、二〇一〇年一月
『ヤクザと原発　福島第一潜入記』鈴木智彦著、文藝春秋、二〇一一年十二月
『ルポ　イチエフ　福島第一原発レベル7の現場』布施祐仁著、岩波書店、二〇一二年十月
『私が愛した東京電力　福島第一原発の保守管理者として』蓮池透著、かもがわ出版、二〇一一年九月
『わたしたちの種子島』西之表市教育委員会・西之表市文化財保護審議会編、西之表市教育委員会、二〇一一年六月
『EXPO'70　パビリオン　大阪万博公式メモリアルガイド』橋爪紳也監修、平凡社、二〇一一年十二月
R. Byron Bird, Warren E. Stewart, Edwin N. Lightfoot "Transport Phenomena", John Wiley & Sons, 1960
「謳歌せよ、金甌校史　閉校記念誌　旅立ちへの飛翔」大阪市立金甌小学校閉校記念事業委員会編、一九九一年三月

「大阪市立金甌小学校100周年記念誌　学校のあゆみ」大阪市立金甌小学校創立百周年記念事業委員会編、一九七三年三月
「柏崎刈羽原子力発電所1号機　新潟県中越沖地震後の設備健全性に係る点検・評価報告書」東京電力、二〇一〇年二月
「学校要覧」大阪教育大学附属天王寺中学校・同高等学校天王寺校舎、二〇一三年
「九十年史」大阪市立金甌小学校編、一九六三年五月
「原子力発電所の津波評価技術」㈳土木学会原子力土木委員会津波評価部会、二〇〇二年二月
「政府事故調査委員会ヒアリング記録　細野豪志」東京電力福島原子力発電所における事故調査・検証委員会事務局、二〇一二年一月
「政府事故調査委員会ヒアリング記録　吉田昌郎」東京電力福島原子力発電所における事故調査・検証委員会事務局、二〇一一年八月
「仙台平野における貞観11年（869年）三陸津波の痕跡高の推定」阿部壽、菅野喜貞、千釜章、一九九〇年
「全電源喪失の記憶」共同通信社、二〇一四年
「津波評価手法の高精度化研究」㈳土木学会原子力土木委員会津波評価部会、二〇〇七年六

月
「日本海溝・千島海溝周辺海溝型地震の被害想定について」中央防災会議事務局、二〇〇六年一月
「福島第一原子力発電所一号機運転開始30周年記念文集」縦の木会著、二〇〇二年
「プルサーマル導入―その狙いと危険性（核燃料サイクルとエネルギー政策を考える学習会）」小出裕章、二〇〇四年十二月
「Level7（レベルセブン）　原発事故の事実を伝えるサイト」（https://level7online.jp/）
「ローマへの道　堀内監督の時代１９５７〜１９６０」青野洋・島田恒夫・佐藤哲夫（www.tohoku-rowing.com）、二〇一二年四月
「316系ステンレス鋼の高温高圧純水中応力腐食割れに及ぼす機械加工および熱処理の影響」石山宣寿・黛正己・水谷義弘・谷純一、「日本金属学会誌」（第69巻・第12号）、二〇〇五年十二月
「蔵出し名作吉本新喜劇　花紀京・岡八郎」（ＤＶＤ）毎日放送・吉本興業、よしもとアール・アンド・シー、二〇一〇年
「東電テレビ会議　49時間の記録　前編・後編」OurPlanet-TV 制作、二〇一三年

・その他、東京電力ホームページ、同社有価証券報告書、国会議事録、各種論文、新聞・雑誌・インターネットサイトの記事・動画などを参考にしました。
・書籍の年月日は使用した版の発行年月日です。

原発関連用語集

安全屋

原子炉主任技術者の国家資格を持ち、データから原子炉の状態を把握し、事故の進展を予測し、対策を立てる技術者の通称。

維持規格（維持基準）

機器や設備の検査などでひび割れ等の欠陥が見つかった場合、そのまま使用しても差し支えないか、あるいは修理や交換すべきかを安全性の点から判断する規格（基準）のこと。これに対して、機器や設備の設計・製造時に満たさなくてはならない規格（基準）を設計・製造規格（基準）という。日本の原子力発電所に関しては長い間維持規格がなく、常に設計・製造規格を満たしていなくてはならない状態だったが、平成14年に発覚した東京電力のトラブル隠し事件を契機に、平成15年10月から導入された。

一次冷却水、二次冷却水

スリーマイル島原子力発電所のような加圧水型原子炉（PWR）内で、核分裂によって発熱する炉心部を直接冷却する水のことを一次冷却水、一次冷却水から熱を受け取り、蒸気となってタービンを回す循環水を二次冷却水という。

ウラン
原子番号92の元素。元素記号はU。天然にはピッチブレンド（閃ウラン鉱）やカルノー石などの鉱物に含まれる。ウラン235と233は連続的核分裂反応をするので核燃料となる。ウラン238も中性子を捕獲して核燃料のプルトニウム239となる。光沢のある白色固体の金属で、化学反応性が高く、粉末にすれば空気中で自然発火する。

応力腐食割れ（SCC、stress corrosion cracking）
金属材料に発生する経年損傷の一種で、腐食した部分に力がかかることで起きるひび割れのこと。材料の感受性、環境の腐食性、引張応力の付加という3条件の相乗的関与で発生する。1960年代から1980年代初頭にかけて、沸騰水型原子力発電所において世界的に多く発生し、材料や溶接方法の変更などの対策がとられた。

オフサイトセンター
原発事故発生時に、国、地方自治体、原子力事業者および原子力防災専門官が、事故拡大を防ぐため、応急対策や住民の安全確保策を実行する拠点施設。各原子力施設から5～30キロメートル圏内に設置しなくてはならない。

解析
物事を分析して論理的に明らかにすること。

核燃料サイクル

核燃料にかかわる核種および資源の循環のこと。具体的には、鉱山からの鉱石（天然ウラン）の採鉱、精錬、同位体の分離濃縮、燃料集合体への加工、原子力発電所での発電、使用済み核燃料を再処理・再使用、放射性廃棄物の処理、という一連の流れを指す。

ガル

ガルは地震の揺れの瞬間的な加速度の単位で、構造物の耐震設計に用いられる。1ガルは1秒間に1センチメートルの割合でスピードが増していく状態を意味する。おおざっぱにいって、震度4で40〜110ガル、震度6弱で520〜830ガル、震度6強で830〜1500ガル、震度7で1500ガル以上である。なおガルはガリレオ・ガリレイ（イタリアの物理学・天文学・哲学者）にちなむ。

希ガス

ヘリウム（He）、ネオン（Ne）、アルゴン（Ar）、クリプトン（Kr）、キセノン（Xe）、ラドン（Rn）の6元素の総称で、大気中の存在量が非常に少ないので希ガスと呼ばれる。これらのうち放射能を持つものを放射性希ガスという。原子力発電所で事故が発生した場合、主にクリプトンやキセノンといった放射性希ガスが大気中に放出される。

基準地震動Ss

原子炉、炉心冷却装置、使用済み燃料貯蔵施設など、S

（最重要）クラスの施設がそれに持ちこたえなくてはならないと法律で定められている地震動のこと。平成18年９月に改訂された原子力安全委員会の「発電用原子炉施設に関する耐震設計審査指針」で導入された。

キロパスカル、メガパスカル

パスカルは圧力や応力（物体が外から力を受けた時、内部に生ずる抵抗力）の単位。１パスカルは、１平方メートルの面積につき１ニュートン（地球表面において約101グラム）の力がかかること。キロパスカルは1000パスカル、メガパスカルは100万パスカル。なお、パスカルの名は、圧力に関するパスカルの原理の発見者であるブレーズ・パスカル（フランスの哲学・自然哲学・数学・キリスト教神学者で思想家）にちなむ。

なお圧力の表し方には「絶対圧」と「ゲージ圧」があり、絶対圧は完全真空のときの圧力をゼロとして計った圧力で、単位記号のあとにａまたはabsを付ける。これに対してゲージ圧（ゲージは機器などの意味）は、絶対圧から大気圧（約101.3キロパスカル）を差し引いた圧力で、単位記号のあとにＧまたはGaugeを付ける。

キロワット、メガワット

１ボルトの電圧で１アンペアの電流が流れるときに１秒間に消費される電気エネルギーが１ワット。１キロワットは1000ワット、１メガワットは100万ワット。通常の白熱電球は40～60ワットを消費するので、１メガワットは白熱電

球１万7000～２万5000個分に相当する。１メガワットを１時間消費したときの電力量を１メガワットアワー（1MWh）という。

計装

生産工程等を制御するために、測定装置や制御装置などを装備し、測定や制御を行うこと。たとえば、生産物の入ったタンク内の温度や圧力を測定し、目標の数値になるよう制御弁を開閉して加熱・冷却したりすることや、液体材料の流量を測定し、目標の流量になるようにポンプや弁を制御したりすること。

原型炉

新型の原子炉を開発するときは、①実験炉、②原型炉、③実証炉、④実用炉と段階を踏む。実験炉でデータを集め、原型炉で発電技術を確立し、実証炉で経済性を見通し、実用炉で実用化する。高速増殖炉「もんじゅ」（福井県敦賀市）は２番目の原型炉の段階にあった。

原子核工学

原子核に関する現象を理論と実験の両面からとらえ、原子力の応用に重点を置いた科学の分野。基礎となる学問分野は物理学、特に核物理で、中性子と原子核の相互作用から出発し、原子核反応、中性子断面、核分裂、原子炉など、広範囲の分野を扱う。

原子力安全委員会

日本における原子力の安全規制に関する政策決定や、安全規制基準・指針類の策定などを行っていた内閣府の付属機関。昭和53年に原子力委員会から安全を所掌する委員会として独立した。傘下に有識者で構成する専門部会や専門審査会を有し、原子炉設置許可申請に対する行政機関による審査の妥当性のチェック等を行っていた。福島第一原発事故を防げなかった反省から、平成24年9月に廃止され、環境省の外局である原子力規制委員会に統合された。

原子力安全・保安院（NISA、Nuclear and Industrial Safety Agency）

主に原子力や核燃料サイクル施設に対する安全規制を担当する経済産業省の機関。2001年1月の中央省庁再編時に、旧通産省や旧科学技術庁が行っていた業務を引き継いで設立された。福島第一原発事故を防げなかった反省から、平成24年9月に廃止され、原子力安全委員会とともに原子力規制委員会に統合された。

原子力委員会

原子力基本法（昭和30年12月成立）にもとづいて、昭和31年1月に、国の原子力利用を推進するために設置された総理府付属の行政機関。国務大臣（科学技術庁長官）が委員長を務め、ほかに4～6人の委員からなる。平成13年1月の中央省庁再編にともなって内閣府の審議会等の一つとなり、委員長は国務大臣ではなくなった。原子力利用に関する政策や原子炉規制に関する企画、審議、決定をする権限

を有しているが、平成23年（2011年）３月11日の福島第一原発の事故を契機として、体質やあり方が問われている。

原子力災害対策特別措置法（略称・原災法）

平成11年９月に起きたJCOウラン加工工場の臨界事故を契機に、翌年６月に施行された法律。原子力災害から生命や財産を守るため、事業者に原子力防災業務計画の作成や原子力防災管理者の配置を義務付け、災害が発生したときは首相を本部長とする原子力災害対策本部を設置することなどを定めている。同法第10条は原子力災害の予防に関する事業者の義務を定めており、原子力事業所の区域の境界付近において基準値以上の放射線量が検出される等の事態（事象）が起きた場合に内閣総理大臣、原子力規制委員会、所在都道府県知事等への通報を義務付け、同第15条は原子力緊急事態について定め、全電源喪失や冷却材喪失等、原子炉の損傷またはそれが予測される事態が発生したときは、内閣総理大臣は直ちに「原子力緊急事態宣言」を発しなくてはならないとしている。

〈10条該当事象の主なもの〉

・管理区域以外の場所で50マイクロシーベルト（１時間当り）の放射線量か５マイクロシーベルト（同）相当の放射性物質を検出
・通常の制御棒挿入による原子炉の停止ができない
・原子炉冷却材の喪失によるECCS（非常用炉心冷却装置）の作動（福島第二・１号機で発生）
・原子炉から熱を除去する機能の喪失時に、残留熱を除去する機能が喪失（福島第二・２号機と４号機で発生）

・すべての交流電源からの電気の供給が停止し、その状態が5分以上継続（福島第一・1～3号機で発生）
・燃料プールの水位低下で燃料が露出
〈15条該当事象の主なもの〉
・事業所（発電所）境界付近で500マイクロシーベルト（同）の放射線量を検出した場合（福島第一で発生）
・原子炉のすべての停止機能が喪失
・原子炉冷却材が漏えいした場合に、ECCSによる原子炉への注水ができない（福島第一・1～3号機で発生）
・残留熱を除去する機能が喪失したときに、原子炉格納容器の圧力抑制機能が喪失（福島第二・2号機と4号機で発生）
・原子炉内の水位低下による燃料の露出（福島第一・1～3号機で発生）
・炉心の溶融（同）

原子炉圧力容器（RPV、reactor pressure vessel）
核分裂反応により蒸気を発生させる円筒形の容器。原子炉の心臓部で、燃料集合体、制御棒、シュラウド、その他の炉内構造物を内蔵する。100万キロワット級の沸騰水型原子炉の場合、圧力容器の高さは22メートル、内径は6.4メートル程度。内部の高温高圧に耐えられる鋼鉄製である。

原子炉格納容器（PCV、primary containment vessel）、圧力抑制室（サプレッション・チェンバー）、ドライウェル
原子炉圧力容器の外側にあって、同容器を閉じ込める役割を持つ、厚さ37～38ミリメートルの鋼鉄製の容器を（原子

炉）格納容器と呼ぶ。東京電力福島第一・第二発電所の格納容器はフラスコのような形をしており、福島第一の1～5号機の場合、下部が土星の輪のように断面直径が約9.4メートルのチューブ型の輪（圧力抑制室＝サプレッション・チェンバー、略称サプチャン）でぐるりと取り囲まれている。この部分には格納容器内の蒸気を冷却するための水約300トンが貯蔵されているので、ウェットウェルと呼ばれる（福島第一6号機と福島第二原発の場合は、円環型ではなくフラスコの下部全体が水の貯蔵プールになっている）。圧力抑制室を除いた上部の空間部（フラスコ型の部分）はドライウェルと呼ばれ、8本の直径約2メートルの接続配管で圧力抑制室と繋がっている。

減速材

原子炉でウランやプルトニウムから放出される中性子線の速度を減速させる物質のこと。中性子を減速させるのは、一般に、中性子の運動エネルギーは小さめのほうが核分裂を起こしやすいためである。軽水炉では、炉心を冷却する冷却材（すなわち水）が減速材を兼ねているが、黒鉛炉の場合は冷却材と減速材は別々のものである。高速増殖炉「もんじゅ」では冷却材にナトリウムを使用するが、減速材は使わない。

高速増殖炉

天然ウランの99％以上を占める「燃えない」ウラン238を、炉内でプルトニウムに変えることによって、消費した以上の核燃料を生産する原子炉。ここから「増殖」の名がある。

理論上は、軽水炉に比較してウラン資源を100倍近く有効利用できる。軽水炉では減速した中性子を用いて核分裂を起こすのに対し、高速増殖炉では核分裂にともなって発生する高速（高エネルギー）中性子をそのまま核分裂連鎖反応に利用するため「高速」と名付けられている。炉心から発生した熱を取り出す冷却材には500℃に熱して液体にした金属ナトリウムが用いられる。炉内に発生した泡によって核反応が進む「正のボイド係数」による反応度（暴走）事故などの危険性が指摘されており、また水と激しく反応するナトリウムの扱いが難しく、技術的に未完成な炉である。日本では、動力炉・核燃料開発事業団（現・独立行政法人日本原子力研究開発機構）が建設した「常陽」（茨城県大洗町）と「もんじゅ」（福井県敦賀市）の２基があるが、現在、前者は事故により運転停止中、後者は2016年に廃炉が決定し、廃炉作業中である。

再循環系

原子炉冷却系統設備の一部で、圧力容器内の冷却水を再循環ポンプによって炉心へ送り込み、炉心の熱を除去するほか、冷却水の流量を変化させて、熱出力を調節する機能を持っている。

再処理工場

原子力発電所の使用済み燃料から燃え残りのウランやプルトニウムを取り出す工場。燃料を切断、溶融し、化学処理によってウランやプルトニウムを回収する。日本では、国策会社である日本原燃（株）が平成４年に青森県六ヶ所村

で再処理工場建設に着工したが、原子力規制委員会の新規制基準にもとづく安全審査も終わっておらず、操業開始の目処は立っていない。同工場では抽出されたウランとプルトニウムを１対１の割合で混合した粉末の状態で工場内に保管し、プルサーマルの進展に応じて、MOX 燃料の原料として供給する計画である。

地震応答解析

地震動に対して、地盤や建物・構築物の各部がどのような力を受けたり変形したりするかを検討するために、地盤および建物・構築物を適切なモデルに置き換え、相互作用を考慮した上で、設計用の地震動をコンピューターに入力して計算する解析方法のこと。

シュラウド（炉心隔壁）

原子炉圧力容器の中に収められている円筒形のステンレス製構造物で、燃料集合体（炉心）を支え、炉心を流れる冷却水の流路を作る役割をする。100万キロワット級の原子炉の場合、シュラウドの直径は５メートル、高さは７メートル、肉厚は部位によって５～10センチ程度である。

設計圧力

設備を使用することができる最高の圧力として設計された圧力のこと。ただし原子炉格納容器は設計圧力の２倍程度までは構造強度上保たれることが実験で確かめられている。

タービン

流体が持っているエネルギーを機械的動力に変換する回転式の原動機の総称。発電用に用いられるタービンは、軸に取り付けられた羽根車で、これに高温高圧の蒸気を吹き付けて回転させ、発電機を駆動する。

ターンキー契約

プラント（発電所等）の企画・設計から建設・完成までを売り手が一括して請け負う契約形態のこと。買い手がキー（鍵）をターンすれば（回せば）プラントが稼働する状態という意味からきている。売り手にとっては大きな利益が期待できる反面、コストの見積りを誤ると、大きな損失を被る可能性がある。

中間貯蔵施設

原子力発電所から出る使用済み核燃料を、再処理されるまでの間、一時的に保管する施設。

定格出力

発電機などの連続的使用に耐えられる最大の出力のこと。

電源開発株式会社

昭和27年に設立された国策電力会社。初代総裁は東洋製缶創業者でのちに通産大臣などを務めた高碕達之助。戦後復興の基盤となる電源開発を強力に推進し、佐久間ダム（静

岡県)、奥只見ダム（福島県）など一連の大規模水力発電所を建設した。平成15年に民営化され、J-Power という略称を使用している。現在の従業員数は2352人（単体）で、59の水力発電所と８つの石炭火力・地熱発電所を保有し、青森県下北郡大間町に改良型沸騰水型原子力発電所（138万3000メガワット）を建設中である。地域電力会社10社を除く電力事業者としては突出して大きく、売上高ベースで四国電力を上回り、中国電力に次いで日本第７位である。

電源三法交付金

発電所等の立地地域に交付金を支給し、用地を確保することを狙いとして、昭和59年に制定された電源開発促進税法、電源開発促進対策特別会計法、発電用施設周辺地域整備法の３つを電源三法と呼ぶ。これらにもとづいて電力会社から販売電力量に応じた税を徴収し、これを歳入とする特別会計を設け、ここから発電所等の地元に交付金を支給する。平成14年までは交付金の使途が公共施設などのインフラ整備（ハコもの）に限定されていたが、翌年から、地場産業振興、福祉サービス提供事業、人材育成等の「ソフト」事業にも使えるようになった。

動燃（動力炉・核燃料開発事業団)

昭和42年に設立された政府の特殊法人で、高速増殖炉と新型転換炉の開発を行っていた。平成７年に起きた高速増殖炉「もんじゅ」のナトリウム漏えい事故の際に事故のビデオ映像を隠し、平成９年には東海村再処理工場で起きた火災・爆発事故に関して虚偽報告を行ったため、世論の厳し

い批判を浴び、平成10年に核燃料サイクル開発機構に改組され、平成17年に独立行政法人・日本原子力研究開発機構に統合された。

ドライウェルベント、ウェットウェルベント

ベント（英語では venting）は原子炉格納容器内の気体を大気中に排出すること。ドライウェルベントは、気体を直接大気中に排出するやり方。これに対して、ウェットウェルベントは、気体を圧力抑制室のウェットウェル（水）にいったんとおし、放射性廃棄物を減らしてから排出するやり方で、放射性廃棄物の排出量はドライウェルベントの100〜1000分の１になる。ただし、ウェットウェルの水が高温になった場合は、放射性廃棄物の吸収率は大幅に低下する。

内部被曝

空気や飲食などをつうじて放射性物質を体内に取り込み、それによって被曝すること。主に、放射性物質に汚染された食物を食べたり、原発事故で放出された放射性物質を空気とともに吸い込んだりすることで起きる。これに対して、放射線を浴びるなどの方法で体外から被曝することを外部被曝という。外部被曝は除染により低減することができるが、内部被曝は取り込んだ放射性物質が体内にある限り継続する。

日本原電

日本原子力発電株式会社の略称。戦後に発足した地方電力会社各社が自力で原子力発電所を建設する力がなかった時代に、日本の原子力発電は民間主体で行うべきだとする正力松太郎（読売新聞・日本テレビ社長、科学技術庁長官）と、政府主導で国策会社・電源開発にやらせるべきだとする河野一郎（経済企画庁長官）の妥協案として、東京電力など９の電力会社と、国策会社・電源開発などが主要株主となって昭和32年に設立された。昭和41年に日本初の商業用原子炉である東海発電所（茨城県東海村、黒鉛減速ガス冷却型、出力16万6000キロワット）の営業運転を開始した(平成10年に運転終了し現在解体作業中)。現在、東海第二発電所（原子炉１基）と敦賀発電所（同２基、福井県敦賀市）を保有している。

破壊力学

亀裂ないしは欠陥を生じた機器や構造物が使用中に受ける荷重等によって破壊に至るか否かを定量的に評価するための学問体系。

フェイルセーフ

機器や設備の一部に故障が起きた場合でも、常に安全状態に向うように設計されていること。原子力発電所では各種の設備、装置の設計にこの思想が取り入れられている。たとえば、制御棒駆動装置用の電源が何らかの理由で失われた場合、制御棒の自重により炉内に落下し、原子炉が安全に停止する仕組みになっていることなど。

沸騰水型原子炉（BWR）、加圧水型原子炉（PWR）、改良型沸騰水型原子炉（ABWR）

沸騰水型原子炉（BWR）は、原子炉で水を沸騰させ、発生した蒸気で直接発電タービンを回す構造の原子炉。加圧水型原子炉（PWR）は、高圧を加えられた水が高温に熱せられて循環し（一次冷却系）、これとは別の循環系統（二次冷却系）との間で熱交換が行われ、二次冷却系が蒸気となって発電タービンを回す構造の原子炉。改良型沸騰水型（ABWR）は、通産省第３次軽水炉標準化プラントと位置付けられ、安全性・操作性・経済性を向上させ、作業員の被曝線量を低減させるために、①外部再循環ループの配管をなくしてインターナルポンプ（再循環ポンプ）を採用、②インターナルポンプの採用で大口径配管破断事故想定の必要がなくなったので、ECCS（非常用炉心冷却装置）は小容量、③水圧駆動方式と電気駆動方式を併用する改良型制御棒駆動機構を採用し、駆動源の多様化を図った、等の特徴がある。

プルトニウム

原子番号94の元素。元素記号はPu。米国の原子爆弾開発計画で大量に生産されるようになった。天然ウランの99.3％を占めるウラン238は現在の核分裂炉では燃料とならないが、それが中性子を吸収して生成するプルトニウム239は広いエネルギー範囲の中性子と反応して容易に核分裂する核燃料である。核分裂が容易で、自発昇温性で、α 崩壊性であるため、最も危険な物質で、人体への毒性も非常に高い。

ベクレル、シーベルト

ベクレルは、放射能の強さを表す単位で、1秒間に原子核が壊変（崩壊）する数を示す（放射能は原子核が崩壊する数が多いほど強い）。歴史的にはキュリーが使用されてきたが、法令の改正に伴い平成元年よりベクレルが使われている。1キュリーは370億ベクレル。

実際に放射性物質が人体に与える影響の度合いはシーベルトで表され、次の式によって求められる。シーベルト＝グレイ（放射線を照射された物質が吸収する質量〈kg〉当たりのエネルギー）×放射線加重係数（各種放射線の生物学的影響の強さを表す係数）×組織加重係数（人体の各組織・臓器に対する放射線の影響を表す係数）。報道等では「毎時」が省略されている場合が多いが、シーベルトは一定時間に被曝した量を表す単位で、「50マイクロシーベルトが観測された」という場合は、その場所で1時間を過ごすと50マイクロシーベルト被曝するという意味である。なお、ミリシーベルトは1000分の1シーベルト、マイクロシーベルトは100万分の1シーベルト。放射線を短時間に2シーベルト（2000ミリシーベルト）浴びると、20人に1人が死に至るといわれる。

崩壊熱

放射性物質は、α線、β線、γ線などの放射線を放出して崩壊するが、このエネルギーは周辺の物質に吸収されて、最終的には熱に変わる。これを崩壊熱と呼ぶ。原子炉の運転を停止しても、燃料棒の中に溜まった核分裂生成物のうち放射性の核種が崩壊熱を出し続けるため、冷却すること

が必要である。

マグニチュード、震度
マグニチュードは地震そのもののエネルギーの大きさのこと。これに対して震度はそれぞれの場所の揺れの強さ。マグニチュードと震度の関係は、電球と明るさの関係にたとえられる。すなわち、電球そのものの明るさがマグニチュードで、電球からの距離などに応じてそれぞれの場所で異なる明るさが震度である。

モニタリングポスト
放射線を監視測定する装置で、原子力発電所等の周辺に設置される。

臨界
臨界とは、原子炉で原子核分裂の連鎖反応が一定の割合で安定的に継続していく状態になる境目のこと。このとき核分裂を起こす中性子と核分裂で発生する中性子の数は同じである。これに対して、連鎖反応の量が反応を持続できるほどの規模に達しておらず、時間の経過とともに減少する場合は、この状態を臨界未満または未臨界と呼ぶ。逆に、連鎖反応の量が時間とともに増加して行く場合は、臨界超過あるいは超臨界と呼ばれる。

臨界事故

濃縮ウランやプルトニウムのような核分裂性物質の取扱いを誤り、意図せずして核分裂連鎖反応（臨界）を引き起こし、大量の放射線や熱を発生させる事故のこと。日本で最初の臨界事故は、昭和53年11月に福島第一原発で、戻り弁の操作ミスで制御棒５本が抜けたために発生した。平成11年には北陸電力志賀原発、同年茨城県東海村のJCOの核燃料加工施設でも発生し、後者の事故では２人の作業員が放射線障害で死亡した。

冷温停止

原子炉内の水温が100℃を下回り、原子炉が安定的に停止すること。

冷却材

核分裂によって放出される熱を原子炉から取り出す役割をする流体のこと。沸騰水型原子炉や加圧水型原子炉では軽水（水）が冷却材として使われ、高速増殖炉では、溶融金属ナトリウムが使われる。その他、原子炉のタイプによって、炭酸ガス（二酸化炭素）やヘリウムなども使われる。

連鎖反応

核分裂によって放出される中性子を仲立ちとして次々に別の原子核を分裂させる一連の核分裂反応（核爆発）のこと。

漏えい率検査

原子炉格納容器は放射性物質を閉じ込めるための鋼鉄製の構造物だが、数多くの配管で容器外の他の機器と繋がっており、その継ぎ目などから中の気体が漏れ出ることがある。この漏えい率が基準値以下であることを確認する検査が漏えい率検査で、プラントの完成前や定期検査時に行われる。

AO 弁、MO 弁、SR 弁

AO 弁は air operated valve（圧縮空気によって作動する弁、空気作動弁）、MO 弁は motor operated valve（電動駆動弁）。SR 弁（safety relief valve、主蒸気逃がし弁）は、原子炉圧力容器内の蒸気を格納容器下部の圧力抑制室に逃がす配管の途中にある電気駆動の弁。

ECCS（緊急〈または非常用〉炉心冷却装置）

冷却水が失われた炉心に緊急に冷却水を送り込むシステムで、安全系の最重要装置。炉心の圧力などに応じて動く複数のシステムがあり、沸騰水型軽水炉（BWR）と同改良型（ABWR）の場合、高圧注水系（HPCI）、自動減圧系、炉心スプレー系、低圧注水系、非常用復水器（IC）、原子炉隔離時冷却系（RCIC）などがある。

HPCI（高圧注水系、high pressure coolant injection system）

ECCS の一つで、原子炉圧力容器の蒸気の力でタービンポンプを回し、原子炉に高圧の冷却水を注入できる装置。水源は圧力抑制室のプールと復水貯蔵タンク（原発の運転に

使う水を溜めておくタンクで格納容器の外にある）。ポンプの流量は、原子炉隔離時冷却系（RCIC）の約10倍だが、原子炉停止時冷却系（SHC）や残留熱除去系（RHR）に比べると小さい。福島第一原発では１～５号機に設置されている。

IAEA（国際原子力機関）

国際連合傘下の自治機関で、原子力の平和利用を促進し、核技術の軍事転用を防止する活動を行っている。加盟国数は159ヶ国で、本部はオーストリアのウィーンに置かれ、職員数は約2300名。日本人の天野之弥（外務省出身）が2009年12月から2019年７月までトップ（事務局長）を務めた。

IC（非常用復水器、イソコン、isolation condenser）

原子炉の圧力が上昇した場合に、原子炉の蒸気を導いて水に戻し、炉内の圧力を下げる装置。福島第一原発では１号機のみに設置されている。

MOX燃料、プルサーマル

MOXは混合酸化物（mixed oxide）の略。原子炉の使用済み核燃料中に１％程度含まれるプルトニウムを再処理により取り出し、二酸化プルトニウムと二酸化ウランを混ぜてプルトニウム濃度を４～９％に高めたもの。主として高速増殖炉の燃料に用いられるほか、既存の軽水炉用燃料ペレットと同一の形状に加工し、軽水炉のウラン燃料の代替

として用いることもできる。後者は、プルトニウムをサーマル（熱）中性子炉（普通の原子炉）で燃やすので、プルサーマル（和製英語）と呼ばれる。通常の核燃料より高出力である反面、放射能が高く、溶けやすいという問題点がある。

RCIC（原子炉隔離時冷却系、reactor core isolation cooling system）
ECCSの一つ。何らかの原因で主蒸気隔離弁が閉まって主復水器が使えなくなった場合に、原子炉の蒸気でタービン駆動ポンプを回し、圧力抑制室プールや復水貯蔵タンクの水を原子炉に注水する装置。給水系の故障時に、非常用注水ポンプとして、原子炉の水位を維持するためにも使える。ポンプの流量は大きくなく、HPCI（高圧注水系）の10分の1程度。また、熱を海や大気に捨てる機能がないため、数十時間で冷却機能が止まる。

解説

二ツ川章二

二〇一一年三月十一日の東日本大震災により発生した東京電力福島第一原子力発電所（東電福島第一原発）一号炉の原子炉建屋が爆発する模様を伝えたテレビ映像は多くの国民に恐怖を与えた。この事故は、アイソトープ（ＲＩ）・放射線を取り扱う私たちにとっては、衝撃的な出来事であった。

原子力の利用は、原子力発電所に代表されるウラン、トリウム、プルトニウムの核燃料の核分裂によって生ずる核エネルギー利用と医療、産業、教育・研究等の幅広い分野におけるＲＩ・放射線利用に大別される。核エネルギー利用は新たに生み出したエネルギーを利用する。

一方、医療、産業等で利用するRI・放射線は放出された放射線のエネルギーを利用するが新たなエネルギーは生み出さない。車に例えるなら前者が「スーパーカー」であり、後者は「自転車」である。スーパーカーは、アクセルを踏むことにより自分が与えた力の何千倍、何万倍の力を引き出すことができ、制御ができないと勝手に暴走する。東電福島第一原発事故はブレーキが利かなくなり暴走してしまったものである。一方、自転車はペダルに与えた力以上の力を出すことができず、ペダルを踏まないと止まってしまい、暴走することはない。

本書では核エネルギーを飼いならすことが困難な猛獣である「熊」に譬えている。規制する法律も異なり、核エネルギー利用は「原子炉等規制法」、RI・放射線利用は「放射性同位元素等規制法（旧放射線障害防止法）」で規制されている。核エネルギー利用の原子力発電所とRI・放射線を取り扱う私たちの放射線施設とでは、施設・設備の規模、管理方法、放射性物質の取扱い方法は大きく異なり、一般的には原子力発電所における放射線管理は私たちの放射線施設より各段に厳しい。

チェルノブイリ原発事故は原子炉の型も管理体制も全く異なるソ連（当時）だから起こった事故であり、JCO事故のずさんな管理体制も核燃料加工会社だから生じたものであり、日本の原子力発電所では重大事故は発生しないといわれてきた。

一九八一年、日本原子力発電敦賀発電所において貯蔵タンクから放射性廃液が一般排水路に漏えいし、海藻（ホンダワラ）が汚染されるという事象が発生した。ホンダワラがコバルト六〇で〇・四九ピコキュリー毎グラム（〇・〇二ベクレル毎グラム）、マンガン五四で〇・一五ピコキュリー毎グラム（〇・〇〇六ベクレル毎グラム）汚染されたというものである。当時の報道によれば、食用の海産物ではないが毎日食べ続けたとしても一年間で〇・〇四ミリレム（〇・四マイクロシーベルト）以下であり、安全上問題となるものではないと報じられている。

問題とすべきことは人体に対する影響ではなく、放射性廃液が一般排水路に漏えいしたという放射線管理が適切になされていなかったという点であり、このような事象を踏まえ、いかに安全性を高めていくかを議論することである。

ところが、放射線・放射能という言葉によって人体影響についてだけが議論となり、電力会社も原子力発電に批判的な人々も原子力発電所は絶対安全でなければならないという硬直的な考えに終始し、本質的な議論をする場を失ってしまった。このような積み重ねが、今回の福島原発事故の要因にもなったのではないか。

私たちがＲＩを利用するときは、管理区域という限られた区域で使用し、管理区域から退出する人、持ち出す物品は汚染検査を行いＲＩが付着していないことを確認してからでないと退出又は搬出することはできない。

また、管理区域内はフレッシュな空気を外部から取り入れ、高性能フィルターによってＲＩを浄化した後に外部に放出する。管理区域からの排気・排水に含まれるＲＩの濃度が基準値以下であることを確認して環境へ排出されるため、無秩序にＲＩが放射線施設の外へ放出されることはなく、管理区域の中においては厳格な管理の下でＲＩが取り扱われる。

三月十四日東電福島第一原発の水素爆発等により放射性物質（ＲＩが付着した物質）が環境に放出されたことにより、それまでは想像もできなかった事態が生じた。関東、東北地方の放射線施設では管理区域内より外部の環境中のＲＩ濃度が高くなったのである。

このことにより、外部のＲＩで汚染された空気が管理区域に流れ込み、あたかも内部がＲＩで汚染しているようになってしまった。このような前代未聞の状況が発生し、管理区域での実験は空調設備を止めて行うことを余儀なくされた。

ただし、ある放射線施設が規制当局に確認をしたところ、空調設備を止めて実験をすることはまかりならぬと言われたとも聞く。東電福島第一原発事故による事象は、アイソトープ・放射線の取扱者がそれまで厳密なＲＩ取扱いを実施してきた放射線管理とはあまりにも異なるため、どのように対処してよいか困難を極めた。

「安全文化」という概念がある。国際原子力機関（ＩＡＥＡ）の国際原子力安全諮問グループ（ＩＮＳＡＧ）がチェルノブイリ原子力発電所事故に関してとりまとめた報告書（一九八六年）を発端として、「安全性が全てにおいて優先されるべき」とする原子力の枠を超えて社会全体に広まった概念である。

　我が国においては、二〇〇五年の原子力安全白書において、事業者等はトップマネジメントによる「安全文化」の確立に取り組むこととされ、原子力施設では強く意識されていた。

　しかし、それにもかかわらず東電福島第一原発事故が発生した。二〇一九年九月十九日、東京地裁は業務上過失致死傷罪で強制起訴された東電旧経営陣三人に対して無罪判決を言い渡した。十メートルを超す巨大津波を予見できたかが争点となった。しかし、問われるべき点は、トップに立つ経営者が原子力発電所を運営するにあたり「放射線安全を最も優先する」という考えに基づき、すなわち自分たちが「熊」という猛獣を扱っているという意識を持って対処していたか否かではないだろうか。

　今回の事故では、専門家といわれる人間がいかに社会からかけ離れた存在であったのかが思い知らされた。専門家間で事実を求めようと議論している途上の内容があたかも事実であるかのように宣伝され、にわか専門家を含め自分勝手な主張を繰り返した。マスコミでは、あたかも住民の味方のような危険性だけを強調する「専門家」がもてはやされ、住民の不安はますます増長された。

　また、多くの専門家が正しい内容を伝えようとするがためか自分たちの世界で通用している専門用語を用いて説明をした結果、住民は何が事実であるかを知ることができず、ますます混乱してしまった。専門家の常識がいかに世の中の常識とは異なるかが思い知らされた。

　東電福島第一原発事故からほぼ九年が経過した。放出された放射性物質で汚染された地域から避難を余儀なくされた人々は故郷へ帰還をしようとしている。ウエザリング効果と、除染が進行している成果でもある。

　しかし、帰還する故郷は、放射能レベルは下がっても生活の場としての復興はまだまだ進んでいない。昨今の福島県内で生産される食品中の放射能検査では、一部の野生の動植物を除いて大部分の食品中の放射能は基準値以下である。それにもかかわらず、食品中の放射能基準値は摂取する食品の二分の一が汚染しているという非合理的な考え方に基づいて作成された基準値を継続している。このことが、一部の国が日本からの食品の輸入制限を解除しない遠因になってはいないだろうか。

　事故炉の低温冷却は継続しており、全体的に事故はおおむね安定状態であるといえるが、事故炉周辺から管理されていない放射性物質の放出も少量ながら続いており、事故炉内の状況は自走ロボット、ミューオン等の技術を用いて探査が進められているものの全体像は十分には解明されていない。除染廃棄物をはじめ特別措置法に基づく大量の放射性物質による汚染廃棄物について未だ最終処分する場所が定まっていない。福島復興・廃炉への道はまだ遠いといえる。

『ザ・原発所長』はフィクションである。「巨大企業・首都電力」が「東京電力」を、「奥羽第一原発」が「福島第一原発」を、そして主人公「ザ・原発所長の富士祥夫」が故「吉田昌郎氏」をモデルとし、史実を基としたフィクションである。フィクションであるがゆえに仔細な事柄にこだわることなく、事故の本質に迫ることに成功している。

本書は、原発所長の生い立ちから原子力発電所の建設・運転までの状況、原発事故を引き起こす予兆と事故時の状況、そして主人公が死亡するまでが描かれている。

主人公は鉄腕アトムに原子力の無限の力と人類の明るい未来に思いを馳せ、志高く原子力発電を目指して電力会社に入社する。一方、「……しかし、あんなところに、原子力発電所を造るんですかねえ」「あんなところだから造れるんだろ」。過疎からの脱却を目指し誘致を進める地元と金と利権にまみれた政財界を背景に、国策として原子力発電所の建設が進められる。「この業界は不審死が多い」と話し、政治家への裏金づくり、議員工作に奔走する電力会社の「裏街道の男」が内部告発をした後、謎の行方不明となる。

また、主人公の学生時代の恩師は「原発は絶対に安全なんだという、安全神話のいき過ぎだろうね。社会や国民から安全性に疑問を抱かれないようにしようとするあまり、ボタンを掛け違えているとしか思えない」という。スリーマイル島原発事故、チェルノブイリ原発事故、ＪＣＯ臨界事故等が発生する中、事故から教訓を得るのではなく、ひたすら日本の原発は安全性を強調する。

また、営業運転開始時期の原子炉緊急停止、燃料破損に伴う放射性廃棄物の海洋への放出、臨界事故の発生、シュラウド、ボルト、ジェットポンプの配管のひび割れの虚偽の報告等、事実の隠蔽・偽装工作が行われる。原発の安全神話が本当の安全の構築を妨げるのである。

誰もが知っている鉄腕アトムは一九五一年に手塚治虫の漫画の中で誕生した人型ロボットである。心臓部に原子力エンジンを持ち原子力のエネルギーで私たちの明るい未来を作り上げてくれる。しかし、その後すぐ一九五四年に南太平洋の海底で水爆実験により映画の主人公であるゴジラが誕生する。ゴジラは口から放射能光線を放出し、首都東京を壊滅に追い込む。これらのことは、人々が原子力エネルギーにより豊かな社会を手に入れ、放射性物質を放出する事故により生活が脅かされることを予見していたかのようである。原子力の光と影であり、私たちはこの時点から光と影に正面から向き合わなければならなかったのではないだろうか。

主人公達は、既往津波の高さを一五・七メートルと想定するが、経済性を優先し有効な手段を講じることができない。そして、運命の日の二〇一一年三月十一日金曜日、大地震・大津波に引き続き原発事故が発生する。未経験の大惨事の中、現場の作業員達は戸惑いながらも、使命感に基づき不眠不休の努力を続け、原子炉本体の爆発を防止する。本店、政府官邸は知識不足の中、無用な口出しで現場作業を混乱させるが、所長の独断で、事故炉内への海水注入を続け、更なる大惨事を免れる。事故が終息に向かう中、主人公は「技術に携わる者として、（中略）謙虚さが足りんかったわ」と己の未熟さを嘆くこととなる。病に倒れた主人公は、現場の仲間の勇気と責任感に心を打たれつつ、震災が起きてからの発電所の記録を書き残そうとするが、完成を見ることなく亡くなる。

今、アイソトープ・放射線の分野においても「安全文化の醸成」が求められている。安全文化はマニュアル化されたものではなく、ましてや規制当局により作り上げられるものではない。トップを中心として携わる人々が自らの頭で考え、独自の安全文化を構築していかなければならない。原子力分野においては、福島原発の廃炉を含めまだまだ課題がある中で、若手の参集が少なく技術の伝承ができなくなっている。今こそ、『ザ・原発所長』の富士祥夫のような自らの頭で考え、自らの信念で行動するような人材が求められている。

——公益社団法人日本アイソトープ協会　常務理事

（注）

・本作品には、一部実在の人物や団体が登場しますが、内容はフィクションです。

・文中の圧力はすべて絶対圧です。

この作品は二〇一五年七月朝日新聞出版より刊行されたものを
加筆修正したものです。
ＪＡＳＲＡＣ 出 １９１３０１８-９０１

幻冬舎文庫

●好評既刊
国家とハイエナ(上)(下)
黒木　亮

破綻国家の国債を買い叩き、合法的手段で高額のリターンを得る「ハイエナ・ファンド」。日本ではほとんど報道されないその実態や激烈な金融バトルを、綿密な取材をもとに描ききった話題作！

●好評既刊
赤い三日月
小説ソブリン債務(上)(下)
黒木　亮

邦人バンカーが挑むトルコ経済救済のためのシンジケートローンの組成。その驚くべき結末とは？巨大銀行と国家の暗闘、新興国の債務管理の実態を迫真の筆致で描く超リアル国際金融小説。

●好評既刊
冬の喝采
運命の箱根駅伝(上)(下)
黒木　亮

北海道の雪深い町に生まれ育った少年が歩んだ数奇な陸上人生。親友の死、度重なる故障、瀬古利彦との出会い、自らの出生の秘密……。走ることへのひたむきな想いと苦悩を描く自伝的長編小説。

●好評既刊
カラ売り屋
黒木　亮

カラ売りを仕掛けた昭和土木工業の反撃に遭い、窮地に立たされたパンゲア&カンパニー。敵の腐った財務体質を暴く分析レポートを作成できるのか？　一攫千金を夢見る男達の熱き物語、全四編。

●好評既刊
獅子のごとく
小説　投資銀行日本人パートナー(上)(下)
黒木　亮

勤める銀行に実家を破綻処理され、復讐に燃える逢坂丹。米系投資銀行に転身し、獰猛なビジネスマンとなった彼が最期に見たものとは？　巨大投資銀行の虚々実々を描く、迫真の国際経済小説。

ザ・原発《げんぱつ》所長《しょちょう》(下)

黒《くろ》木《き》亮《りょう》

令和2年2月10日　初版発行

発行人――石原正康
編集人――高部真人
発行所――株式会社幻冬舎
〒151-0051東京都渋谷区千駄ヶ谷4-9-7
電話　03(5411)6222(営業)
　　　03(5411)6211(編集)
振替00120-8-767643
印刷・製本―図書印刷株式会社
装丁者――高橋雅之

検印廃止

幻冬舎文庫

ISBN978-4-344-42948-2　C0193　く-16-15